# 千年樹

荻原　浩

集英社文庫

# 目次

# 千年樹

# 萌芽

一

陽が落ちると、燃え立つばかりだった紅葉の森は色を失い、薄闇の中にもみじ葉の赤黒さだけが取り残された。

山風はしだいに激しくなり、木々の影法師を揺らして獣の唸《うな》りに似た音を響かせている。

公惟《きみただ》は動かない右足を引きずりながら、隈笹《くまざさ》に覆われた斜面を這《は》い登っていた。生きてこの森を抜けることはもう叶わぬであろうと諦《あきら》めかけては、その思いにあらがって両手と左足を動かし続ける。晩秋の東国、しかも深山のただ中。夜気の冷たさは骨を震わすほどなのだが、体からはぬるぬると汗が噴き出し、身につけた薄い衣を湿らしていた。

狩衣《かりぎぬ》は脱ぎ、背負った幼子《おさなご》をくるむのに使っている。時おり、蔓草《つるくさ》でくくりつけた我が子の体がまだ温かいことを確かめるために背中へ手を回した。

片手で握りしめられるほど細い足が、この五日間でさらに細くなった。何しろ一片の食物もなく、もう五日も涯《はて》のない森を徘徊しているのだ。獣や魚を捕らえる道具もない。あったところで都育ちの公惟は、ろくにその術《すべ》を知らなかった。子には冬近い山間に生えたわずかばかりの茸《きのこ》や木の実を食べさせるのみで、自身は泥水しか口にしていなかった。

「……もう……歩けません」

背後で妻の呻吟《しんぎん》が聞こえた。飢えているのは妻も同じだ。都から五里と出たことはなく、今回の東国行きが初めての旅である妻にとって、獣道すらない深山の斜面を裸足でよじ登るなど地獄の責め苦に等しいだろう。袿《うちき》は裂け、汚れ、草葉にまみれていたが、それでも袂《たもと》を掻き合わせて懸命につき従ってこようとする。手を差し伸べ、体を支えてやりたいが、公惟の力ももう尽き果てていた。

「しっかりせよ。ここを登れば、きっと——」

半ば己に言い聞かせながら声をかけた。ここを登りきれば、あるいは助かるかもしれない。五日間、行けども行けども巨大な屏風《びょうぶ》のごとき山肌が幾重にも立ちはだかり、草藪と樹林が途切れることはなかったが、この隈笹の斜面の先には、ぽっかりと空が広がっているのだ。

しかも先刻、遠くかすかに潮騒が聞こえた。海が近ければ、山を降りられる。道も拓《ひら》けているに違いない。運がよければ人家の火が見えるかもしれぬ。

海辺は隣国の領内だ。浅子《あさこ》一族の手からも逃れることができる。右足さえ思うままに動くなら、自分だけ先に立って歩き、助けを呼びに走れるのだが——浅子季兼《すえかね》の郎党にかかとの腱を斬られた右足は、もはや痛みすらなく、すべての感覚を失ってしまい、体にくくられた重しでしかなかった。いっそ切り落としてしまえれば、よほど楽であろう。

呪詛の言葉を呟《つぶや》きながら残った一本の足で公惟は笹藪を這い上がり続けた。

公惟は都の権門家につながる家柄で、今夏、東国のこの辺り一帯を治める国司として下向したばかりであった。

目の当たりにした東国の乱れは都の風評を超えるものだった。暴戻《ぼうれい》の輩が跋扈《ばっこ》し、追剝《おいはぎ》、官物の略奪、領地の占拠、無辜《むこ》の民への殺戮が絶えることがない。

着任早々、公惟は、郡司であり武夫《ぶふ》集団の棟梁である浅子季兼に、群盗と都の命に従わない土豪の討伐を命じた。

公惟には当初、季兼が忠を尽くして立ち働いているふうに見えた。それが謀叛への地固めであったとも知らず。

いまにして思えば、討伐の証《あかし》として、頼みもしていない眼窩《がんか》から蛆虫《うじむし》が這い出す生首を献上し、衣の裾で鼻を覆った公惟へ、ひそかに浮かべた薄笑いを見た時に気づくべきであったか。

浅子の郎党に国府が襲撃されたのは、夜半であった。良吏たるもの武者を用いず、の教えに則《のっと》って、わずかな警護しか置いていなかった館はひとたまりもなかった。廏《うまや》に火が放たれ、従者はことごとく斬り捨てられた。そして公惟と妻子は騎馬で荷物のようにいずことも知れぬこの山中に運ばれた。

立ち去り際に逆賊は、公惟の両足の腱を断っていった。幸い左足の傷は浅く、引きずりながらではあるが動かすことができる。だが右足はまったく動かなくなった。妻子には手をかけず、公惟の命も奪わずに置き捨てていったのは、浅子たちの貴人への畏怖、あるいは幼子への一片の情けであろうと考えていたのだが、山間を彷徨《さまよ》いはじめてから、それが悪意によるものであり、苦しみを長引かせようという邪悪な意図であったことを、ようよう思い知らされた。

公惟は季兼を東夷《あずまえびす》と軽んじたことはなく、古豪としての面目《めんぼく》は立ててやってきたつもりだった。これほどの仕打ちを受けねばならぬ私怨を買う覚えはない。おそらく下級貴族の家柄で、何代も前よりこの地に土着し、都を真似た権勢を振るっていた季兼にとって、立ち居振る舞いに、言の葉の端々に、本物の都の空気を纏《まと》った公惟と妻子の存在そのものが妬ましく、そして憎かったのであろう。

背中の子が目を覚まし、ぐすぐすと泣きはじめた。うないにした髪が落ちかかり、目に入るのがうとましいのだ。不自由な姿勢で蓬髪《ほうはつ》を梳《す》いてやる。子は男子で、齢《よわい》五歳。

なぜ自分がずっと背負われているのか、食物を与えられないのか、食事を運んでくれるはずの乳母がどこへ消えたのか、まるで理解できていない。乳母は生きたまま燃えさかる館の中に放りこまれた。

残光を頼りに笹を束《たば》にしてつかみ、体をせり上げる。笹の根に足をかけ、また少し登る。時おり振り返って、妻に声をかけた。根っからの文官である公惟にとって楽な道程ではなかったが、それでも墨を流したような真の闇が辺りを包む頃には、斜面を登りつめるまであとひと息となった。

最後の力を振り絞って斜面の上に身を乗り出す。思ったとおり視界が開けた。灌木に覆われた平地の向こうに、雲に見え隠れする十六夜《いざよい》の月が見えた。吹きつける風の激しさが、前方にもう山がないことを告げている。風の中に公惟は、確かに波の音を聞いた。

息も絶え絶えの妻へ手を差しのべて引き上げてやり、それから残った左足一本で、海を見下ろせる場所まで重い体を急《せ》かせた。

わずかばかりの平地はすぐに途切れ、下り斜面のとば口に辿《たど》り着く。先ほどの登り斜面と同様の急勾配だが、降りられないほど険峻ではない。巨大なすり鉢のような眼下の闇に目をこらした。

雲の紗《しゃ》をかけられた薄い月光に照らされて、闇の底に無数の波頭《なみがしら》が光っている。風が強くなると、また潮騒が高くなった。血走った目を見開き、海を、道を、人家の火を探した。厚い雲に隠れていた月が顔をのぞかせて、ようやく眼下が一望のもとになる。

海はなかった。

はるか下方の闇の中でざわめいていたのは波ではなかった。公惟が見下ろしていたのは、見渡すかぎりの樹海だった。

果てしなく続く樹、樹、樹。夜空より黒々とした木の群。波に見えたのは無数の揺れる梢《こずえ》であり、潮騒と聞こえたのは、吹き渡る風が木々の葉を騒がす音だったのだ。

その場にくずおれた。どこからか嘲笑《ちょうしょう》が響いてきた気がした。それは山鳥の啼《な》く声であったのかも、あるいは風が灌木の枝を打ち合わせる音だったのかもしれない。だが公惟には、木々の群が、山が、都を遠く離れたこの地の底が、自分を嘲笑《あざわら》っているように聞こえた。

「ようよう着きましたね」

背後から聞こえる妻の声の、場違いなのどかさに公惟の背筋は凍る。

「ああ、海。本当に海――」

そろりと首を妻に振り向けた。月明かりを浴び、夜闇に白く浮かんだ妻の顔は満面の笑みを湛《たた》えている。暗黒の樹海を夢見るように眺め、両端が吊り上がった唇の間から歯黒を鈍色《にびいろ》に光らせていた。

「伊勢の海ですね」

妻の虚ろな目はもう公惟も背中の子も見ていない。旅の途中、生まれて初めて見た伊勢の海の幻影を見ているのだ。

もともと病弱な女だ。美しく、気立ても悪くないが、細工物のように身も心も脆《もろ》い。苦しみに耐えきれず、心が壊れてしまったのだろう。ただでさえ長旅にやつれ、任地に着いてからは、ずっと床に臥《ふ》せっていたのだ。国司の任期四年を公惟は単身で務めるつもりであったのだが、本人のたっての願いで同行させたのが仇《あだ》となってしまった。公惟は顔に無理やり笑い面を張りつけ、妻へ声をかけた。

「そうとも、ようやく着いた」

「では、さっそく夕餉《ゆうげ》の支度をさせますので……」

それが最後の言葉になった。公惟はゆっくり首を振る。

「いや、食事はいい。もう休め」

妻は薄く微笑《ほほえ》み、羽根を置くようにふわりと草叢の中へ倒れこんだ。抱き上げようとしたが、公惟にその余力はなかった。妻は二度と目を覚まさなかった。

それから一昼夜、公惟は平地を這い廻った。

酷使を重ねた左足もすでに動かなくなり、両手だけで草葉をかき分けて、ずるりずるりと身を動かし、食物を探す。子を置いてここを降りれば、自分には登って戻る力がないと悟ったからだ。

自分の死は覚悟していたが、我が子だけは助けたかった。自分が絶命した後に、里人が通りかかることがあるかもしれぬ。子が一日でも長く生きていられれば、一縷《いちる》のその望みが一日だけ延びる。幸い、山を彷徨いはじめた頃、何度も聞いた得体の知れない獣の咆哮《ほうこう》は、ここでは聞こえなかった。

樹海の中の孤島に等しいこの高みには、半ば葉を落とした丈の低い木しかなく、食物となりそうな山果も野草もない。枯れはじめた草の穂を、粟《あわ》か稗《ひえ》ではないかと口に含んでみた。朽木に寄生したかさぶたのような茸をむしりとり、毒かもしれぬとひと口齧《かじ》ってみる。鳥の死骸を見つけた。おぞましい悪臭を放っていたが、干からびた部分だけを自分で食い、まだ軟らかさの残っている部分を残す。屍肉に群がっていた埋葬虫《しでむし》も頭を潰《つぶ》して、脱いだ烏帽子《えぼし》に入れた。子はとうに冷たくなった母の胸にすがりつき、目だけあげて芋虫のように這う父を不思議そうに眺めている。

朽葉の中に点々と黒紫色の数珠玉《じゅずだま》ほどの大きさの木の実が落ちていた。見まわすと小枝に実ったままのものもある。どこからか風で運ばれてきたものらしい。葉から鼻を刺す匂いがするところを見ると、くすの実であろうか。これも烏帽子に入れた。

もういよいよ何もないとわかると、土を掘った。都で酒宴の膳に供された山芋のことを思い出したのだ。山地の灌木の下に生じると話に聞いた自然薯《じねんじょ》だ。爪が割れ、指先が血にまみれても、手を動かすのをやめようとしなかった。そのうちに爪が剝《は》がれ落ちた。

それも烏帽子に入れる。倒木の下の地面から、まるまる太った地虫が出てきた。公惟は落ちくぼんだ目を光らせて、子のもとへ這いずっていった。

「食べよ、海老じゃ」

青白い地虫を差し出すが、子は蓬髪を振っていやいやをするばかりで、母の胸に顔を埋《うず》めてしまう。公惟は悲しげに首を振る。

「これはどうじゃ、唐菓子だぞ」

くすの実をつまんで口もとへもっていくと、子は大きく口を開けた。ひと粒を落とす。すぐに顔をしかめて吐き出してしまった。公惟も一粒を口にしてみた。

「うむ。美味い。駄々をこねずに食うてみよ」

実際には青臭いだけなのだが、飢えきった公惟には山桃より甘く感じられた。子の手に残りの実を握らせる。少しでも食欲をそそるように、周囲の落ち葉の中から紅葉の美しいものを選び、器にして、烏帽子の中の品々を盛る。だが、子はこうべを振るばかりだ。

喉が渇いているのかもしれない。ここには水もなかった。血まみれの指先を、子の口の中に突っこんだ。子は顔をしかめたが、やがて強く吸いはじめる。公惟はそれを満足げに眺めた。ただの水より滋養になるはずだ。

「待っていろ、もっと馳走を採ってくるから」

ずるずると土を這う。いったん動くのをやめれば、もう二度と体が動かなくなることはわかっていた。

再び陽が沈み、眼下の樹林が暗黒の海に変わる頃、爪のほとんど残っていない指で土を掻いていた公惟は狂喜の声を上げた。掘り当てたものを口にくわえ、両手の力だけで匍匐《ほふく》する。

「見よ見よ、自然薯じゃ」

掘り当てたものがただの木の根であることに、もう公惟は気づいていない。

「ほれ、まず、わしが味見をしてみよう」

泥まみれの木の根を口にくわえたまま公惟は息絶えた。

それから二度の夜が訪れ、二度の朝が来た。

丘陵の上、手を伸ばせば届きそうな高さを暗色の雲が横切り、雨を降らせはじめた。子はずっと母の亡骸《なきがら》に取りすがっていたが、雨に気づいて空を見上げ、大きく口を開ける。涸《か》れた喉を打つ雨水の冷たさに目を細めた。

ひもじさに指をしゃぶりながら父の姿を探す。背後に倒れた父を見つけ、頰《ほお》を叩く。ぴくりとも動かない。父の頰に張りついた木の根をかじったが、すぐに吐き出した。烏帽子を逆さに振ってみる。落ちてきたくすの実に目をとめ、口に入れた。もこもこと頰が動く。苦さに顔をしかめはしたが、もう吐き出そうとはせずにそのまま呑《の》みこんだ。

くすの実をすべて食い尽くすと、ずりずりと辺りを這いはじめた。父の真似をしているのだ。この遊びが気に入ったらしい、大きな目を輝かせて這いずり、泥水を飛ばし、細い声できゃっきゃっとはしゃぎ声をあげる。

新しいくすの実を見つけ、口にくわえて父と母の遺骸のもとへ戻った子は、母の口に小さな実を押し込もうとするが、閉じた唇に何度のせても、ころげ落ちてしまう。子は首をかしげ、母に聴かされたうろ覚えの子守唄を歌い、母の背中を叩き続けた。

夕風が吹く頃、びょうびょうと凩《こがらし》が木々を鳴らす音に驚き、子は母の胸に顔を埋めた。激しい飢えがかつての記憶を呼び覚ましたのか、袿を広げて乳首を吸おうとする。もちろん乳など出はしない。乳首の凍りつくような冷たさに子は唇を離し、また弱々しく唄を歌い続けたが、やがて力尽き、目を閉じた。

その口から、一日中しゃぶり続けていたくすの実の中の小さな種が零《こぼ》れ落ちる。落ちた種は子の水干《すいかん》の衣を転がり、ぬかるみの中へ沈んでいった。

## 二

雅也《まさや》は急斜面を登ってきたことを後悔しはじめていた。

丘をぐるりと回っていくより、突っ切ったほうが早いと思って、そうしたのだが、両手に持った五人分の食い物と飲み物の入ったビニール袋の重さが誤算だった。なにしろ、最近ようやくこの辺の店でも見かけるようになったコカ・コーラの1リットル瓶が二本も入っているのだ。

同じことを考える人間はたくさんいるようで、雑草が繁った斜面には踏み分け道がついているのだが、午前中の雨で土がぬかるんでいるから、歩きにくいったらない。

つるつるの隈笹の葉に足をとられて、前のめりに倒れた。

すりむいたおでこから血が出ていないかを確かめるより先に、袋の中身が無事かどうか目を走らせる。それからまたスキー場の上級者ゲレンデ並みの斜面を登りはじめた。

ここまで走りづめだから膝《ひざ》ががくがく笑っている。1リットル瓶が入っている重いほうの袋を右手から左手に持ちかえたけれど、たいしてペースはあがりはしなかった。

もうだめだ。間に合わない。腕時計なんかないからはっきりわからないが、どう考えても時間オーバー。十五分で帰ってこい、なんて言われても、最初から無理なんだ。

ちきしょう。なんで、俺が。

酸欠気味の頭の中で雅也は思った。

どうして、俺が。

なぜ、あいつらのパンとジュースを買わなくちゃならないんだ。しかも全部、俺が金を出して。

授業が終わった後、いつもどおりまっすぐ家に帰ればよかったんだ。珍しく同級生の一人に声をかけられて、漫画本を貸す約束なんかしていたのがいけなかった。校門のところまで行くと、岸本たちがたむろしているのが見えた。いつもああやって、獲物を待ちかまえているんだ。三年の新学期と同時にブタナベと呼ばれていたデブの田辺が転校してからは、やつらの標的は雅也ただ一人。あわてて教室へ戻ろうとしたら、後ろから岸本にヘッドロックをかけられた。

「逃げてんじゃねぇよ。俺らと遊ぼうぜ」

体育用具室の裏手で、アントニオ猪木の卍固《まんじがた》めやアブドラ・ザ・ブッチャーの地獄突きの練習台にされたあげく、唇の中を切った雅也に、岸本はこう言った。

「ポチ、腹減った。食いもん買ってこい」

苗字が星だからポチ。岸本たちが雅也をそう呼ぶから、最近はクラス中のあだ名になってしまった。岸本よりさらに体のでかい堀井が、校舎の時計を指さした。

「十五分以内な。遅れるんじゃねぇぞ」

やきそばパン、うぐいすパン、ハムカツサンド、サラダ味プリッツ、コカ・コーラ、ドクターペッパー、スプライト、フルーツ牛乳……。全員がてんでんばらばらに勝手なモノを注文してくる。覚えられずに何度も聞き返していると、空手を習っている堀井にいきなり尻を蹴《け》り飛ばされた。

「早く行けよ。一分遅刻するごとに真空跳び膝蹴り一発だからな。ほら、急げ、ポチ」

丸山ストアまでは、雅也だと普通に走ったって片道十分。十個以上のパンと五人分の飲み物を買う時間だってある。堀井は最初から跳び膝蹴りをするつもりで命令しているんだ。

もういいや。どうせ殴られるんだ。たとえ十五分以内に着いたとしたって、同じ。岸本に言いつけられたショートホープを買ってないんだから。

中学の制服を着たまま煙草《たばこ》を買うのは、何度経験しても命が縮む気がする。今日もだめだった。自動販売機の前でおばちゃんたちがずっと立ち話をしていたからだ。

同じだよ。どうせ同じ。心の中でそう呟きながら、岸本たちが待つ中学校へ向かって雅也の足は動き続ける。自分でも思う。俺は本当にポチみたいだと。

斜面を登りつめたところで、息が上がってしまった。あせって頭がぐるぐるしているのに、体は動かない。真夏の犬のように喘《あえ》ぎながら、駆け足を早歩きに変えた。

丘の上は神社だ。でも、社《やしろ》も鳥居もぼろぼろ。もう何年も前に無人になっている。かつてはここに幼稚園があり、雅也もそこに通っていたのに。

ことり幼稚園。年長組、年少組、それぞれひとクラスしかない小さな幼稚園だった。長い石段を昇って通園するなんて、幼稚園児には毎日登山をしているようなものだが、雑木林と田畑しかなかったこの土地を切り拓いて建設された新興住宅地の子どもたちには、他に選択肢はなかった。

ここが突然、荒れ社になったのは、雅也が小学四、五年の頃だから、昭和五十年になるかならないかの年だ。

神主一家が心中し、家族全員の幽霊が境内《けいだい》をさまよっている——小学校ではそんな噂《うわさ》が飛びかっていたけれど、大人の話を聞くと、町が大きくなるにつれて他にも幼稚園ができたために経営が悪化し、借金を背負った神主一家が本業ごと存続を放棄したというのが真相らしい。そりゃあそうだ。幼稚園を選べるのなら、石段を百段も昇って通うところになんて、誰も行きたがらないだろう。

いまでは昼でも人けのない不気味な場所だ。本当なら一気に駆け抜けたいところだった。でも、全力疾走し、急斜面を登ってきた雅也に、それは無理な注文だ。

幼稚園があった場所には、工事用の黄色いフェンスが張りめぐらされている。何ができるのかは知らない。建設に反対する人間が多くて、工事が中断されたままになっているらしい。

フェンスは丘の上の反対側、石段の手前でコの字型にへこんでいる。工事用の敷地を真四角にできないのは、そこに一本の木が立っているからだ。

大きなくすの木だ。神社には他にもたくさんの木が生えているのだが、黄色いフェンスの向こうにそびえるその木だけ、遠近法を間違えたみたいにでかい。本当かどうか知らないけれど、幼稚園では樹齢千年だと教えられた、この辺りでは有名な巨樹だ。

あそこまで歩いて、また走ろう。あとは下りだ。遅刻があまりひどくなければ、堀井の跳び膝蹴り数発と、煙草のことで岸本に殴られるだけで、今日は家に帰してもらえるだろう。

石段めがけて、いきなり駆けだしたのがいけなかった。幹から信じられないほど遠くまで伸びて、岩のように顔を出しているくすの木の根に足をとられてしまった。両足を踏んばり、ビニール袋をかばって胸にかかえようとした。が、反射神経が追いつかなかった。雅也はまたしてもぶざまに顔から地面へ倒れこんだ。

「ポチは、ほんとに運動音痴《うんち》だな」

クラスメートたちの嘲り笑いが聞こえるような気がした。右手の袋がどこかへ飛んでしまっている。半身を起こして、怯《おび》える小動物の目でその行方《ゆくえ》を探した。

だいじょうぶ、瓶は割れてない。パンは——。一、二、三、四……数が足りない。くすの根っこがつくった窪みに泥水がたまり、残りのパンはそこに浮いていた。

なんでこうなる。俺は、いつもそうだ。

たとえ包装だけでも、泥で汚れたパンを岸本たちが黙って食うはずがない。

制服の白シャツの袖をハンカチにして、ひたいからしたたり落ちる汗をぬぐう暇もなく必死でパンのビニール包装の汚れを拭く。よけいに汚しているだけの気がした。

ああ、もうだめだ。完全に時間オーバー。

くすの木の根のひとつにへたりこんだ。いま頃は岸本たちが怒り狂って、用具室の壁を蹴り飛ばしているだろう。雅也へのキックの練習をするために。

遅刻し、煙草もなく、パンも泥つき。どんな目に遭うか、考えただけで恐ろしかった。もっと怖いのは、それを他の生徒に見られることだ。用具室には教師たちの目は届かないけれど、体育館で部活をやっている連中には丸見えだ。当然、女子バスケ部の宮嶋啓子《みやじまけいこ》にも。

もう嫌だ。たくさんだ。雅也はまたシャツの袖をハンカチにした。パンの袋でも汗でもなく、目がしらをぬぐうために。

七月上旬。雨で休んでいた夏をとり戻そうとするように陽射しは強かったが、雅也のいる場所は冷え冷えとしていた。くすの木が広げた枝葉が屋根になっているからだ。

なにしろ大きな木だ。いったい地面から何を吸ってこんなに大きくなったんだろう。幹まわりは幼稚園児十三人が手をつないでようやく囲める太さだ。実際にやらされたから覚えている。高さは三十メートル近くあるだろう。太い幹は途中で二股《ふたまた》に分かれ、その先でさらにいくつかの枝に分かれているから、まるで巨大な手が指をもがかせて空に取りすがろうとしているように見える。

小さい頃から見慣れた木なのに、雅也は好きにはなれなかった。木肌のいたるところに腫瘍みたいに醜くこぶが盛り上がり、触ると何かの病気がうつりそうな気がしてくる。地面にうねっている根も、まるで鯨にからみつく大王イカの足みたいだし、幹のところどころが朽ち果てて、ぽかりと空洞が開いているのも不気味だ。あの洞《うろ》のひとつに神の使いの白い蛇が棲《す》んでいる。幼稚園の先生からそんなことを聞かされていたから、園児たちは気味悪がってこの木には近づこうとしなかった。樹齢千年が本当だとしたら、そろそろ寿命が尽きようとしているのかもしれない。

それでも真冬にも妙につやつやした青黒い葉をたっぷり繁らせるのだから、植物は不思議だ。下から見上げても、幾層にも重なった葉の繁りで樹頂まで見通すことはできない。

丘の上には風が吹いていた。てっぺんが見えない膨大な数の葉っぱが海鳴りみたいな音をさせている。その音は大勢の人間のくすくす笑いにも聞こえた。スポーツテストの懸垂《けんすい》の時、みんなから浴びせられた笑い声のような。

「お前は、サンドバッグか？　一回でいい。一回ぐらいやってみろよ」

アマチュアボクシングの選手だった体育教師の城之内《じようのうち》は、顔を真っ赤にしてもがく雅也に向かって、シャドーボクシングをしてみせたのが受けたとわかると、調子に乗って海援隊の『母に捧げるバラード』の歌詞をまねて、こう言った。

「死ぬ気でやってみろよ。俺には無理だとか、諦めようとか、そう思ったら、死ね、雅也」

　またみんなが笑った。隣でハンドボール投げをしていた女子たちも。宮嶋も。

　考えてみれば、岸本たちに暴力を振るわれるようになったのはあれがきっかけだった。数日後、やつらにまだポチと呼ばれる前の雅也を、岸本はこう呼んだんだ。

「おーい、サンドバッグ。体育用具室の裏にこいよ」

　死ね、雅也――そうだよ。人間サンドバッグの俺なんか死んだほうがいいんだ。

　夜、ふとんの中に入る時間が雅也はなによりも嫌だった。眠りに落ち、次の日の朝が来るのが怖かった。ひたすら岸本たちの目から逃れ、顔色をうかがい、放課後は会わないように――ほとんど成功しないのだが――こそこそ帰る日々が始まると思うとたまらない。ずっと目覚めないほうが、よっぽど楽だ。

　死んだほうがいいのかも。

　岸本たちのサンドバッグがわりだけでなく財布がわりにされるようになってからは、毎晩そのことばかり考えている。大切にとっておいたお年玉の金もなくなった雅也が、たびたび家の財布から金を抜き取っているのをおふくろは薄々感づいているみたいで、最近は学校から家へ逃げ帰っても、そこがやすらぎの場ではなくなっているのだ。

「死」がどんなものなのか、雅也にはよくわからない。「死」のイメージは漠然としている。死ぬ時には、苦しかったり、痛かったりするのだろうということまでは想像できるが、その先のことは、因数分解以上に理解不能だった。

「無」ってやつなのかな。部屋を暗くして目を閉じた時みたいになるのだろうか。翌日、学校のない土曜の夜、ふとんの中のつかのまの安息と同じような感じなら、そんなに悪くはなさそうだ。

そうだよ、痛いのも、苦しいのも、一回だけだ。岸本の地獄突きや、堀井の真空跳び膝蹴りを毎日受けることに比べれば、一度だけ我慢すればいいんだから楽なもんだ。

でも、死ぬって、どうやるんだ？

睡眠薬は楽だって聞くけど、アカネ薬局が中学生に売ってくれるとは思えない。飛び降りも一瞬だけど、この界隈にある高い建物は、スーパーの近くの五階建てマンションぐらいだ。あそこは嫌だ。宮嶋が住んでる。

飯を食わずに餓死？　意外に楽そうな気がする。道具もいらないし、断食道場のつもりで寝てればいいんだから。日曜日に昼までふとんの中にいる時の、腹は減っているけれど眠気には勝てない、あの感じだろうか。まぁ、無理だな。おふくろが許してはくれないだろう。

ガス管をくわえればいいのかな。何年も前に、それで自殺した小説家がいた。なんていう名前だっけ。ギョロ目の伊豆の踊子の人だ。その前には切腹の人もいた。あれはやめよう。とっても痛そうだ。やっぱ、ガス管か。

「死んじゃおうかな」

口に出して呟いてみた。雅也のはるか頭上で、ざわり、とくすの梢が揺れた。風が強くなってきたのだ。工事用フェンスががたがたと鳴り、工事中と書かれた貼り紙が宙に舞う。風に飛ばされた細長いボロ切れが、蛇が這い寄るみたいに地面をのたくっている。それが、片端をくるりと輪にして、雅也の足もとで止まった。

一本の縄だった。神社に人がいた頃、この木はご神木だったから、たぶんその時のしめ縄の名残《なごり》だ。

なんだか雅也には、その縄が誰かからの贈り物に思えた。「さ、これを使って」と言っているみたいな感じ。

縄をつまんでみた。長さは二メートルぐらい。古びてぼろぼろだが、鉄棒より太く、引っぱってみると、手がじんじんするほどの弾力が返ってきた。雅也の四十五キロしかない体重なら切れることはなさそうだ。

そうか、首吊りっていう手を忘れてた。

頭上を振り仰いだ。首を吊るとしたら、とりあえずこのくすの木だ。しばらく見上げてから、下げた首を横に振った。

やっぱりやめた。いちばん低い枝でも地上から二メートル半のところにある。懸垂だけではなく、垂直跳びもビリに近かった雅也の手が届く高さじゃない。

こんなところじゃ、どうせ踏み台になるものもないだろう。ろくに周囲も見ずにそう考えて、立ち上がった時だった。

どこからか歌が聞こえてきた。

最初は木の葉の音だと思った。ほんのかすかな歌声だったし、頭の上から聞こえたように思えたからだ。

耳を澄ますと、本当に頭上から聞こえているのがわかった。くすの木からだ。鼻唄なのか歌詞がついているのかもわからない、子守唄みたいな歌だった。

首をひねりながら木を振り仰いだ雅也は、思わず悲鳴を漏らしてしまった。

いちばん下の枝のつけ根あたり、繁った葉の中に顔があった。

悲鳴はすぐに安堵《あんど》の息になった。その顔が小さな子どものものだとわかったからだ。髪は長いが伸ばしっぱなしのぼさぼさで、男か女かもわからない。

歌っていたのは、その子どもだった。雅也の視線に気づくと、歌をやめ、黒目がちの大きな目をまんまるに見開いて、こっちを見つめかえしてきた。まるでリスみたいだ。

「そこで、何してる」

雅也の問いかけが叱《しか》っているように聞こえたらしい。ぼさぼさ頭が葉っぱの中へ引っこみ、葉を揺らして幹の向こう側へ消えた。

しばらく雅也は子どもが消えた葉叢をぽかんと見つめていた。よく考えてみると不思議だ。あんな小さなガキが、どうやってあそこまで登ったんだろう。

子どもが消えた木の裏側に回ってみて、合点がいった。こちらのほうがこぶが多く、足場になるぐらいに大きい。ぽかりと空いた洞もある。幼稚園時代に白蛇が棲んでいると聞かされたところ。あの頃ははるか頭上にあったのに、いまは雅也の顔より少し下だ。なるほどね。ここを伝って登ったのか。すばしっこいガキだ。もう姿は見えなかった。

雅也は自分の目線と同じあたりの、ちょうど人間の顔ほどの大きさのこぶに話しかけた。

「ぜひ僕のお葬式に来てください。少しでいいから泣いてくれますか」

自分の葬式と、そこに参列してハンカチで涙を拭いている宮嶋啓子の姿を想像してみた。胸とまぶたの裏がじんと熱くなる。案外、悪い気分じゃなかった。

「よっしゃ、いっちょう、いってみるか」

市営プールへ出かける気軽さでそう呟き、縄をかついでくすの木に登った。

枝の上からは、町が見下ろせた。

小さい頃には、雅也たちが住むこぢんまりとした新興住宅地を除けば、点々と農家の屋根が見えるだけの、緑一色の場所だったのに、最近は梅雨時のきのこみたいに民家や店屋が建ちはじめている。これからも増えるだろう。あちこちで林や田畑が削られ、土がかさぶたのようにむき出しになっていた。小学校の頃、ザリガニ釣りに行った用水路ももうない。

どの家も、大きさも庭の広さもたいして変わらないのに、うちがいちばん素敵だと思いこませようとしているんだろうか、かたちも屋根の色もてんでんばらばら。美術の色彩調和の実技テストを受けたとしたら、三十点もとれないだろう。

空ももう青くない。街並みの向こうに見える製紙工場の煙突が、灰色の煙を吐き出して空の色をくすませていた。

高いところから地上を見下ろすと、日常生活のことは忘れて、つまらない悩みなんかどうでもよくなる――登山が趣味の担任の大野が言っていたけれど、そんなの嘘っぱちだった。

薄汚い町だ。ここから眺めれば、誰もが自分勝手なことばかりしているのがよくわかる。見ていると、よけいに気持ちが暗くなり、つまらないことが重要な問題に思えてきてしまう。いまの場合、岸本の家と雅也の家がずいぶん近いってことだ。

あと何年もこの町で生きていくなんて耐えられない。中学を卒業したって、岸本の犬になったままかもしれない。

雅也はのろのろと自分の絞首台づくりを開始した。まず、どうすればいい。縄を枝にくくりつける？　いや、その前に片側へ輪っかをつくらなくちゃ。頭で考えるほど、手は動かず、作業はいっこうにはかどらない。

そうだ、どうせ自殺するのなら、これが岸本たちのせいだってことを書き残しておかなくちゃ。結びかけの縄をうっちゃって、ポケットから買い物メモ用のノートの切れはしを取り出す。首吊りの準備をする前に、まず遺書の文面を考えることにした。

『僕は岸本君と堀井君に——』

なんでこんな時に『君』をつけなくちゃなんないんだ。呼び捨てでいい。ノートの切れはしじゃ、たいしたことは書けないから、とにかく名前を挙げておこう。体育の城之内の名前も。文面はこう始める——

『僕を死に至らしめた人々』

「いたらしめる」ってどういう字を書くんだっけ。いや、こっちのほうがいいか。

『俺を死に追い立てた奴ら』

ポケットから鉛筆を取り出そうとしたが、なかった。きっと急斜面で転んだ時に落としちまったんだ。遺書がなくちゃ意味がない。

やめようか。そうだよ、やめようぜ。

いや、死ぬんだ。死のう。もう死のう。

いや、でもやっぱり——。

雅也の心はメトロノームみたいに揺れ続けた。

枯れ葉を踏むかすかな音が、雅也の心の針をひと時とめる。さっきの子どもだった。

そろそろと歩いてきて、幹の近くの地面にしゃがみこんだ。枝の上から見下ろす背中は、思っていた以上に小さい。まだ四、五歳だろう。

小さくて汚らしいガキだった。夏だというのに、どこかで拾ってきたような薄汚れたぶかぶかの分厚い服を、マントみたいに羽織っていた。

子どもはふくらませた頰をもくもくと動かしている。本当にリスみたいだな。何をしているのかがわかった瞬間、雅也は叫んだ。

「あ、こら、よせ」

パンを食べているのだ。なんてガキだ。ビニールの包装ごと食ってやがる。雅也の声を聞いたとたん、手にしたパンと飲み物をかかえて逃げ去った。地面に食いかけのメロンパンだけが残った。

ああ、もうだめだ。メロンパンは岸本の注文だ。売り切れ寸前でたった一個だけ残っていたやつなのに。完全に、アウト。地獄突き十発。いや、百発だ。

やっぱり死のう。遺書はいいや。岸本たちに毎日殴られていたことはクラスの誰もが知っている。あいつらはたっぷり非難を浴びるだろう。俺のことはテレビや新聞のニュースになるかもしれない。そう、俺が死ぬことで、やつらの人生も台なしにしてやるんだ。

写真が出るなら、中二の頃の髪が長めの時のやつがいいな。自分の顔がニュース番組に映るシーンを想像しているうちに、また、胸とまぶたの裏が熱くなってきた。その高揚にまかせて、いっきに枝へ縄をくくりつけた。

ははははは。

木から降りた雅也は、自分の背丈より高いところでゆらゆら揺れる縄の輪をぼんやり見つめて、力なく笑った。そうだよ、踏み台がなかったんだっけ。

ははは、はは……。

がたん。

工事フェンスの方向で物音がした。雅也の弱気を叱りつけるような音だった。立てかけてあった運搬用荷台《パレット》が倒れたのだ。

あるのかよ――。

ずるずると重い木製のパレットを引きずって枝の真下に戻ったが、パレットは厚さ十センチほど。これではまだ届かないし、そもそも引きずるほど重いから、蹴り飛ばして足からはずすことができない。

やっぱり、無理、か。そう思ったとたん、コーラの1リットル瓶が目に飛びこんできた。あのくそガキがパンと一緒に持ち逃げしようとして、途中で落としていったのだ。

見ているうちに、頭がやかんになったように岸本たちへの怒りが煮えたぎってきた。あれは一本百五十円もするんだ。今度、おふくろの財布から金をくすねたりしたら、それこそ学校だけじゃなく家にもいられなくなる。

そうだよ、これは復讐だ。やつらを一生後悔させてやる。苦しめてやる。呪ってやる。崇《たた》ってやる。得体の知れない高揚が再び雅也を駆り立てた。

1リットル瓶を地面に二つ並べ、その上にパレットを置く。試しに乗ってみた。スケートボードの上に立ったみたいに体がぐらぐら揺れた。両足で蹴れば、きっとパレットだけ滑り出すだろう。垂らした縄の先は計ったように首と同じ高さになった。

お膳立てが揃《そろ》ってしまった。後は自分の決断だけだ。

目を閉じて、もう一度だけ考えた。いいのか、ほんとに。もし死んでしまったら、後悔することを思い浮かべてみた。

テレビで『ルパン三世』が見れなくなること。まぁいいか、最近、ちょっとマンネリ気味で前ほど面白くなくなってきたし。

イクラの軍艦巻きが食べられなくなること。でも、うちが寿司をとることなんて、どうせ年に一回か二回だしな。

宮嶋啓子のこと。宮嶋を思うと胸は騒いだが、この先、何年生きてたって同じ。あいつはもう男子バスケの沢田とつきあっているし、第一、みんなと一緒に俺のことを笑っていた。

何もなかった。いいことなんかひとつもない自分の毎日が悲しくて、悔しくて、縄に首をかけるのが恐ろしくなくなった。

縄は湿っていて、ひんやり冷たかった。けばが喉仏をちくちくと刺した。

爪先立った足でパレットを蹴ろうとした時だった。

どこにいたんだろう。またあの子どもが現れた。雅也の足に懸命にすがりついてくる。

「よせっ、よせよ」

助けようとしているらしい。こんなチビなのに、俺が死のうとしていることがわかるのだろうか。大きな瞳で雅也を見上げてくる。占いの水晶玉みたいに何もかもお見通しっていう目だった。

「邪魔するな！」

縄から首を抜き、パレットから飛び降りた。もう少しだったのに。せっかくの決心が、また鈍っちまうじゃないか。

「あっちへ行け」

子どもはぴくんと体をすくませて、二、三歩、後ずさりしてから、くるりと背中を向けて、くすの木の向こう側へ消えた。

怖くて逃げたのだと思ったのだが、違った。すぐに戻ってきて、パレットに腰を落とした雅也に、もみじの葉っぱみたいな手を差し出してきた。

手のひらに、小さく丸い黒色の木の実が載っていた。

冬が近づくと幼稚園の庭にもたくさん落ちたから見慣れている。くすの実だ。いまの時期にもう実が熟すなんて知らなかったけれど。

パンを食べちまったお詫びのしるしってことだろうか。思わず苦笑いしてしまった。

「サンキュー、もらっておくよ」

子どもも笑った。頬も髪も泥まみれだけれど、よく見ると可愛《かわい》い顔をしている。男の子かもしれない。痩せた御所人形のような顔立ちだ。

子どもが雅也の向かい側にしゃがみこみ、ぬかるみから泥をつかみ出して、小さな手でこねて、まるめはじめた。

それを食べるまねをし、顔をしかめてみせる。もうひとつつくり、木の葉の上におそなえ物のように載せ、前髪の間から雅也を盗み見てくる。本人はだんごのつもりらしい。ぼんやりと見ていると、葉っぱの皿にまたひとつ。どうやら、一緒に遊ぼう、と誘っているようだ。

「お前も友達がいないのか?」

思わずそう声をかけてしまった。子どもから返事はない。もくもくと泥だんごをつくり、ちらちらと視線を向けてくるだけだ。

「お兄ちゃん、これから死ぬんだ」

雅也は言ってみた。「死ぬ」なんて言ったって、どうせ意味なんかわかるはずがないと思って。案の定、子どもは首の折れた人形みたいに首をかしげただけだ。

言葉にすると、なんだか急に、自分の死が現実味を帯びてきたように思えた。

よし、やっちゃおう。

雅也はもう一度、危なっかしく揺れるパレットに乗り、背後の子どもへ大人びた口調で言った。

「悪いけど、他の場所で遊んでくれないか。俺はこれから、死ぬ」

最後の話し相手への、最後のひと言になるはずだったが、振り返ると、子どもの姿はなかった。ちぇっ、しょせんガキだ。

もう一度、後悔することはないかを考えてみた。ラストチャンス。でも、いまの自分の財布同様、いくら頭を振っても、中は空っぽだ。雅也は深くため息をついて首に縄をかける。

パレットを蹴ろうとした一瞬、振り上げた足が止まった。

やべぇ。やっぱ、死ねない。

ひとつだけあった。後悔すること。ベッドの下にエロ本を隠していたことを忘れてた。田辺に転校の置き土産としてもらったやつ。しかもヌード写真の一枚には、修学旅行の時に撮った宮嶋の写真を切り抜いて貼ってある——。

まずい。あれを始末しなくちゃ、恥ずかしくて、死ねない。爪先立ちをして縄から首を引き抜こうとしたが、なぜか足が動かなかった。

下を見て驚いた。またもや子どもが現れて、両足にすがりついていたのだ。

「もう、いい、いいんだよ」

あせって叫んだが、子どもは髪を振り立てて、懸命に、抱っこをせがむように、両足に取りすがってくる。体がぐらつき、蹴らなくてもパレットが足から離れそうだった。

「もう、いい。死なないから、離せ！」

子どもが驚いて目をまるくし、雅也から離れる。パレットをしばらく眺めて、長いまつ毛をぱちぱちさせた。それから雅也に御所人形みたいな陰影のない笑顔を向けてきた。

その瞬間、わかった。

イタズラなのか、何かの遊びだと思いこんでいるのか知らないが、このガキは俺を止めようとしているんじゃない。俺を早く殺そうとしているんだ。

ぐい。爪先立ちをしている足もとが揺らいだ。子どもがパレットを押しているのだ。ぐい。微笑みを浮かべて雅也を見上げてくる黒目ばかりの目が、暗い木の洞に見えた。

「やめろっ！」

自分で始めたことなのに、そう叫んでしまった。雅也はようやく気づいた。自分が最初から本気じゃなかったってことに。でも、それに気づいた時には、パレットが滑り出していた。子どもが勢いあまってころび、ぼさぼさの髪がタンポポの綿毛みたいに広がった。

首に巻いた縄が喉に食いこもうとする瞬間、雅也はパレットを蹴った。木の枝まで飛びつくためだ。絶対に届くはずがないとわかっているのに、体が勝手に動いたのだ。

信じられない。

木の枝にぶら下がっている自分に驚いてしまった。届いた。いまの跳躍をスポーツテストの垂直跳びの時にやっていたら、トップクラスに入れただろう。幼稚園時代の石段昇りの成果が、いま頃になってあらわれてきたのかも。

とはいえ、体は宙ぶらりんになったままで、縄は依然として首にかかっている。しかも左手は指三本で枝にしがみついている状態だ。助かったわけじゃなかった。腕の力が抜けてしまったら、今度こそ首吊りだ――。

「たすけて～」

いくら叫んだって、丘の上には人影がない。

「誰か～」

自分で自殺装置をつくっておきながら助けを求めるなんて、大まぬけだ。

下から小鳥の囀《さえず》りに似た声が聞こえた。子どもが笑っているのだ。新しいオモチャに喜んでいる無邪気そのものの笑いだった。

子どもが笑いながら近づいてくる。また雅也の体に取りすがった。おいっ、やめろ。今回はしがみつくだけではなく、宙に浮いた雅也の両足にぶら下がり、体を預けてきた。

もうだめだ、そう思った。でも、子どもの体は空気みたいに軽かった。

雅也は息をつめて、けんめいに体を引き上げた。無理だとか、諦めようとか、そう思ったら、死ね、雅也——まさにそのとおり。諦めたら死んじまう。

両腕の筋肉がめりめり音を立てる。噛《か》みしめた奥歯が砕けそうだった。おでこが枝にぶつかった。息を止め続けている体が震えた。

目線が枝の上にきた。気づいた時には、雅也は生まれて初めて、懸垂を成功させていた。

懸垂は苦手でも逆上がりぐらいはできる。足を大きく振って振り子にし、いっきに枝の上に体を押し上げた。

すげえ。自分に感動してしまった。やればできるじゃん。「死ぬ気になればなんでもできる」っていうのは、本当かもしれない。

両手両足で枝にしがみつき、首から縄を抜き取った瞬間、短い悲鳴に似た音がした。枝が折れる音だった。雅也は地上に落下した。

こっぴどく尻を打った。堀井に蹴られるよりよっぽど痛かったが、なぜか、その痛みは爽快だった。

手にはまだ折れた木の枝が残っていた。放り捨てようとして、思いなおした。枝を何度も地面に叩きつけてさらに折り、一メートルぐらいの長さにする。

振ってみる。小学生の頃、剣道の道場で教わったように小指から中指までの三本の指に力をこめ、あとの二本は軽く握って振った。空気を裂くいい音がした。

いつのまにか子どもの姿は消えていた。くすの木の蔭でまた、とんでもないイタズラをしようと狙っているのかもしれない。でも、いまの雅也には、あんなガキのことなんかどうでもよかった。

そうだよ、堀井は空手を習ってることが自慢みたいだが、やつは通信教育。俺は剣道の道場に通っていたことがあるんだ。半年でやめちゃったけど。

大きく深呼吸して、気合の声を出してみる。

「面っっ」

「胴ぉぉぉ」

「小手ぇっ」

一対五。どう考えても勝ち目はないが、一人ぐらいなら、頭にコブをつくってやれるかもしれない。それだけでもいいや。さっきの縄が首に食いこむ瞬間の恐怖を思えば、怖いものなんか、何もなかった。

もうすぐ夏休みだ。夏休みになったら、もう一度、剣道の道場に通おうか。ボクシングジムもいいな。俺のパンチを食らってアワを食う岸本の顔が見てみたい。

「よし、戦おう」

雅也は、棒をベルトに差し、雄叫《おたけ》びをあげて石段を駆け降りた。

いつのまにか陽が傾き、淡くなった夏の光が、家々のてんでんばらばらの屋根を等しく黄金色《こがねいろ》に輝かせていた。薄汚い町が、つかのま美しく見える瞬間だ。

また丘の上に風が訪れ、古いくすの木の枝を鳴らしていく。その音は誰かの小さなため息に聞こえた。

# 瓶詰の約束

# 一

空が真っ赤だった。夕焼けなんかじゃない。町が燃えているのだ。

治雄《はるお》はやみくもに走っていた。背後から襲ってくる唸《うな》り声に追い立てられて。蚊の羽音を億万倍ぐらい大きくしたような背筋が寒くなる音だ。怖くて振り向くことはできなかったが、赤い空には、アメリカの爆撃機が飛んでいるはずだった。

背中のランドセルがかたかた鳴っている。ぶかぶかのズックが、いまにも脱げてしまいそうだ。あわてて飛び出してしまったから、靴の片方は兄のものだった。

自分がどこにいるのか、よくわからなかった。もう道の両側には窓から炎を噴きあげる家も、マッチ棒みたいに燃えあがる電信柱もない。町から離れた田んぼの畦道《あぜみち》には違いないのだが、ふだんは真っ暗がりであるそこは、町の方角から閃光《せんこう》が走るたびに耿々《こうこう》と照らされて、咲きはじめたれんげ草の薄紫色まで見てとれる。まるで別の場所に思えた。

オオバコの茎に足をとられて、前のめりに倒れた。背中で爆撃機の音が高くなった。それがまるで治雄をめがけて飛んできているように思えて、あわてて飛び起きた。すりむいたおでこがぬるぬるしている。血が出ているらしいのだが、確かめる間もなく右足からぶかぶかのズックを引《ひ》き剝《は》がし、片手で握りしめて、また走りはじめた。発動機みたいにあえいで、ひたすら両足を動かし、酸素不足でぼんやりしはじめた頭の中で考えた。みんなはどうしただろうと。

警戒警報が鳴ったのは三時間前だった。人間の悲鳴に聞こえる不気味なサイレンだ。治雄も国民学校のみんなも、ものまねができるほど何度も聞いているが、いつもサイレンだけ。以前、授業中に鳴った時、隣の席の清が言っていた。「やれ、狼《おおかみ》が来たぞ」。ほんとうにその通りだ。治雄たちの町へアメリカの艦載機が来たことは一度もなかった。だから、母に言われて、玄関に防空頭巾《ぼうくうずきん》とランドセルを揃《そろ》えたものの、初めて警戒警報を聞いた時みたいに胸がどきどきすることはなかった。

夕飯は今日も蒸《ふ》かしたさつまいも。すぐになくなってしまうから、いつものようにゆっくり口の中でころがしながら、ラジオで「少国民の時間」を聴いていた。そうしたら突然、空が唸り声をあげはじめたのだ。

母が立ち上がって灯火管制のための布を電球の笠にかけようとすると、天井が震え、電球が揺れて、ちゃぶ台に埃《ほこり》が落ちてきた。まるで空の上で地震が起きたようだった。

父ががたがたと鳴り続ける窓ガラスを開けた。頭上から降ってくる音はますます激しくなり、近所の人たちの騒ぎ声も聞こえたが、父はぼんやり夜空を見上げているだけだ。

「何も見えんぞ」

警戒警報とは少し音が違う空襲警報が鳴り出し、ブザーとともにラジオから流れる音楽がアナウンサーの声に切り替わった。兄が音量を上げる。

「マリアナ基地ヲ発進セルB29ノ編隊ハ――」

敵機の位置を告げる声に、茶の間にいた家族全員が耳をかたむけた瞬間だった。

いきなり天井が落ちてきた。凄《すさ》まじい音のほうが後だったと、治雄は記憶している。目の前が真っ暗になり、ラジオがぷつりと消え、暗闇の中で兄の「あっ」という短い叫びが聞こえた。

母と妹たちが悲鳴をあげる。治雄は声も出せなかった。父が何か怒鳴っていたが、爆音で聞き取れなかった。

隣の家の方角で炎が立って、茶の間を赤く照らした。そこはもう茶の間ではなくなっていた。壁が崩れ、柱が折れ、兄がいた場所に梁《はり》が横たわっている。母がまた悲鳴をあげた。

火はあっという間に家へ忍び寄ってきて、障子を燃やしはじめた。

父は梁に肩をあてがい、全身を踏ん張って押しのけようとしたが、動かなかった。梁の下の兄の顔は真っ白で、ぴくりともしない。兄の手を励ますように握っていた父が叫んだ。

「お前たちは、先に退避しろ」

手伝おうとする母に父がかけた声は、治雄がいままでに聞いたことがないほど優しげだった。

「だいじょうぶだ。先にいけ、正雄の体をここに置いてはいかないから」

その言葉に母が三度目の悲鳴をあげた。尻尾を踏まれた猫の悲鳴に似ていた。

炎が障子から壁へと燃え広がる。父に急《せ》かされ、母は、あやつり人形のしぐさで泣いている妹たちの体を抱き、治雄に抑揚のない声をかけてきた。

「治雄、和子をお願い」

炎に照らされた母の顔は能面のようだった。治雄は上の妹に手を差し出し、ランドセルと妹の防空頭巾をつかみとって家を出た。自分の防空頭巾は忘れてしまった。

通りには風が吹いていた。熱い風だ。焚《た》き火《び》に顔を近づけすぎた時のように頬《ほお》がひりついた。

向かいの家が火に包まれていた。炎の中で誰かが叫んでいたが、すぐに静かになった。

斜め向かいの家も燃えていた。そのまた隣も。治雄が生まれた頃には田んぼしかなかった土地だったが、いまは家の真ん前に工場の社宅がある。家どうしの間隔が狭いから、火は軒から軒へ簡単に燃え移っていた。工場の方角の空には信じられない高さにまで炎の柱が立っていた。

　母は下の妹を背負い、夕食の残りが入った鍋を風呂敷に包んでさげていた。治雄は来年学校に上がる和子の手を引いて、母の背中を追いかけた。自分は国民学校の三年生。数えでもう十歳だ。しっかりしなくちゃならない。

「家族防空壕へ！　総員、家族防空壕へ！」

　四つ辻で鉄兜《てつかぶと》をかぶった隣組の防空防火訓練群長が叫んでいた。清の爺ちゃんだ。家族防空壕は工場で働く社員のために掘られた半地下型のコンクリート製だ。清が「一トン爆弾百発が落ちてもびくともしない」と自分がつくったみたいに自慢していた。川の土手の脇だから、火の手もまわらない。この町では有数の鉄壁の要塞だ。

　空が裂けたかと思うような音がして、夜の町が昼間さながらの明るさになった。たぶん防空訓練で教わった敵の照明弾だ。

　明るくなった空から、雨が降る音が聞こえてきた。見上げると光の雨が降っていた。尾を引いて落ちてくるたくさんの光の塊が空中で弾《はじ》け、さらに無数の火の粉《ひこ》になる。これも教わっていた。焼夷弾《しょういだん》と油脂だ。和子が呟いた。

「きれい」

　思わず治雄も見とれてしまった。初めてみるそれは花火に似ていた。しかし、とんでもない花火だった。地上に落ちると、たちまち業火《ごうか》となってあたり一面を焼き尽くす。焼夷弾は木造家屋の密集したわが国の市街地において爆弾以上に危険であるが、日頃から諸注意を怠らず、訓練を積んでおれば恐るるに足らず――繁田《しげた》先生はそう言っていた。

しかし、見るのと聞くのとでは大違いだ。訓練ではこんな凄《すご》い音と光のことまでは教わっていない。治雄には逃げること以外、何も考えられなかった。それは大人も同じようだった。若い元気な男の人は、みんな戦地へ行っている。治雄たちも訓練したバケツリレーをしている人は誰もいなかった。

防空壕は満員だった。母が入ろうとすると、殺気だった声が返ってきた。

「開けるな。もう満員だ」

「入れるのは、工場の家族だけだよ」

母が叫んでいた。

「子どもだけでも入れてください」

すると中から聞き覚えのある声がした。同級の敏三《としぞう》のおふくろさんの声だ。母と同い年で一緒の洋裁学校へ通っていた人。樫《かし》の木でできた防空壕の扉の向こうに、敏三がツバメのひなみたいに兄弟たちと体をくっつけ合って震えているのが見えた。母が治雄を振り向く。能面みたいな顔に微笑《ほほえ》みを浮かべていた。

「私たちだけしか入れてもらえないようだから。ごめんね、あなたたちは、辰男さんの家の防空壕へ行きなさい」

治雄は泣きそうになったが、母にそう言われたら従うしかない。目玉を大きく開けて涙が出るのをこらえて、頷《うなず》いた。

和子の手を握りしめ、走り出してから首をかしげた。聞き違えだろうか。敏三のおふくろさんの声は、「だめだよ、もう誰も入れちゃいけないよ」と言ったように聞こえたのだが。

辰男さんは母の遠い親戚で、ここから数分の町はずれに住んでいる。地主の辰雄さんは小作を使ってすでに裏庭に立派な防空壕をつくっているという噂《うわさ》だった。

何度も振り返ったが、下の妹を背負った母は、防空壕の扉の前にしゃがみこんでいるだけで、いっこうに中へ入ろうとしない。

水防倉庫まで来たところで和子が泣き出した。母のもとへ戻ろうと言う。その手を強く引いた瞬間、背中が熱くなった。

火が旋風《つむじかぜ》となって土手を這《は》い昇っていた。工場を焼いている火が川を渡ってきたのだ。家族防空壕は巨大なコンロにかけられたも同然だった。

防空壕の扉が開き、中から一斉に人が飛び出してきた。母と下の妹がその渦に呑《の》み込まれている。あわてて駆け戻ろうとしたら、目の前が真っ白になった。

突然の閃光だった。目を開けているのに何も見えなかった。凄い音がしたはずだが、耳が痛いだけで、何も聞こえなかった。熱風に治雄の体は吹き飛ばされた。

目覚めた時、治雄は下水溝の中にいた。気を失ったのは生まれて初めてだった。意識をなくしていた時間が、一秒なのか一時間なのかもわからない。授業中に寝てしまい、繁田先生に指揮棒で叩かれた時みたいだった。治雄は肩バンドを握り直して、背中にちゃんとランドセルがあることを確かめ、痛む腰をさすり、体がすっぽりはまってしまった下水溝から這いだした。

和子がいない。

母の姿もない。

炒り豆の鍋をひっくり返したように飛び出てきた人々の姿も消えていた。それどころか、防空壕も、水防倉庫もなくなっている。

目の前にあるのは瓦礫《がれき》の山だけだ。一本だけ残った倉庫の柱はまだ燃えている。いまの日本に肉などないはずなのに、どこかで肉が焼ける匂いがした。

これは悪い夢ではないかと、治雄は疑った。とても現実とは思えなかった。そのうちに朝げのしたくをする母の包丁の音が聞こえてくるのではないかと耳を澄ました。しかし、いくらそうしたところで、聞こえてくるのは、空からの轟音《ごうおん》と地上の爆発音と悲鳴だけだった。

瓦礫の中から小さな手が突き出していた。和子かもしれない。助けなくちゃ。治雄は指をかぎづめのかたちにしたその手を握って引っぱりあげた。

手は簡単に抜けた。何の重さも感じなかった。その手は、手だけだった。手首の先には体がない。治雄は呼子《よびこ》のような悲鳴をあげ、その手にからめた指を引きはがした。

頭上でまた花火とそっくりな音と光がした。治雄は泣きながら走った。煙が目を刺し、喉を焼いた。行く手はどこも火の海だった。赤ん坊が泣いている。「水、水」と呻《うめ》く声がする。すれ違う人々の目はみなガラス玉のようで、ひとりぼっちの治雄に大人たちは目もくれない。炎に追われて町はずれまでがむしゃらに駆け続けた。

辰男さんの家もなかった。評判の防空壕ごと消えてしまっている。檜造《ひのきづく》りの立派な屋敷のあった場所には、すり鉢みたいな大きな穴が空いているだけだった。

もう何を見ても驚く気力すらなかった。治雄は辰男さんの家だった場所を素通りし、走りに走った。気がついた時には、この畦道を走っていた。

母さんたちは、どこへ逃げたのだろう。父さんと兄ちゃんは無事、家を出ただろうか。兄ちゃんは片方の小さすぎるズックに怒ってはいまいか。後でゲンコツかな。和子を一人で置いてきてしまったことを母さんに叱《しか》られるだろうか。さっきのあの手は和子のものじゃない。そうに決まっていた。なぜなら、ずっと握っていた和子の手は温かくて汗ばんでいたけれど、あの手は瀬戸物みたいに冷たかった。

ぼんやり霞《かすみ》がかかった頭の隅では、疑問ばかりが堂々巡りを続けていた。なぜこの町にアメリカの爆撃機が来たのだろう。

戦勝学習地図によれば、日本は大東亜共栄圏から鬼畜米英を着々と蹴散《けち》らしている。担任の繁田先生も、物資の不足はほんの一時《いっとき》のもの、昭和二十一年には大日本帝国陸海軍が米国本土に迫るだろうと言っていた。アメリカは日本の空まで来るどころじゃないはずだ。トルーマンやマッカーサーは、勝ち目がないことがわかっているのに兵隊や国民にそれを隠して、最後の悪あがきをしているのだろうか。

どうしてアメリカは、この町に爆弾を落とすんだろう。小さな工場と田んぼしかないのに。工場が缶詰工場だからか。日本人に缶詰を食べさせないようにする謀略なのか。そういえば、治雄はしばらく缶詰なんか食べたことがない。

散り散りになってしまった脳味噌をひとつにまとめて、頭に浮かんだ数々の疑問を解こうとしたが、考えれば考えるほど、踏みしめるほどに砕ける田んぼの氷のように、かえってばらばらになっていくばかりだった。

道の向こうに、仏壇に供えるご飯のようなこんもりとした丘が見えてきた。鎮守の杜《もり》だ。そうか、あそこへ行けばいいんだ。何も考えるな、体を動かせ。竹槍訓練と同じだ。頭が働かなくても、体はどこへ逃げればいいかを知っていたんだ。そうだった、鎮守様まで行けばだいじょうぶ。なにしろ丘の向こうには陸軍の高射砲台がある。しかも、あそこは安全地帯だ。

校長先生が朝礼で言っていた。

「戦局はいまや風雲急を告げ、敵が本土を空襲することがままあるようだが、わが国に爆弾を落とせる場所はさほど多くない。きゃつらは京都を爆撃していないそうだ。歴史の浅い国だから、わが国の二千六百余年の歴史に恐れをなしているのだ。障《さわ》りがあってはいけないと、神社仏閣、皇居は狙えないのだろう」

鎮守の杜の先から夜空にサーチライトの光が伸びている。隣町に飛行機の発動機工場ができてすぐ、あの下に砲台が備えられた時には、みんなで見物に行ったものだ。八十八式七・五センチ野戦高射砲の頼もしい中隊編成だ。

いいぞ、反撃が始まるんだ。Ｂ29が蚊とり線香に巻かれるようにばたばたと落ちる姿を想像して、治雄は両の拳を固く握りしめた。

撃ちてし止《や》まん！　拳を空へ突き上げたら、少し勇気が湧《わ》いた。止まりそうになる両足に最後の力を送り出す。徒競走の猛練習でもこの半分も走ったことはない。

布のランドセルが両肩に食いこんで重かったが、これだけは置いていくわけにいかなかった。走るたびにかたかた鳴るのは、ガラスの広口瓶が入っているからだ。

母に見つかったら、置いていけと言うに決まっているから、警戒警報が鳴りはじめた時に、こっそり詰め込んできた。治雄の宝箱だ。瓶の中には大切なものがどっさり詰まっている。

蛇のぬけがら。ただのヤマカガシならとって置いたりしない。雑木林で見つけた貴重な白い蛇のぬけがらだ。

愛国カルタ。戦地の兵隊さんへ送る懸賞作文の賞品だ。なんと優秀賞をとってしまった。将来はみんなと同じように軍人になる、治雄はそう決めていたけれど、この賞をもらってからは、文筆の道へ進むのも悪くないと思いはじめている。両方ともできる仕事があるらしい。従軍記者という職業だ。大人になったら、前線から日本軍の大活躍の記事を送りたい。それが目下の治雄の夢だった。

ビー玉。ビー玉弾《はじ》きは同級一の腕前だから、たくさん持っているが、ひとつだってなくしたくなかった。少年倶楽部に載っていた惑星図解のようにきれいなのだ。赤いビー玉は火星、群青色のは土星。そして緑は地球。いつか科学冒険小説のように宇宙へ飛ぶ長距離爆撃機ができたら、従軍記者としてはぜひ同乗したい。それも夢のひとつだ。

千代紙の人形。従姉《いとこ》の昭子《あきこ》さんから貰《もら》ったもの。男の子なのだから妹にくれてやれ、と母には言われたが、これは昭子さんが治雄にくれたものだから、渡さない。時々そっと取り出して匂いを嗅いでみることがある。昭子さんと同じく、石鹸の香りがする。

そしてチューインガム。昭子さんの旦那になった海軍さんの外国土産だ。ガムは生まれて初めてだった。ゴムの菓子なんて不気味だったが、食べてみると、なかなか美味《おい》しい。干し芋のような歯ごたえで、ドロップより甘辛い。大人の味だ。しかも、なんとなんと、口の中に入れていてもいつまでも減らない。いまの時局では腹いっぱい飯を食うことが叶わぬ少国民の強い味方。

少しずつ大切に味わい、ひとしきり嚙《か》むと箱に戻して、腹がすいた時に取り出してまたしゃぶる。もともとのハッカ味はもう消えているから、配給のきなこや黒砂糖の粉をかける。最初は硬いけれど、ゆっくり口の中でころがしているうちに軟らかくなるのだ。

話をしたらずいぶん羨《うらや》ましがられたから、明日、学校へ持っていって、清や敏三や勲《いさお》たちにも嚙ませてやる約束になっている。敏三にはきなこを多めにまぶしてやろう。敏三の家は兄弟が多いし知り合いに農家がいないから、いつも腹を減らしているのだ。

広口瓶の分だけよけいに重かったが、瓶も捨てるわけにはいかない。これも宝物のひとつだから。戦争が始まったばかりで食べ物がいまよりあった頃、父が貰い物をしたマーマレードの瓶だ。治雄はまだ幼かったが、パンにたっぷり塗って食べたマーマレードのおいしさは忘れられない。瓶の貼り紙に描かれた夏みかんの絵を見るだけで、口に唾がたまってくる。空《から》になっても匂いを嗅いでいたと、母はいまでも笑うが、そこまでは覚えていなかった。呆れた母が小物入れとして治雄に瓶をくれたのだそうだ。

神社の石段が見えてきた。鳥居の立つとば口は仄《ほの》かに明るいが、上までは闇にまぎれて見通せない。それが口を開けた大蛇を連想させて、せっかくの安全地帯だというのに、治雄の足を躊躇《ちゅうちょ》させた。なにしろ昼間でも薄気味悪い場所だ。ふだんは夜ひとりでこんなところに来ることはなかった。一度、清や敏三とここで肝試しをしたことがあるが、全員、石段の途中で逃げ帰ってきた。

闇で途切れた石段のてっぺんには、くすの木の黒い影だけが立っている。大きな大きな影法師だ。太い幹から伸びた幾本かの枝が、空を鷲《わし》づかみにしているように見える。この神社をいっそう不気味にしているのは、あのくすの木のせいだと治雄は思う。神社ができる前から立っている木だ。「ことりの木」。年寄りはそう呼んでいる。漢字で書くと「子盗り」。子どもが一人であの木の近くへ行くと、神隠しに遭うという言い伝えがあるからだそうだ。でも、町の人々は初詣や七五三やお宮参りの時には、平気でこの神社へ子どもを連れていくし、ここで実際に子どもが消えたという話など、治雄は噂にも聞いたことがなかった。

年寄りの迷信だ。二十世紀も半ばの近代社会で、そんな馬鹿な話があるものか。そう思っても、石段の前で止まった足は、なかなか動かない。

遠くで照明弾が落雷のように光り、とば口しか見えなかった石段をあまさず照らした。石段の上で何かが動いた。白くふわりとした何か。人影だ。

誰かいるんだ。神主さん一家か。ここが安全地帯と気づいて退避してきた人たちか。誰でもいい。治雄は母親にすがりつくように足を踏み出した。

二

春の空にひとすじ、飛行機雲が伸びている。揃いの水色のスモックを着た子どもたちが、ぽかりと口を開けてそれを眺めていた。

加奈子《かなこ》もつられて空を見上げた。淡い青に塗られたキャンバスに、白い絵の具を刷《は》くようにぐんぐん伸びていく。

「先生、あれなぁに？」

園児の問いかけに加奈子は答える。

「飛行機雲」

近くに空港や米軍基地がなく、工場の煙突ぐらいしか見上げるもののないこの町の子どもたちには、珍しいようだった。

ことり幼稚園こまどり組の十七人は、日方《ひかた》神社の境内《けいだい》に集まっている。今日は月に一度の「おそとでおべんとう」の時間だ。

神社は見晴らしのいい丘の上にある。お弁当を広げると、ちょっとした遠足気分だ。

ことり幼稚園は神主さん一家が経営している神社のすぐ隣の私立幼稚園だから、遠足とはいえないのだけれど。

「ひこうきぐもってなぁに？」

星雅也君が質問してくる。この子はどんなことでも人に訊《き》く。それが自立心のなさに思えて、少し心配な園児だ。

「ジェット機が飛んだあとにできる雲のことよ」

「どうやってできるの？」

答えにつまってしまった。子どもたちは加奈子にいろんなことを訊いてくる。彼らが自分の語りかける言葉のひとつひとつに頷いたり、目を輝かせたりしているのをみると、ときどき怖くなることがあった。

「ごめんね。先生もよく知らないんだ」

正直に言った。幼稚園に勤めはじめた頃は、肩ひじを張り、背伸びをしていた時期もあったけれど、もう五年。最近は自然体で子どもと向き合えるようになった。子どもって見ていないようで見ているから、虚勢を張ってもすぐに見透かされてしまう。

もちろん「先生といってもおとなの人たちには、保母さんって呼ばれたりしているのよ。絵本の出版社に入りたかったけど、東京へ行くのを母親に反対されて、たまたま持っていた資格を生かしただけなの」なんて言って子どもたちを傷つけることはできないけれど。

最初はつくづく思い知らされた。自分は子どものための本が好きなだけであって、特別子どもが好きだったわけじゃないってことを。当の子どもたちにしたって、お話の中の子どもほど甘いわけじゃない。

だけど、いまはそれなりに仕事にやりがいを感じている。同僚の木村先生は、「自分の子だって憎たらしくなっちゃう時があるんだもの、まして他人の子なんて腹の立つことばっかり」なんてよくぼやいているが、加奈子は最近やっと子どもが好きになってきた。少し遅すぎたかもしれないけれど。

レジャーシートを地面に敷き、それから園児たちを手招きした。

「さぁ、みんな、ここに座りましょう」

子どもたちが持ってきたのはお弁当だけじゃない。一人一人が小箱や紙包みを手にしている。女の子たちの多くは小さな荷物にリボンをかけたり、色紙でラッピングしたり、それぞれに工夫を凝らしていた。

「先生、おべんとう、食べてもいい？」

田辺義明君が太った体を揺らして聞いてくる。加奈子は時計を眺めた。

「そうね。食べ終わったら、タイムカプセルを埋めましょう」

園児たちの何人かが声を揃える。

「たいむかぷせるってなんだっけ？」

まったく。何回も説明したのに。今日の目的を、もう一度辛抱強く話して聞かせた。

クラスのみんなでタイムカプセルを埋めよう。そう思いついたのは、去年、大阪で開かれた万博——ＥＸＰＯ'70以来のタイムカプセルブームに乗せられたわけじゃない。園長先生からもうすぐこの幼稚園がなくなると聞いたからだ。

戦中生まれの加奈子は幼稚園には行っていないが、自分が通った小学校はいまも昔どおりの場所にある。通りかかるたびに懐かしい。あれほど大きかった鉄棒やジャングルジムが、ずいぶん小さいことに驚いたり、校舎は新しくなっても百葉箱があい変わらず置いてあることに安心したり。

この幼稚園が消えてしまったら、そんな思い出のより所も消えてしまうだろう。加奈子はもうすぐ卒園するこまどり組の子どもたちに思い出のある場所を残してやりたかった。何年たっても、訪れるきっかけをあげたいと思ったのだ。

そう、自分が確かに過ごしてきた時間と場所が、何事もなかったかのように忘れ去られてしまうなんて、寂《さび》しすぎる。

タイムカプセルを埋めるのは、境内に立つくすの木の下だ。幼稚園はなくなっても、神社のご神木のこの木は残るはずだった。

加奈子は石段の方角を見上げた。怖いほど大きな木だ。神社の境内に木が立っているというより、この木の根まわりに神社が建っている——見る人間をそんな気分にさせる。樹齢は千年だそうだ。

子どもたちがお弁当を広げはじめた。加奈子がこの幼稚園に勤めていた五年間で、何が変わったかと言えば、子どもたちのお弁当の中身だろう。梅干しに鮭の切り身だけ、なんていう子どもはもういない。男の子も女の子も可愛《かわい》らしいお弁当箱を持ち、メニューも彩《いろど》りも家庭の経済力と母親たちの料理の腕を披露するショーケースみたいだ。

ただ一人の例外である岸本隆司《たかし》君に声をかけた。かわいそうに、今日も自分で買ったメロンパンをかじっている。

「隆司くんは何を入れるの？」

おずおずと差し出してきたのは、写真だった。家を出てしまったという彼の母親が写っているスナップ。胸がつまってしまって、唇を笑ったかたちにすることしかできなかった。タイムカプセルを七夕《たなばた》の願いごとと勘違いしているらしい。

岸本君にかぎらず、子どもたちはタイムカプセルをきちんと理解しているとは言いがたかった。クラスのお姫さまの宮嶋啓子ちゃんは、真新しいテディ・ベアのぬいぐるみを抱えている。開けるのはずっと先なのよ、ともう一度忠告しておいたほうがいいだろうか。卒園式の後、ひとりひとりに手紙を渡して、いつタイムカプセルを開けるかは、彼ら自身にまかせようと加奈子は考えていた。

タイムカプセルに何を使うかはあれこれ迷った。土の中に何年間埋められることになるのかわからないから。

プラスチックは土に埋めても永久に残るという話を聞いたけれど、土の中で別のものに変わってしまいそうな気がして、なんだか心配。

ガラスは変質しないらしいが、よほどしっかり密閉しないと中身を保存し続けるのは難しいだろう。

個人用のタイムカプセルを売っているという話を聞いて、結局、それを使うことにした。タイムカプセルブームは依然として衰えていないようで、デパートには特設コーナーが設けられ、数タイプが選べるようになっていた。どれもジュラルミン製。

幼稚園教員の給料はけっして高くないから、自腹で買ったそれは、いちばん安い小型サイズ。全員の分が入るかどうか心配だった。

下働きの神人《しんじん》さんがシャベルを持ってやってきた。あらかじめ園長先生にお願いしておいたのだ。ゆくゆくは神社を継ぐ園長先生は今日も不在。運転資金のことで駆け回っているのかもしれない。ことり幼稚園には加奈子が最初に担当した三歳児クラスはすでになく、それぞれ二クラスあった年長組、年少組も、いまはひとクラスずつ。来年はもう園児をとらないから、今年入る子どもたちが最後の園児だ。

どちらにしてもあと二年間だけれど、自分は最後まで残れるものと信じていた。受け持つクラスがない三年目の純子《じゅんこ》先生は仕事よりつきあっている彼氏が大切みたいだし、二児の母の木村先生は自分の子どもが熱を出すと休みを取ってしまうし。他の誰より仕事熱心なつもりでいた。でも、先月、園長先生から遠回しに退職を勧められたのは、純子先生でも木村先生でもなく加奈子だった。

「君には他の場所でもチャンスがあると思うんだ」

チャンス？　いったい何のチャンスだろう。もう二十七歳だ。日本の高度成長も幼稚園の数もそろそろ頭打ちで、中途採用の口を探すのは難しい。いまさら出版社でもないだろうし。母はひとりっ子の加奈子がいくつになろうとも、この町から出ることを許してくれそうになく、近くの町で事務の仕事を探すしかなかった。この町に新しくできたスーパーのレジを打っているところなんか子どもたちには見せられないから。

神人さんが加奈子に顔を向けてくる。無口な人だから自分からは話しかけてこないが、シャベルを構えたきりの様子からすると、どこを掘ればいいか、と尋ねているらしい。タイムカプセルを埋める場所はもう決めていた。

「あそこはどうですか」

ご神木だから根元を掘るわけにはいかない。加奈子が指さしたのは、幹から少し離れた、太い根が地面から盛り上がり、子どもが一人しゃがめるぐらいの空洞をつくっているところ。本殿からもすぐに目につく場所だった。そこの前に立ち、園児たちに手を振った。

「みんな、ここでいいわね。よく場所を覚えておいて」

いっせいに返事が戻ってきた。ごめんなさいって謝ってしまいたくなるような、素直な声だった。子どもたちからは「カナコ先生は、なんでも知っていて、なんでもできるんだね」とよく言われる。そんなことないのよ。こんな先生で、ごめんね。

くすの木の下に立つと、いつもその大きさと、超えてきた時の長さに圧倒される。風が吹くたびに起きる盛大な葉擦れの音は、加奈子には長く思えた五年間の短さを鼻先で笑っている声かもしれない。

園児が去り、加奈子が去り、幼稚園が消え、神主さんが代替わりしても、このくすの木はずっとここに立ち続けているのだろう。

何かを残しておきたかったのは、子どもたちのためではなく、自分自身のためかもしれない。ふと加奈子はそう思った。

三

最後の一段を昇りきった治雄は、力尽きて地面に這いつくばった。頬を玉砂利に押しあてて荒い呼吸を繰り返す。

首だけ上げて境内を見回した。さっき見たはずの人影はどこにもない。

気のせいだったのだろうか。小さな子どもの姿に見えたから、神主さんの跡取り息子かもしれないと思っていたのだけれど。

ふいに、いまこの神社には誰もいないことを思い出した。そうだ、神主さんが兵隊にとられたから、奥さんと子どもは実家へ疎開しているのだ。戦争が長引いたら、和子の七五三をどうすればいいのか、と母が嘆いていたっけ。

軍への供出で鈴まで失っている無人の社《やしろ》は、すっかり寂《さび》れて見えた。木から採れる樟脳《しょうのう》を航空燃料にするために、来年には、この大くすも伐《き》られて、供出されるらしい。立っていられるのがいまのうちであることを知るよしもないくすは、治雄の倒れた場所にまで枝を伸ばして、杜全部の精気を吸い取ったように威勢よく葉を繁らせている。

無数の葉が爆音を遮《さえぎ》っているのか、町が火の海になって、みんなが助けを求めて叫んでいるのに、ここだけは知らぬ顔を決めこんでいるみたいに静かだった。

ランドセルの肩バンドを握って立ち上がる。すべてはやはり悪い夢だった、そう思わせるほどの静けさだったが、これは夢じゃない。灯火ひとつない夜の神社をこうして眺められる明るさ自体がその証拠だった。やけに赤い不気味な明るさだ。町を見下ろすすの繁り葉が紅葉の色に染まっていた。遠くから炸裂音が響くたびに、一葉一葉が白く輝き、また赤に戻る。治雄には色が戻るたびに赤色が増しているように見えた。

おそるおそる町を振り返った。

夢にも出てこない光景だった。地平線は一面の炎。工場の煙突も家々の屋根も、視界いっぱいの火焔《かえん》の中で炭のような黒い影になっていた。遠くに見えるおき火に似た赤い帯は隣町の発動機工場だろう。治雄の町よりさらに手酷《てひど》く攻撃されている。サーチライトが隣町の上空を切り裂いている。発動機工場に群がる無数の影が見えた。B29。信じられないほどの数だ。羽虫ほどに見えたそれが、みるみるうちに渡り鳥の大きさになった。

また来る。波状攻撃だ。あっという間にB29は銀色に光る腹まで見てとれる大きさになる。几帳面《きちょうめん》な職人が手慣れた仕事をこなすように、さっきと同じ手順が繰り返された。

照明弾があたり一面を昼間並みの明るさにする。

光り輝きながら焼夷弾と油脂が落ち、わずかに残った建物も燃え上がらせる。底無しに落ちてくる爆弾もはっきり見えた。巨大な鳥が絶え間なく糞《ふん》を落としているかのようだった。

やめろ。こっちの町には軍事基地はないし、戦闘機の発動機もつくっていない。声が届くものなら、治雄は叫びたかった。きっと空のあんな上からでは見えないのだ。炎の中でたくさんの人たちが逃げまどっていることが。

ぱんぱんぱん。高射砲台の方角から甲高《かんだか》い音がした。ついに日本軍の反撃が始まった。よし、当たれ、撃ち落とせ。握りしめた拳には、すぐに冷や汗が滲《にじ》んできた。

中隊編成のはずの陣地から聞こえてくる砲声は、どう聞いても二つだけ。たった二門の高射砲で、あれだけの数のＢ29を撃ち落とすのに、どれだけの時間と弾丸が必要か、それに気づいてしまったのだ。国民学校の三年生にもわかる、簡単な算数だった。

獲物を探すように旋回していた銀色の渡り鳥の一羽が、長い首をゆっくりとこちらに向けた。光り輝く糞をぼとぼとと落としながら。

こっちへ来る。ここが神社だってこともわかっていないのだ。

治雄は恐怖にふくらんだ目で逃げ場を探す。社までは遠すぎる。くすの太い幹の下へころがりこんだ。

轟音がくすの葉を震わせる。葉の間から、Ｂ29が翼のマークが見えるほど低空を飛んでくるのが見えた。小さく叫んで頭を抱え、おでこをくすの木にすりつけた。

落下音がした。ラジオの怪談で幽霊が出てくる場面にかかる音に似ていた。ひゅぅぅぅぅぅ。

続いて爆発音。高射砲台の方角だ。防御姿勢をとる時には親指で耳を塞ぐこと。訓練で習ったことをすっかり忘れていたから、殴られたように耳が痺れた。だから高射砲の音が一門だけになってしまったことにも、すぐには気づかなかった。

だめだ。ここも安全じゃない。高射砲を狙っているんだ。神社の広い境内を軍事基地と間違えているのかもしれない。治雄は違う場所へ逃げ出すことに決めて、立ち上がった。

だが、いったん止めてしまった足は、こんにゃくになったようだった。ランドセルがさっきより数段重く背中に食いこんでくる。もう背負っては一歩も歩けない気がした。教科書を放り出してしまおうか。どうせ毎日、練成ばかりで、最近はろくに授業などない。空襲で焼けてしまったといえば、繁田先生だってさほど怒りはしないだろう。だが、取り出しかけた教科書をすぐにしまいこんだ。明日の約束を思い出したのだ。

いかんいかん、明日は目につく行動は慎まなくちゃ。ガムの味をみんなに教えるのだから。学校に菓子を持っていったのがばれたら、それこそ往復ビンタだ。清はどんぐり眼《まなこ》をひん剝《む》くだろうな。敏三はうさぎみたいな大きな歯でかぶりつくだろう。約束したんだから、だめだ。

追いつめられた脳味噌が、いつもより素早く回転した。そうだ、瓶をどこかに隠そう。空襲が終わってから、取りに戻ればいい。

照明弾の明るさの残る境内を見回した。爆弾が落ちても安心なのは土の中だが、てきとうに埋めてしまうと、後で場所がわからなくなるのが心配だった。

幹から十歩ほど離れた所に目がとまった。くすの根が大きく飛び出している場所だ。地面をうねるその根はコンクリートより硬そうに見え、都合のいいことに、隆起してよじれた根の下には小さな祠《ほこら》のような洞《うろ》ができていた。

治雄はランドセルから広口瓶を取り出して、両手で根の下を掘った。湿って軟らかそうに見えた土は思いのほか硬く、ひと搔きするたびに爪が痛んだが、歯を食いしばってひたすら掘り続けた。

二、三寸掘ったところで、下ばかり向いていた目の隅に何かの影がよぎった。見間違えにしては鮮明だった。誰かがそばに立っている——。

一瞬、心臓が跳ね上がった。それから自分以外にここに人がいたことに安堵《あんど》し、すぐにまた心臓をことりと鳴らした。

こんな時に、誰が、ここに、いるというんだ。影が見えた場所へゆっくり首を振り向けた。

最初に目に飛びこんだのは、靴を履いていない小さな足だった。続いて神社の稚児《ちご》行列の衣裳みたいな着物が見えた。思い切って顔をあげる。暗闇の中にぼんやりと白い顔が浮かんでいた。

小さな子どもだった。さっき見えた人影は、この子どもだったらしい。歳は上の妹ぐらい。不思議な姿をしている。おかっぱ頭だから、むろん女の子だと思ったのだが、服は男が着る稚児の格好だ。ただし町の男子が参加する稚児行列の衣裳にしては、粗末でぼろぼろだった。人形のように可愛らしい顔立ちだが、髪はぼさぼさで頬もおでこも泥で汚れている。

「お前も家族とはぐれたのか?」

声をかけてみたが、返事はない。怯《おび》えて声も出ないのだろう。ちょっとお兄さんぶって言ってみた。

「だいじょうぶだ。怖がらなくていい。待っていろ、いま用をすませるから。そうしたら一緒に安全な場所へ退避しよう」

白い顔がにっこり笑った。町を焼く炎を照り返らせて頬が赤く染まっている。爆音が高くなった。これで三度目。きっと隣町とここを交互に爆撃しているのだ。急がなくちゃ。

まだ穴は浅かったが、贅沢《ぜいたく》は言っていられない。瓶の蓋をしっかり閉め直し、少年戦車兵が砲弾をこめるように穴の中へ置き、土をかぶせた。場所を忘れないように、小枝を差しておく。

「砲弾、装塡よーし」

子どもを安心させるために、無理しておどけた声を出したのだが、振り向いたら、そこには闇しかなかった。

どこへ行っちまったんだろう。妙な子どもだ。

くすの葉がごうごうと揺れている。葉という葉がまた赤く燃えた。

顔をあげた治雄は目を見張った。石段のすぐ向こうをB29が飛んでいた。さっきよりさらに低空飛行だ。いつの間にか高射砲の音は途絶えていた。もうあいつらの思うがまま。治雄には目と鼻の先と思える距離で旋回していたB29は、いったん遠ざかり、それから機首をまっすぐこちらに向けた。

大変だ、今度こそやられる。くすの木の幹に逃げこもうとした時、耳もとで誰かが囁《ささや》いた。子どもを助けろ。男の人の声だ。父の声にも兄の声にも聞こえた。

境内を振り返る。本殿の前にさっきの子どもが立っていた。ふわふわと稚児衣裳の袖が揺れている。助けを求めているのではなく手招きをしているように見えた。闇に仄白《ほのじろ》く浮かぶ小さな顔が微笑んでいる気がしたのだ。

やはりあれは神主さんの息子だ。神社の秘密の防空壕を教えようとしているのだ。すがる思いでそう信じて、治雄はくすの木の下を飛び出した。

くすの木から抜け出したとたんだった。頭上から空気を切り裂く音が聞こえてきた。空を見上げた視界いっぱいにまぶしい光が広がった。それが治雄が見た最後の光景となった。

体が燃えているのがわかった。治雄は見えなくなった目で、自分の八年間の人生がコマ映しになるのを見た。マーマレードをたっぷり塗ったパンを口にほおばった瞬間、すべてが真っ暗になった。

# 四

土を掘る音は、いつも雅也に、何かが切れる音を想像させる。それが裁《た》ちばさみで太いひもが切られる音に似ているのか、あるいは包丁が肉を断つ音に聞こえるのか、まだ六歳の雅也には判別できなかったのだが。

ざく、ざく、ざく。

ジャミラがくすの木の下を掘っているのを、雅也はタコウインナーをかじりながら眺めていた。片側の頬と首に残っている大きな火傷《やけど》の痕《あと》に汗がつたっている。やっぱりジャミラは不気味だ。

神社や幼稚園の庭掃除や修繕をしているこの大男をジャミラと名づけたのは、ヒロ君だ。ウルトラマンに出てくる怪獣の名前。水のない惑星に不時着してしまった宇宙飛行士が変身した怪獣だ。

今日も神社の奥から大きなスコップを持って出てきた時、思わず「出た、ジャミラ」と言ったヒロ君が、カナコ先生に叱られていた。

「姿かたちのことで、人をからかっては、いけません」

カナコ先生はジャミラに聞こえないようにそう言っていたけれど、自分だって火傷の痕を見ないようにしていることを、雅也たちは知っている。

ジャミラというあだ名は別に火傷のあととは関係ない。壁みたいに肩幅が広くて、首が短くて、平べったい顔がよく似ているんだ。うーとか、あーしか言わないところもそっくり。歳はよくわからない。雅也の父親と同じぐらいに見えるけれど、おじいちゃんと同じ歳だと聞かされてもびっくりはしないだろう。

くすの木が音を立てて揺れている。雅也たちが座っているビニールシートには、春の初めのそよ風しか来ないが、ずっと上の木のてっぺんには、丘を駆け登る違う風が吹いているのだ。ざわざわざわざわ。まるで根っこを掘り起こされるのを嫌がって、文句を言っているみたいに聞こえた。

ヒカタ神社のくすの木は、雅也の住む町では有名な大木だ。いくらジャミラが大きくたって、この木に比べたら、スコップを手にしたいまの姿はコマーシャルに出てくる虫歯菌にしか見えない。年少組の時に、幹のまわりでカゴメカゴメの輪をつくったら、十三人分あった。高さはウルトラ怪獣の身長に負けないぐらいあるだろう。そういえば、黒くてゴツゴツとたくさんのコブが盛り上がった幹は、怪獣の足そのものだ。

地面に飛び出している根っこは、イカ怪獣ゲソラの足。いったい地面の下のどのくらいの深さまで根を張っているのだろう。途中まで考えて、やめた。土の中のことを想像すると、なぜか背中をミミズが這っているような気分になるからだ。

ジャミラが掘りはじめた穴を覗きに行ったヒロ君が、片手に持ったフォークからデザートのイチゴを落としてしまった。ジャミラが手をとめて睨んだから、ヒロ君は立ちすくんだ。

ジャミラが落ち葉の上にころがったイチゴを拾い上げ、息で埃を払って、ヒロ君に差し出した。ヒロ君が目を丸くして首を横に振ると、舌打ちをして、大きな口に放りこんでしまった。ジャミラは狂ってる。いくらなんでも落ちたものを食べるなんて。

カナコ先生がオルガンの右隅の鍵盤みたいな声で言った。

「こら、博人《ひろと》君、お行儀が悪い。戻りなさい」

最近、カナコ先生はよく怒る。さっきだって、雅也がヒコーキグモのことを訊いたら、ほんの一瞬だけ、眉毛《まゆげ》を吊り上げた怖い顔になった。

雅也が年少組の時には、いつもニコニコしている先生だったのに、この頃は、一人でいる時には、ああいう怖い顔をしている。だけど、誰かに声をかけられると、びっくりするぐらい優しい顔に変わる。ジャミラ以上の変身ぶりだ。

ブーちゃん――田辺義明君のあだ名だ――の話では、こういうのを「ジョーチョフアンテー」と呼ぶんだそうだ。「園長先生にシツレンしたからだよ」とブーちゃんは言う。「シツレンってなぁに？」と聞くと、「結婚できないってこと」と大人ぶった顔をした。

園長先生には奥さんもいるし、一昨年《おととし》生まれた女の子もいる。「結婚、最初からできないんじゃないの?」雅也が首をかしげて言うと、どうやらおしゃべり好きのブーママの話を盗み聞きしただけらしい。ブーちゃんも首をかしげてしまった。

だから、ジョーチョフアンテーのカナコ先生が、先週突然、「今度の『おそとでおべんとう』の日にタイムカプセルを埋めましょう」と言った時も、みんな驚かなかった。そもそもタイムカプセルというのが何なのか誰も知らなかったのだ。

カナコ先生が「未来の自分への贈り物です」と言うと、みんなさらにわけがわからなくなってしまった。だって贈り物というのは、ふつう、人からもらうものだから。

「未来に持っていきたい大切なものを入れるのよ」

そう言われてもまだ、雅也はうまく理解できなかった。雅也が幼稚園に入った年、アポロ11号が月に着陸した。未来には、いまよりもっとすごいもの、楽しいものが待っているはずだ。いま雅也が手にしているものなんか、その頃には古臭くて、つまらないものになっているに決まってる。

タイムカプセルの中に入れるのは、「腐らないモノ」「なるべく小さなモノ」じゃなくちゃだめだそうだ。迷ったのだが、結局、切手にした。

将来、すごく高いお金で売れるんだぜ。近所の年上の子のまねをして、家に来る手紙やハガキから切り取って集めていたのだが、すぐにやめた。スタンプが押してあるのは、意味がないんだそうだ。

ブーちゃんは着れなくなった年少組の時のスモック。ヒロ君は英語の勉強用の絵本。家が駄菓子屋をやっているノブオ——丸山信夫はグリコのおまけ。みんなほんとに大切なものは、もったいないから持ってきていない。宮嶋啓子ちゃんは、クマのぬいぐるみ。お誕生会でヒロ君がプレゼントしたものだったから、ヒロ君はショックを受けている。これがほんとの「シツレン」っていうやつだ。

岸本は持ってきた写真を堀井君に取り上げられて泣いていた。岸本は体が大きいくせにノロマでお弁当もまともに持ってこないから、いつもみんなにいじめられている。

掘り出す土が、小さな山になった頃、突然ジャミラがシャベルを捨てて、しゃがみこんだ。立ち上がった時には片手に何かを握っていた。困ったような顔をカナコ先生に向けて、手の中のものを振った。

口の広いガラス瓶だった。ノブオの家の店先で酢コンブなんかを入れてあるようなやつ。もともとは何色だったのかわからない、土と同じ色になった蓋がついている。ジャミラが瓶を頭の上にかざしていた。何か入っているらしい。手ぬぐいで泥を落としてから、カナコ先生に渡す。雅也もほかのみんなも先生のまわりに集まった。

瓶にはラベルが貼ってあるが、ほとんど剝《は》がれ落ちていて、字は読めない。

「食べ物が入っていたのかな」

カナコ先生がそう言ったのは、たぶん残ったラベルの切れ端にオレンジの絵があったからだ。ガラスが曇っていてよく見えなかったけれど、中身はオレンジじゃない。もし食べ物だとしても、ピーマンよりもっとまずそうな色をしていた。

先生が蓋を開けようとしたが、固すぎて無理みたいだ。クラス一の力持ちの堀井君が「貸してみて」と言ったけれど、それより早くジャミラが瓶を奪いとった。さすが怪獣パワー。しばらく唸っていたけれど、やがて、ぱかりと開いた。

カナコ先生が、おそるおそる中を覗《のぞ》いてから、ビニールシートの上で瓶を斜めにかたむけた。

最初に出てきたのは、白くて細かい破片。正体は不明だけど、まるで耳あかみたいだったから、先生は開けたことを後悔している顔になった。

続いて出てきたのは、雅也たちもよく知っているものだった。緑や赤や黄色、色とりどりのビー玉だ。足もとにころがってくるそれを、みんなでわーわー言いながら拾う。ポケットに入れようとしていたノブオがカナコ先生に叱られた。

次は紙でつくった人形。花嫁さんの格好――ウェディングドレスじゃなくて日本式のほう――の人形だから、もともとは白かったんだろうけど、おばあちゃんの着物みたいな枯れ葉色に変わっていた。

「どうやら先客がいたみたいねぇ」人形を手にとって先生が呟いた。「うちの幼稚園の卒園生かしら」

さらに瓶をかたむけると、小さな紙の箱が落ちてきた。これもぼろぼろだったけれど、ラベルほど傷んではいなかったから、書かれている字がわかった。カタカナだ。漢字が十個書ける坂本洋子が読みはじめたけれど、途中で目をぱちくりさせた。

「タルカハロイ……?」

カナコ先生が笑った。

「驚いた。戦時中のものだわ。これは右から読むの。アイコク　イロハ　カルタ」

先生の言うとおり、箱の中からはカルタが出てきた。すっかり固まって何枚かずつくっついている。「ラ」はラッパを吹いている兵隊の絵。「テ」は軍艦の上を飛ぶ飛行機。へたくそな絵に誰かが笑ったけれど、先生は笑わなかった。真剣な顔で眺めている。ジャミラがほとんどない首を伸ばして覗きこんできたから、女の子たちが悲鳴をあげた。

「あ、裏に名前が書いてある」

カナコ先生を取り囲む輪が縮まる。ハナを垂らしてぼんやり立っていた岸本が、ブーちゃんにお尻を蹴られていた。これは縦書きで、雅也にもカタカナのところだけ読めた。

『三年白組　ヤマシタ　ハルオ』

カナコ先生はていねいにカルタを箱へ戻す。

「戦争が終わる前の小学生の持ち物みたい。まだタイムカプセルなんて言葉、誰も知らない頃よ。人っていつの時代も同じことを考えるものなのね」

箱に書かれた名前を何度も指でなぞって、カナコ先生はひとりごとみたいに言っていた。

「何もかも消えてしまうわけじゃないのよねぇ」

それから年少組の頃みたいなニコニコ顔でみんなに言った。

「後で戻しておきましょ。いつかきっと誰かが思い出して取りにくるだろうから」

ジャミラがぐうっと不気味な呻き声をあげた。

これで最後、というふうに先生が瓶をさかさにする。

ぽとり。またひとつ何か出てきた。てのひらに載るぐらいの細長くて小さな紙包みだ。細ひもで縛って封がしてある。包みの文字は坂本洋子にも読めない。英語だ。

「WRI……G?……LE……YSかな。リグレイ?」

英語の得意なカナコ先生も読むのに苦労していた。半分かすれてしまっていたからだ。

「なにかしら?　CHEW……あとは読めないわねぇ」

カナコ先生の指が触れたとたん、魔法がとけたみたいに、ひもがぼろぼろの切れはしになって落ちた。ヤマシタハルオという持ち主への断りの言葉だろうか。先生が「ごめんなさい」と呟いて、紙包みを揺らすと、中から石ころが落ちてきた。

一個、二個、三個、四個、五個。黒い石ころが五個。

突然、ジャミラが喋った。

ずっと閉じられていた古いドアの蝶番《ちょうつがい》がきしむような声だった。

「ガムだ」

「ガムだ、チューインガムだ」

細い目を大きく見開いて、口の端によだれのあわを出して、同じ言葉を繰り返す。ヒロ君が笑った。ブーちゃんは怖がって先生の陰に隠れる。雅也は笑ってから、先生の陰に隠れた。

ジャミラがいきなり手を伸ばしてきて、どう見てもガムじゃなく、石ころにしか見えないものを、ビニールシートから拾い上げた。それを手の中でころがす。

「あ」カナコ先生が小さく叫んだけれど、遅かった。なんとジャミラは、それを口に放りこんだのだ。みんなが悲鳴をあげた。先生が目をまん丸にして、ジャミラに声をかける。

「……敏三さん」

名前を呼ばれてもジャミラは気づきもせずに、うさぎみたいな大きな前歯を光らせてごりごりと口の中のものを嚙もうとしている。

やっぱり頭がおかしいんだ。雅也は思った。でも、それは口にしなかった。みんなも何も言わなかった。ヒロ君が笑うのをやめた。ジャミラの頰が濡れて光っていたからだ。

# 梢の呼ぶ声

一

かじかんだ両手の指に息を吹きかけると、ため息ひとつぶん、薄闇が白くなった。

頭の上では冬の風が梢《こずえ》を鳴らしている。それが誰かの泣き声みたいに聴こえて、宮嶋啓子は顎《あご》を隠すように巻いたマフラーをさらに押し上げ、耳を覆った。

先週、胸まであった髪をずいぶん短くしてしまったから、十二月の寒風にさらされた両耳は真っ赤になっているはずだった。

西からの陽射しに淡く輝いていた風景は、いつの間にか色褪《いろあ》せて、木々も背後の山も、鬼の角のように千木《ちぎ》を突き出した社《やしろ》の屋根も、台座の上の狛犬《こまいぬ》も、ひっそりと影法師になろうとしている。啓子はいまさらながら、ここが町はずれの朽ち果てた神社であることを思い出す。玉砂利に伸びた自分の影が薄くなるにつれて、しだいに心細くなっていった。

足もとでは落ち葉が躍っている。今日はいつもよりヒールの高い靴を履いてきたのだが、それでも地面からの冷気が両足へ這《は》い昇ってきた。日方《ひかた》神社のとば口に立つ、大きなくすの木の下。博人との待ち合わせ場所だ。

境内《けいだい》の木々は神社らしくもなく落葉樹が多い。あらかたは紅葉を終えて裸木になっているのだけれど、このくすの木は、冬でも青黒い葉をたっぷりつけたままだ。石段まで伸びた長い枝は、ほんの少し前まで葉という葉が夕日に照らされて、クリスマス・デコレーションさながらに輝いていたが、いまは急に心がわりしたみたいに黒いシルエットになって頭上を覆っている。啓子は小さく身震いして、ずり落ちてくるマフラーをもう一度耳まで押し上げた。

前髪を何度も梳《す》いた。念入りにブローしたのだけれど、こんなに短くしたのは初めてだから、気にいったウェーブにするまでずいぶん時間がかかった。風がこれ以上強くならなければいいのだけれど。

髪を切ったのは博人のためだ。博人はショートヘアの女の子が好きなのだ。本人に聞いても、そんなことないよって言うだろうけれど、一緒に街を歩いている時の視線の先を見ていればわかる。夏休みに映画を観に行った時も、ショートヘアの主演女優に見とれていた。

『時をかける少女』というタイトルの映画だ。主演女優はまだ新人で、原田知世《ともよ》という聞き慣れない名前のコだった。啓子はスクリーンの中の原田知世に博人を横取りされた気分になって、仕返しにいつもはワリカンにしている映画の後のコーヒー代を払わせ、ケーキまで食べてやった。

会うのはその時以来。博人が獣医学科のある北海道の大学に行ってしまったからだ。新しいヘア・スタイルをほめてくれなかったら、ケーキを三個ぐらい食べてやる。

日方神社を待ち合わせの場所にするのは、二人の中学時代の習慣だった。小さな町だし、まだ近所にファミレスもファーストフードの店も、そもそもお店に入るお金もなかったから、あの頃の二人には、同級生の冷やかしが届かない場所というと、ここしか思いつかなかったのだ。

来た時からずっと境内には人けがなかった。久しぶりに来て改めて思う。夕暮れ時に待ち合わせをするのには、向いている場所じゃない。

古くからこの土地に建っている神社だけれど、しばらく前に神主さんの跡継ぎ息子が幼稚園の経営に失敗して手放してしまい、荒れ社だけが残っている。啓子と博人もかつては境内の隣にあったその幼稚園に通っていた。当時から昼間でも薄暗くて気味の悪い場所だったから、幼稚園が終わった後に境内で遊ぶ子どもなんて一人もいなかった。

神社の隣には、ほんの何年間かのあいだだけ、郷土史料館があったのだが、この夏で閉鎖されてしまった。建物はあとかたもなく消えていて、入り口を飾っていたオブジェだけが残っている。木の幹のかたちのポールの上に、一羽の鳥が止まっているデザイン。

これも不気味だ。ここからだと翼を広げた鳥がまるでオカッパ頭の子どもの生首に見える。

中学生の時にはまだ史料館も建っていなくて、会うのはバスケの部活が終わった後だったから、陽の落ちるのが早い冬は一人で待つのが怖くて、いつも遅れていった。沢田君は——あの頃はまだ博人をそう呼んでた——文句を言わずに待っていてくれたけど、中学の男子にも陽の落ちた後のここは怖かったみたいで、啓子がこっそり近づいて、背中を叩いて脅《おど》かすと、いつも本気で怒った。

違う高校に通いはじめるようになると、待ち合わせの場所は博人の学校の最寄り駅近くにある喫茶店に変わった。啓子の通うこの町の女子高のほうがお互いの家に近かったのだが、町中ではけっして会わなかった。小さな田舎町だ。知っている人に見られたくなかった。二人がつきあうことに啓子の父親がいい顔をしなかったから。

「まだ早すぎる」「受験勉強のさまたげだ」父親からはたくさんの小言《こごと》を聞かされた。もともと他のコより厳しかった門限もさらに早められた。今年の春から啓子が短大へ通いはじめると、今度は、どこで仕入れてきた話なのか、こう言う。「遠距離なんとかでつきあっている連中は親に隠れて不謹慎なことをするからな」自分だってママに隠れて若い女と不謹慎なことをしているくせに。

父親が反対する本当の理由はわかっている。博人のお父さんが市民運動の活動家だからだ。地元の国会議員の後援会長をしている啓子の父親の名は、博人のお父さんたちが発行している地域新聞の批判記事の中にひんぱんに登場しているらしい。

私たちには何の関係もないのに。博人は博人で政治にはぜんぜん関心を持っていなくて、いつもお父さんに叱《しか》られているらしい。博人の将来の夢は市民運動活動家なんかじゃなくて、熱帯の密林へ行って絶滅危惧種の動物を救うことだ。二人で会って何時間も話したって、お互いの父親の話は「ち」の字も出たことがない。語り合うのは、それぞれの学校でのことや、音楽や映画やアフリカのジャングルの話だ。啓子は自分の父親がなぜ非難されているのかを知らないし、博人が啓子の父親を糾弾するわけじゃない。二人には大人の世界なんかアフリカのオカバンゴ沼沢地より遠いのだ。それなのに、二人の間にはベルリンの壁が立ちはだかってる。

父親は言う。「お前の婿《むこ》は、俺がふさわしい男を探してやる」冗談じゃない。私はパパの会社を継ぐ人のためのボーナスじゃないのよ。

「私たち、ロミオとジュリエットみたいだね」ある時、啓子が言ったら、博人はのん気に笑って答えた。「今度、部屋の下にはしごを置いといてよ」って。ああ、博人、あなたはなぜ博人なの。カレンダーでは確かに今年は一九八三年だけれど、私と博人はまだ十五世紀に生きているのだ。

同じ町に暮らしている頃だって、会うのに苦労していたぐらいだから、遠く離れてしまうと、二人の時間を持つことがさらに難しくなった。博人が入った寮には共同電話がひとつしかないから、こっちからかけてもなかなかつながらないし、博人は電話代が大変だから時々しかかけてこない。たまにかかってきても、パパが出たら最後。取り次いでもらえないのだ。この頃はママまで言う。「あの人のことはもう忘れなさい」もう一カ月、博人とは話をしていない。写真は毎日眺めているけれど、声を忘れてしまいそうで怖かった。

あと何年かしたら携帯式の電話が実用化されるというニュースを聞いた。もし本当にそんな電話が値札をつけてどこかのお店に並んでいたら、啓子はどんなことをしても手に入れようとするだろう。一度、博人にその話をしたら、肩をすくめて笑われた。

「俺も聞いたことある。でも、でかくて、めちゃくちゃ重いらしいぜ。ショルダーバッグみたいに肩にかつぐんだって。だったら、俺、ポケベルの方がいいな。電話で話すより想像力がふくらむだろ。あれって、サラリーマンだけに使わせておくのはもったいないって、いつも思ってるんだ。若者向けに売り出せば、きっとブームになるよ」

ああ、博人、あなたはなぜ博人なの。ほうっておけば子犬と何時間でも遊んでいるような人なのに、喋る時は世間ずれしたことを言いたがる。自分の純粋さを恥ずかしがる人なのだ。

冬休みになって町へ戻ったらまっさきに会おう――それが前々からの約束だった。最後に電話した時、お正月明けまでこっちにいられるって言っていたから、「ディズニーランドに行ってみようよ」と啓子は誘った。短大ではこのところ今年オープンしたディズニーランドが話題だ。もうたいていのコが、ボーイフレンドや友だち同士で行っている。啓子も何度か誘われたけれど、最初に行く時は博人と一緒と決めていたから、全部断っていた。博人も上機嫌でオーケーした。最初のうちは。「いいね、北海道のこのあたりだと、レジャー施設ってスキー場しかなくてさ。地元の友だちは羨《うらや》ましがるだろうな」

地元の友だちって誰？　男の人？　女の人？　一緒じゃない時間が多くなると、そのぶん博人の知らない部分がどんどん増えている気がして怖かった。

「昔みたいに日方神社の境内で待ち合わせしようよ」

そう言ったのは啓子のほうだった。昔みたいにしたかったのは、落ち合う場所じゃなくて、二人の関係だったのかもしれない。

「お友だちって、どんな人？」「お酒を飲みに行ったりしてるの？」知らず知らず、うちのママがパパを問い詰める時のような口調になっていたらしい。博人もだんだん不機嫌になって、最後は喧嘩《けんか》みたいに会話を終えてしまった。

少ないとはいえ、週に一度は必ずあった博人からの電話が来なくなったのは、あの日からだ。啓子が寮に電話をしても博人は出ず、電話に出る他の人は誰かから教えこまれたような曖昧《あいまい》なことしか言わない。

時計に目を落とす。何度見ても同じだった。博人とお揃《そろ》いで買ったデジタルウォッチの数字が、約束の時間がとっくに過ぎていることを啓子に教える。最近の流行《はや》りだけれど、デジタル時計はこういうとき、針の時計より薄情な感じがして嫌だ。十五分も早く着いてしまったから、約束の時刻が来る前は数字の変わり方がじれったいほど遅かったのに、いまは狂ったメーターみたいにとんでもなく速く動いているように思えた。

早く来て。四カ月ぶりに博人と会える嬉《うれ》しさで高鳴っていた胸が、だんだん別の理由で鼓動を速めていた。明るさが消えていく人けのない境内が、不安をよけいにかき立てる。

来てくれないなんてことがあるだろうか。

距離なんか関係ないよ。いつか博人はそう言った。関係ないわけない。離れていたら、顔が見えない。手を握れない。キスができない。抱き合えない。

博人が北海道へ行く前の晩、啓子は初めて博人と寝た。

もしかしたら、あれがよくなかったのだろうか。啓子は考え続ける。あの時の自分に何か問題はあっただろうかと。自分自身は無我夢中で何があったのかよく覚えていなかった。

もちろん計算ずくの行動なんかじゃなかったけれど、啓子の心のどこかに、遠くへ行ってしまう博人をつなぎとめるロック用のキーが欲しい気持ちがあったのは確かだった。でも、ロックされたのは自分のほうだけかもしれない。

頭の中でふくらむ疑念に啓子は大きくかぶりを振る。短くした前髪が視線の先でふわりと揺れた。来ないわけないじゃない。だって、約束したんだから。

空気に墨を流したような一時《いっとき》が去り、境内は黒一色の世界に変わろうとしていた。博人が姿を現すはずの石段の降り口は、頭上をくすの長い梢に覆われて、どこよりも暗く、闇の中に空いた洞窟に見えた。そこから風が梢を鳴らす、すすり泣きのような音が這い昇ってくる。博人を待つためでなければ、ここにいることを一秒だって我慢できなかっただろう。

このくらいなんだっていうの。町の灯がすぐそこにある神社なんかを怖がっているようじゃ、いつか二人で行くことになるかもしれないアフリカのジャングルで暮らしていけないじゃないの。

啓子は石段に背を向け、くすの木にもたれかかった。ちょっとしたおまじない。人を待ち続けている時は、なぜかその人を気にかけているあいだはやって来なくて、きまって気にするのをやめた頃に姿を現すものだから。怖くて、心細くて、泣きだしそうになるのをこらえて、社の背後に顔を出した月をすがるように見上げた。

早く来て。

啓子は祈った。悪いけれど、神様もとっくに見放しているだろうこの神社の本殿ではなくて、いまや唯一の明かりになった月に。

風がまた強くなった。

背後で石段を昇るかすかな足音が聞こえてきた。

二

梢を渡る風の音を、きよは潮騒に似ていると思った。生まれてこのかた、一度も海を見たことがないのだから、本当に似ているのかどうかはわからない。ハルさんが蓄音機にレコードを置き、演奏が始まるまでの針がレコードを擦《こす》る音に耳を澄まして、こう言っていたのを覚えているだけだ。

「ああ、波の音を思い出すよ。昔は朝から晩まで聞いていた。朝は目覚まし。夜はねんねこ子守唄」

ハルさんは九州の熊本の生まれだった。

「ここへ来た時には、それまで一日中聞こえていた音がしないから、耳がおかしくなっちまったのかと思った。もう自分の家に帰る気はないけれど、天草《あまくさ》の海はもう一度見てみたいよ」

結局、ハルさんは、天草の海を見ることなく亡くなった。きちんとお医者に診《み》せていれば、死ぬほどの病気じゃなかった。亡くなる数日前まで客をとらせていた女将《おかみ》さんが見殺しにしたのだと、きよはずいぶん恨んだものだ。ハルさんはいちばん仲の良かったお女郎《じょろう》だった。

きよは神社のとば口に立つ木の幹にもたれて、ずっと耳を澄ましていた。

恐ろしく巨《おお》きな木だ。廓《くるわ》でいちばん大きな三階建ての錦華楼を三つ重ねても、この木の丈には届かないだろう。名前はわからない。きよの生まれた山国にも背の高い杉の大木はいくらもあったが、こんな太い幹は見たことがなかった。

ごつごつと荒い木肌は、指で触れるとひんやり冷たい。木というより岩のようだ。きよの立つすぐ脇から人の胴ほどもある根が伸び、地面の上を大蛇のようにうねっていた。

きよは待ち人を思った。長内《おさない》はいつ帰って来るだろう。「すぐに戻る」そう言い残して、きよをここに置いて出かけてから、もうだいぶ経つ。足から根が生えて、この大木と体が繋がってしまいそうなほどの時間だ。真上にあった陽は、いつしか空を巡って、大蛇の根より先まで伸びる長い影をつくっていた。

素足で野良《のら》へ出て畑仕事の手伝いをしていたのは、もう遠い昔のことで、ここ何年かは廓の中から出ることはなく、柔らかな草履《ぞうり》しか履いていないから、足からはとうに血の気が失せていた。きよは銘仙《めいせん》の裾を気にかけながら、木の根元にしゃがみこむ。

強い風が吹くたびに、たっぷり繁ったこの木の梢という梢から、数珠玉《じゅずだま》に似た実がさらさらと落ちてくる。この土地ではいまが木の実時なのだろうか。きよの生まれた村より半月ほど遅い。

子どもの時分、山で木の実採りをしたことを思い出して、その実を拾い集めた。知らず知らず唄を口ずさんでいた。

赤い鳥小鳥　なぜなぜ赤い　赤い実をたべた

村の子どもたちにとって木の実採りはただの遊びじゃなかった。食べられるものしか集めない。なにせ村で菓子を食べられるのは地主さんの子どもぐらいだ。木の実時になると、誰もが競って山奥まで分け入り、日暮れまで自分だけのお菓子の国を探し歩いた。

青黒い小さな実だ。甘いヤマグワの実の色に似ている。食べられるのだろうか。ひと粒を口に含んでみたが、苦いだけだった。つんと鼻を刺す樟脳《しょうのう》めいた臭いがした。

ご神木なのだろう。木の幹にはしめ縄が巻かれていたが、きよは木陰を借りることをためらいはしなかった。この世には神も仏もいないことを知っているからだ。もしいたとしても、お女郎の願いなど聞き届けてはくれない。部屋頭のマツヨさんは、身売りの前借金が一日も早く返せるようにと、廓の神棚に毎日手を合わせていたけれど、年季が明け、身軽になれる半年前に結核で亡くなった。

あまり人の寄りつかない神社らしく、境内に参拝する人間の姿は見かけないが、無住というわけではないようだ。ついいましがたも稚児装束の子どもが、狛犬の台座の陰から顔を出して、きよの姿を眺めていた。手招きをしたとたん、おかっぱ頭を引っこめて、どこかへ消えてしまった。

人目にはつきたくなかった。だからこうして石段からは見えない木の裏手に身を寄せている。両手には巾着袋《きんちゃくぶくろ》をしっかり抱えていた。他の荷物はもういらない。これから必要になるのは、巾着の中に入っている小さな薬瓶だけだ。

布地越しに伝わる瓶の感触に、きよの鼓動は速まってくる。決意を確かめるために、その硬さを胸に押し当てた。

そうしてきよは待った。長内が戻って来るのを。長内と一緒に死ぬ時を。

きよが生まれたのは、周囲を山に囲まれたすり鉢の底のような村だ。両親は小作人で、ただでさえ貧しい一家の暮らしは、父親を病気で亡くしてからはその日の食べ物にも困窮するほどになった。

村の小作の子は、小さいうちに奉公に出るのが当たり前だったから、ある日、違う土地の言葉を喋る男が自分を連れに来た時も、格別驚きはしなかった。母親は「遠くの町の紡績工場で働くのだよ」ときよに言った。数えで十四の歳だ。

きよが売られた先は、工場の煙突が立ち並ぶ大きな町の遊廓だった。生まれて初めて見た賑やかな町並みに目を見張った。日に三度食事が出て、それがすべて米の飯であることに仰天した。生まれて初めて口にした刺身はこの世の食べ物とは思えず、郵便に詰めて母親や妹弟《きようだい》たちに食べさせることはできまいかと本気で考えた。古着ではあったが与えられた艶やかな縮緬《ちりめん》に頰《ほお》をすりつけ、体にあてがい、鏡の前でくるくると何度も回った。ここは天国かと思った。しかし、ほどなく見世《みせ》に出され、今度は地獄を見た。

恐怖と羞恥と嫌悪と初めて経験する痛み。

二人目の客をとらされる前に便所へ逃げこんで、旦那にしこたまお灸をすえられた。お娼屋《しようや》の旦那は廓女《くるわめ》の顔を叩いたりしない。痣《あざ》ができても目立たないうなじや足の裏を火箸で叩く。

一カ月もすれば、紡績工場の女工が糸を紡《つむ》ぐのも同然に、自らの体を道具として扱う術を覚え、お娼売《しようばい》をそつなくこなせるようになった。たった一カ月だから、慣れとは恐ろしいものだが、きよはそのひと月で、まだまだ続くはずだった少女時代を失った。

長内を初めて客にしたのは半年前だ。コール天の旅行服を着た背の高い男で、満州やシベリアを相手に貿易商を営んでいると言った。まだ若いが立ち居振る舞いも堂々としており、金払いも良かった。きよをいたく気に入ったようで、その後、廓に登《あ》がるたびにきよを名指しし、外国のものだという珍しい品々を土産に差し出してきた。「お前とは妙にウマが合う」長内はそう言い、床には入らず語り明かすだけで帰ることもあった。

客に惚れちゃいけない。それが廓の禁《いさ》めだ。「股は開いても、心は開かぬこと。口では男を悦ばすことを言い、頭の中では年季明けまでの日数と、借金の残り高を考えていればいい」遣り手婆のおフデさんに何度も聞かされた言葉だが、お女郎になって四年、男と女の秘め事なら裏の裏まで見聞きしてはいても、恋をするということが何であるかを知らなかったきよは、長内が顔を見せた時の体のざわつきや、後ろ姿を見送る時の胸の痛みを、どう説明してよいのか皆目わからなかった。

お前と夫婦《めおと》になりたい。長内からそう言われた時には、頭上から光が射したかと思った。光の中から金襴緞子《きんらんどんす》の帯が垂れ、それを腰に結ぶとするすると廓から引き上げられる。そんな白昼夢が確かに目の前に見えた。

長内と懇《ねんご》ろになってしまったのは、もしかしたら死んだ父親と同じ左利きであったためかもしれない。きよが六歳の時に死んだ父親は、人の土地を耕して得たわずかな金で安酒を手に入れ、それで浮世の憂えを忘れることしか喜びを知らない甲斐性《かいしょう》なしの男だったが、酔うと長女のきよを抱き寄せ、膝《ひざ》に載せて頭を撫《な》でてくれた。そして「お前は大きうなればめんこくなるぞ」「良い嫁入り先ば俺《おら》が見つけてやる」などと呪文のごとく囁《ささや》きかけてくるのが常だった。

いまは顔もおぼろな霧の向こうに消えてしまったが、酒臭い息と、きよの体を抱え、頭を撫ぜてくれた、ごつごつと固い左の手のひらの感触はいまでも覚えている。

「ほんの少しだけ待ってくれ。お前の借金を払い請ける金を用意する。そうしたらここを出よう」長内は左手できよの乳房をまさぐってそう言ってくれた。廓に来て一カ月で涸《か》れはてた涙が零《こぼ》れた。

だけど、それは嘘《うそ》だった。二カ月前、長内はきよの前に手をつき、畳に頭をこすりつけた。そして白状した。自分は貿易商などではなく、小間物を売り歩く行商人であること。いまは離れて暮らしているが妻と子があること。払い請ける金どころか、きよの元へ通いつめたおかげで、わずかな蓄えも使い果たしてしまったこと。夫婦になりたい、その気持ちだけが本当だった。少なくともきよは本当だと思いたかった。

たとえ年季が明けても、お女郎上がりは口さがない田舎には戻れないだろう。他の多くの妓《こ》と同じように身軽になったら小商いを始めるつもりで、きよは店への前借金の返済と生家への仕送りの残りを少しずつ貯めていた。その金を遣い、自分への花代を自分が払って、長内を部屋へあげた。しかし、それも長くは続かず、先月いよいよ底をついてしまった。

「一緒に死のう」そう言ったのはどちらからだったか、幾度考えてもきよにははっきり思い出せない。だが、寝物語に長内とその言葉を囁き合っているうちに、いつしかそれが、二人のあらかじめ定められた道筋であるように、きよには思えてきた。

「お女郎は長生きのできない仕事。一晩に五人六人、時には七人八人、並みの女が千年かかっても届かないほどお秘所を使うからだ。誤って子を身ごもれば、冷水に腹を浸し、オトギリソウを煎じて飲んで堕《お》ろすからだ」千代菊娼妓《ねえ》さんはそう言って、体に良いと聞けば、アシタバやら蝮《まむし》の皮やら野甘草《のかんぞう》の根やらと、しこたま買い込み、若い妓たちから薬問屋と陰口を叩かれるほどだったが、その甲斐あってか、病ひとつせず年季が明け、借金を返した残りのお金で廓の近くで汁粉屋《しるこや》を始めた。しかし、慣れない商売が仇《あだ》になったのだろう。炊事場から火事を起こして焼け死んだ。

どうせいつかは死ぬ身。それなら少し早くとも同じこと。独りぼっちでないほうがいい。自分を好いてくれる男と一緒なら、いっそ幸せというものではないか。きよの揺らぐ心はいつしか願望に近いものとなった。

四日前、有り金のすべてを懐中にして長内と町を出た。お女郎が廓の外へ出ることは御法度《ごはっと》だが、常連客が金をはずめば一緒に外出することは許可された。長内を羽振りのいい貿易商と信じこんでいる女将は、きよのなけなしの金を受け取り、上機嫌で承諾した。

本当は満州にもシベリアにも行ったことはないのだが、行商人の長内は旅慣れていて、行く先々に馴染みの宿があり、土地土地の名物を知っていた。露天温泉の心地良かったこと。きよのお娼屋の湯場は手水鉢《ちょうずばち》のように小さく、かといって銭湯など行こうものなら、素人衆の女房から白い目を向けられる。客は知らないだろうが、お女郎は風呂へゆっくり浸かり体をきれいに清める暇などないのだ。ねぎま鍋の美味《おい》しかったこと。匂いの強いねぎは働きにさわると、お娼屋の膳にはけっして出されなかった。

きよは食事には不自由のない遊廓でも食べたことのない料理を味わい、生まれて初めての景色に見とれ、女郎部屋以外の場所で初めて男に抱かれた。自分はこの数日間で、一生ぶんの贅沢《ぜいたく》をし、一生ぶんの幸福を味わった。そう思った。そう思おうとした。

行く先にあてがあったわけではない。死ぬ前に一度、海が見てみたい。きよがそう言って昨日からは南へ向かう汽車を乗り継いでいる。この小さな村へやってきたのも、風まかせ。昨夜泊まった隣町の旅館で聞いた「この辺りには何も名物はないが、近くの見晴らしのいい鎮守の杜《もり》にとてつもない大木がある」という女中の言葉を、長内が面白がっただけだ。

「死ぬのなら、そこで死のうか。海が見えるかもしれない」

もう二人であと一泊する金もなくなっていたのだ。

乗り合い自動車に揺られ、誰も降りない停留所から田舎道を長く歩いてここへ着いた。確かにこの木を石段の下から見上げた時には驚きの声をあげた。しかし、死に場所にするには、見栄えのしない神社だった。社は大きすぎる神木の供え物のようで、神社のためにこの木があるのではなく、この木のために神社があるように見える。第一、石段の上からは海が見えなかった。

長内は拝殿に向かってしばらく祈った。きよは何を祈っていいのかわからなかったから、死ぬ時に着物の裾が乱れませんようにとだけお願いした。

木の下に風呂敷を敷き、旅館でこしらえてもらった弁当を二人で黙々と食べた。一生の最後の食事は、にぎり飯とたくあん。いまもろくに米の飯を食べていないだろう母親やきょうだいたちを思えば、贅沢は言えない。きよには自分の仕送りが途絶えたあとのきょうだいたちの行く末だけが心残りだった。

「酒を飲むか」唐突に長内が言いだした。「ほろ酔い加減で気分良く死のうじゃないか。末期《まつご》の酒だ。とびきりの上酒《じょうしゅ》を手に入れてくるよ」

言いだしたらきかない人だ。きよが最後の金を渡すと、にぎり飯を食べかけにしたまま石段を駆け降りていってしまった。

それが三時間前。どこまで行ったやら。来る途中の道には酒を売る店など見当たらなかった。

風がまた強くなってきた。

ぱたぱたぱたぱた。

背後で足音が聞こえた。きよは安堵《あんど》の息をついて、振り返る。

しかし、誰もいなかった。空虚の中を風が吹き抜けていくだけだった。頭上から小さな黒い塊が降っていた。木の実時雨《しぐれ》。足音に聞こえたのは、風に吹かれて落ちた大木の小さな実が積もった枯れ葉を叩く音だった。

きよはため息をついて、立ち上がる。幹にひたいを押し当てて、目を閉じた。そうすると、木の音が聞こえた。

ごうごうという音。洞《ほら》から洞へ風が抜ける音だろうか。きよにはこの木がどこかに隠し持つ心臓の脈打つ音に聞こえた。体が木の中に吸いこまれそうな気がした。

ほんの数年前まで、きよはまだ子どもで、畑仕事の手伝いの合間には、きょうだいや近所の子どもたちと野山を駆け回っていた。神社ではなく山寺だったが、かくれんぼの鬼になった時は、こうして境内の木におでこをくっつけて、数をかぞえた。その時も思った。木が自分の体を吸い込もうとしているのではないかと。

もし生まれ変われるのなら、女郎に売られる小作の娘は嫌だ。いっそ木に生まれ変わったほうがましかもしれない。生まれた時から同じ場所に立ち、何事もなく静かに日々が過ぎ、同じ場所で朽ち果てる。なんと幸せなことだろう。きよは思いを閉じこめるように大木の幹に体を預ける。そして考え続けた。

いま頃は旦那や若い衆が、きよの行方《ゆくえ》を探しているだろう。一度、お女郎になったものは、たとえ年季が明けても、一生、お女郎から抜け出せない。帰るべき所を失ったいまの自分の居場所は、もうここしかなかった。しかし、長内はどうだろう。本人はないも同然とうそぶいてはいたが、曲がりなりにも家庭があり、仕事もある。そもそも長内には死ぬ必要などあるのだろうか——。

秋の終わりの風が、若女房然とした地味な銘仙の裾をひらめかせ、薄絹の肌着が色を覗《のぞ》かせる。下に身につけるものは、客の受けがいい体の線がくっきりと出る絹物しか持っていない。何を着ようがお女郎はお女郎。それを誰かに見透かされた気がして、きよは誰もいない境内でけんめいに乱れを押さえた。

手の中で木の実のひと粒をつまむ。苦いのを承知で口にふくんだ。

青い鳥小鳥　なぜなぜ青い　青い実をたべた
ふいに気づいた。心中などをする必要はどこにもなかったのだと。自分一人で死ねばいいだけの話なのだ。

顔をあげ、風に揺れる梢を眺めながら、きよは見えない海の波音を聞いた。ハルさんは生まれた時からずっと、こんな切ない音を聞き続けていたのだろうか。きよにはその音が、ハルさんやマツヨさんや千代菊娼妓さんの囁き声に聞こえた。

馴染み客の一人、機械工場で技師をしているインテリさんの言葉を思い出した。プロレタリアートがどうのこうのと難しい横文字ばかり使う人で「目覚めねばいかん、お前たち女郎は苦海に身を沈められているのだ」きよの足の指を舐《な》めまわしながら、いつもそんなことを言っていた。苦海。苦しい海と書くのだそうだ。なんだ。自分は毎日毎晩、海を見ていたのだ。潮騒を聞いていたのだ。

死ぬべきは自分一人。

それがわかったきよは、もう待つのをやめることにした。

ずっと待っているのが怖かった。これ以上待ち続けていたら、長内のことを疑いはじめるかもしれない。「あんた、騙《だま》されてるんだよ。堅気の男がお女郎なんぞを本気で嫁に貰《もら》おうとするはずないじゃないか」他の妓たちのやきもち半分の言葉を見返してやりたかった。産みの母に騙されてお娼屋へ売られたきよは、もう誰も疑いたくなかった。

ほんとうは、手に手を取って命を絶ちたかったが、しかたない。ひと足先に逝《い》って待っていることにしよう。自分のゆき先が極楽なのか地獄なのかはわからないが。

きよは巾着に忍ばせていた薬瓶を取りだした。中にはインテリさんに鼠を退治すると方便を使って分けてもらった石粒のような薬が入っている。茶色の瓶を振ると、からからと小さな音がした。この木の黒い実よりずっと苦そうだ。

難しい名前の薬だ。

インテリさんは何と言っていたっけ。そう、青酸カリ。

三

足音が近づいてきた。

啓子はマフラーを巻き直し、黒目を上にあげて前髪を点検する。胸に手をあてて、ひとつ深呼吸をしてから振り向いた。

遅刻を怒ってなんかいないよ、博人にそう伝えるための笑顔が凍りついた。

誰もいなかった。

目の前には暗闇しかない。風が樹間を渡り、梢に甲高《かんだか》い叫びをあげさせている。落ち葉が足もとで舞い、啓子への嘲笑《あざわら》いに聞こえる乾いた音を立てた。啓子の肩を何かがかすかに叩いて、地面に転がった。くすの実だった。月明かりに鈍く光るそれをぼんやり眺めていると、またひとつ、ぽとり。

おかしいな。確かに足音がしたはずなのだけれど。啓子は闇の中で首をかしげ、大きく息を吐き、くすの木にひたいを押しつけた。暗闇に背中を向けると、首筋がぞくぞくしたが、月が薄く照らす社や木々の陰気な影法師を眺めているほうが、もっと不気味だった。

博人の顔を思い浮かべて、頭をそれだけで満たそうとした。啓子の想像の中の博人は、子犬と遊んでいるところを見られた時みたいに、照れ笑いを浮かべている。

博人が遅れている理由を考えてみた。

時間を間違えている？　そんなことはない。博人はぼんやりしているようで、約束にはいつだって几帳面《きちょうめん》だ。時間や場所を忘れてしまったりするのはむしろ啓子のほうだが、もちろん今日ばかりはありえないことだった。ここに来ることは、この一カ月間、かたときも忘れたことはないのだ。

電車が停まってしまった？　飛行機はお金がかかるって言って、夏休みの時も夜行列車で帰ってきた。だけど、ここへ来る途中、啓子は踏切につかまっている。一刻も速くここへ来たかったのに、警報機が悠長に鳴り、いつもと同じように電車が通りすぎていくのを、両足をぱたぱたさせて見送ったはずだ。

まさか、車で来るつもりじゃないでしょうね。

博人は車の免許を取ったばかりだ。アルバイトで貯めたお金で中古の車を買うって言ってた。「近くの中古屋なら十万円ぐらいで買えるんだ。信じられないだろう」北海道じゃ車がないとどこへも行けないんだ。博人はちょっと嬉しそうに嘆いていた。それだけの余裕があれば、もう少し電話をかけてよ、と啓子は思うのだけれど。

時々、友だちの車を借りてドライブをしていると言った博人に、思わず喉に詰め物をしたような声で尋ねてしまった。「ふーん、いいねぇ。誰とドライブしてるの？」いま考えると、あのひと言からだんだん会話がぎこちなくなってしまったのだ。

おわびのしるしというわけじゃないけど、少し早いクリスマス・プレゼントにと思って、マスコット人形のついたキーホルダーを買って、バッグの中にしまってある。

道が混んでいるのかもしれない。

そうだ。きっと、そう。車を買ったんだ。私を驚かそうと思って秘密にしてるんだ。今日は二人が初めてドライブをする日になるかもしれない。だったら、海に連れてって欲しいな。この間の電話が気にさわっているのなら、こっちから謝ってしまおう。明るい場所だと素直に言えなくても、夜の海辺だったら、きっと言える。「ごめんなさい」って。

いまにも石段の下からブレーキを踏む音と、クラクションを鳴らす音が聞こえる気がして、啓子は耳を澄ます。

啓子の心臓を見えない手がわしづかみにした。車の音は聞こえなかった。そのかわりにどこかから、人の声が聞こえてきた。

小さく囁くような声が続いている。両手で塞いでしまいたくなるのをこらえて、耳をさらに研ぎ澄ました。風が梢を揺らす音と間違えたのではないかと思って。

風の音なんかじゃなかった。くすの幹の反対側から聞こえた。音ではなくて確かに声だった。泣き声のようにも鼻唄を歌っているようにも聞こえる。

「……誰？」

勇気を振りしぼって声をかけた。ほんとうは一目散に逃げ出したかったけれど、そんなことをして博人と行き違いになりたくはなかった。

返事はない。さっき博人だと思った足音の主だろうか。空耳だと思いたかったが、声は続いている。

歌？　だとしたら小さい頃に聞いた記憶のある歌だ。

なぁんだ。啓子は声に出して呟《つぶや》いてみた。空元気《から》を出すために。

「博人？　おどかさないでよ。ずっとそこにいたの？」

私が気づくのを待っているうちに、我慢しきれなくなったんだろう。そうに決まってる。

「博人でしょ？……ねぇ、聞いてるの？」

この大木が「くすの木」であることを教えられたのは幼稚園の「おそとでかんがえよう」の時間だった。啓子たち園児が手をつないで、このくすの幹の円周を計ったら、十三人分もあった。ぐるりと回って向こう側を覗こうと思ったが、足は動かなかった。月影になるそこまで園児六、七人分を歩く勇気はない。

歌うように続いていた声が止み、幹の向こうからため息が聞こえた。

短いけれど、深いため息だった。まるで何十年もためこんでいた息をくすの木が吐き出したように聞こえた。女の人の声だと思う。声の主が女性だとわかって、啓子はほんの少し安心した。

「ごめんなさい。人違いでした」

ふだんは他人に気やすく声をかけるタイプではないのだが、博人の名で呼びかけてしまった気まずさと、いっこうに答えの返ってこない居心地の悪さが、いつになく啓子の口を軽くした。

「誰かを待っているんですか」

何の確信もなかったが、幹の反対側にいる女の人は、自分と同じぐらいの歳で、自分のように恋人を待っているのじゃないか、そう思ったのだ。さっきのため息が自分自身のもののように感じられたからだ。

やっぱり答えは返ってこない。足を震えさせている冬の土の冷気が、じわりと背中に這い昇ってくる。自分がとんでもない何かに声をかけている気がしてきた。

冷気が首筋まで届いた時、ふいに声がした。

「ええ」

きれいな声だった。風鈴が一度だけ鳴ったような声。

啓子は急におかしくなった。人けのない夜の神社で、独りぼっちで博人を待っているのだとばかり思っていたら、もう一人同じことをしている人がいたなんて。暗闇に怯《おび》えていた心が、ふいに軽くなった。

「わたしも。もう一時間以上、待ってるんです。ひどいでしょう。たぶん道が混んでいるんだと思うんですけど。それにしても、ねぇ」

迷惑だったろうか。だけど話しかけずにはいられなかった。しばらく返事はなく、啓子が、こんな場所で待たされて不機嫌になっているらしいこの相手によけいなお喋りはやめようと思った頃、ようやく声が返ってきた。

「ほんとうに。あたしもずっと待っているのだけれど」

あれ？　少し前の足音はやっぱり空耳で、この人のものじゃなかったのか。先客みたいな口ぶりだった。もしかしたら、啓子が来る前からここにいたのだろうか。

「いつから待ってるんですか」

啓子が尋ねると、鈴の音《ね》みたいな声が答えた。

「ずっとずっと前から」

啓子より年上かもしれない。口調がずいぶん落ち着いている。きれいだけど、秋の風鈴みたいに寂《さび》しげな声だった。

「帰っちゃいましょうか」

もちろん、そんな気などまるでなかったけれど、恋人に振りまわされている情けない女だって思われるのが嫌でそう言ってみた。啓子をたしなめるような答えが返ってきた。

「信じて待ちましょう」

顔も見えない相手に思わず頭を下げてしまった。

「そうですね」

月が高くなると、境内は淡い銀色の光に包まれた。町の中にいると気づかないが、月の光は思っているよりずっと明るい。木々の葉や社の屋根を昼間とは違う色合いに染めている。

「あなたは誰を待っているんですか」

くすの木の向こう側にいる誰かさんに聞いてみる。今度は返事を待たずに喋り続けた。

「わたしは、遠くで暮らしている人。なかなか会えなくて……四カ月ぶり。今日、北海道から帰ってくるんです」

なんで私は知らない人にこんなこと話しているんだろう。顔が見えない気やすさからだろうか。月が照らす周囲の光景が、昼間とは別世界に見えるからだろうか。月の光には不思議な力があるのかもしれない。寂《さび》れたオンボロ神社が白銀に輝いて、かつてはそうだったのかもしれない神々しい場所に見せている。いつか博人とひやかしで入った教会の、ステンドグラスの淡い光がこぼれる告解室もこんな感じだった。誰かに自分の胸のうちを話してしまいたくなる。

あんまり月が明るいから、もしかしたら使えるのではないかと思って、啓子はバッグからコンパクトを取り出して、鏡を覗いた。

夜の窓ガラスぐらいにしか役に立たなかったけれど、目を凝らして前髪を整える。コンパクトを少しずらしてみた。鏡の端にくすの木の幹が映り、その向こうに白い顔が見えた。若い女の人。お正月でもないのに和服を着て、古めかしい髪型をしている。

睨《にら》まれてしまった気がして、あわててコンパクトを閉じた。

「……それにしても、遅いですねぇ」

言いわけがわりにそう言うと、もう一度ため息が聞こえてきた。今度こそ風の音と間違えそうなため息だった。

向こうの相手が先に来たら、やだな。また独りぼっちになっちゃう。啓子はコンパクトをしまいこみ、バッグの紐をきつく握りしめた。

博人、博人、ねぇ、博人、早く来て。

石段を昇ってくる足音がした。間違いない。今度は本物だ。靴底が石段に積もった落ち葉を踏みしめる音までわかった。

やけにゆっくりした足取りだ。信じられない。これだけ遅刻したんだから息を切らして駆け上がってくるかと思えば。パンチを食らわせちゃおうかな。啓子は石段に向けて歩き出した。

足音が石段の途中で立ち止まってしまった。荒い息づかいが聞こえる。呼吸を整えているのだ。喘息《ぜんそく》にかかっている啓子の家のロッキーみたいな苦しげな声だった。

違う。博人じゃない。その人が石段を昇りきる前からわかった。最初に目に飛びこんできたのは、月の光の下ではとうもろこしの毛の色に見える白髪頭だった。

現れたおじいさんは、啓子の姿に驚いて立ち止まった。小さく息をのむのが聞こえた。立ちすくんだのは啓子も同じだった。いまさら木の幹に戻るわけにはいかない。突っ立ったままの啓子に、体の輪郭だけを光らせたおじいさんのシルエットが声をかけてきた。

「こんなところで何をしていらっしゃる」

そっちこそ。声の印象では穏やかそうな人だった。お年寄りだし、怖がることはなさそうだ。

「人を待っているんです」

「わたしは人を探しているんです」

「女性ですか」

おじいさんのシルエットが首をかしげて、それから戸惑った声を出した。

「あれと、会ったのですか」

「ええ」

さっきの女の人は恋人を待っていたわけじゃないらしい。どんな事情があるのかは知らないが、二人の会話が聞こえているはずなのに、木の蔭から出てこようとはしない。

「どこにいました？」

啓子はくすの木を指さした。おじいさんは、ああ、やっぱりというふうに頷《うなず》いた。木の周りをぐるりと回ってから、おじいさんが首を振って戻ってきた。あれ？　おかしいな。さっきまであそこにいたはずだけれど。すぐ近くで顔見合わせて、ようやくおじいさんの人相がわかった。七十歳ぐらい。声の雰囲気どおりおとなしそうな人だ。

「ついさっきまで、確かにそこに……娘さんですか」お孫さんかもしれない。境内のあちこちに視線を走らせながら、おじいさんが答えた。

「あれは私の妻です」一瞬だけ啓子に寂しそうな顔を向けて、疲れた声を出した。「病気を患っておりまして……体ではなく心をですが」

社の裏手を探しに行っていたおじいさんが再び姿を現した。こちらに向かって歩いてくる影法師は二つ。おじいさんに手をひかれているのは、遠目に見ても小柄なおばあさんだった。とんでもない見間違え。服も地味なスカートとカーディガンだ。鏡に映った時は、和服姿の若い女の人に見えたのだけれど。月の光が啓子の目を惑わせたのだろうか。

「ほんとうに送っていかなくていいのですか」

おじいさんは孫ぐらいの年齢の啓子に、生《き》まじめにていねいな言葉で尋ねてきた。だいじょうぶです。人を待っているので、と言ったのだけれど、最近はこのあたりも物騒になってきたから若い娘さんを一人で置いていくのは忍びない、そう言って立ち去ろうとはしなかった。博人が来るまで待っていてくれるつもりか、しきりに話しかけてくる。

おばあさんは石段の手前で石けりをしていた。足はうまく動かないようだけれど、まるで幼い女の子のようなしぐさだ。おじいさんはその姿を哀しげな目で追いながら言った。

「二年ほど前から痴呆が始まって、徘徊をするようになってしまいまして」

見かけない人たちだと思ったら、おじいさんが口にした住所は、ここからはずいぶん離れた場所だった。お年寄りが歩いて来るにはとんでもない時間がかかるだろう。

「あれとはこの木の下で知り合ったんです。昭和十一年のことですから、もうそろそろ五十年になりますか」

月が雲に隠れてしまったから、おじいさんがどんな表情をしているのかはわからなかったが、声は少し潤んでいる。

「知り合ったというより、見つけたといったほうが正しいでしょうかねぇ。木の下で倒れていたんです。あわてて病院に連れていって……行きがかり上、看病することになりまして……一時は医者にも見放されたんですが、どうにか、まぁ」

あっさり言うけれど、このおじいさんはきっと懸命に看病したんだろう。「どうにか、まぁ」という短い言葉の中には、実際にはいろいろなことがあったに違いなかった。

おばあさんが小さな声で唄を歌いはじめた。すきま風みたいに細い声だったから歌詞は聞き取れなかったけれど、聴き覚えのあるメロディだ。ただし啓子には曲名までは思い出せなかった。

「退院しても、ここへ来る前のことに関して、あれはいっさい喋ろうとはしませんでした。所帯を持とうと決めて、あれの戸籍を取り寄せた時に、多少のことはわかったのですが……といってもすべてを知ったわけではなく……面倒ごともありましたが、戦争前のごたごたした時期だったので、なんとか、まぁ。その後も私はよけいなことは聞かず、あれも相変わらず口を閉ざしたままで。でも、それでいいのだと思ってきました。子どもはできませんでしたが、私は運良く戦争から生きて帰ってこられたし、それなりに幸せに暮らしてきましたから――」

こんな話、若い娘さんには退屈ですよね。そう言いながらおじいさんは白髪頭を掻いた。おばあさんと話ができなくなってしまったから、話し相手が欲しかったのかもしれない。それともこのおじいさんにも、人に真実を話したくなる月の光の魔法がかかったのだろうか。啓子は黙って耳をかたむけ続けた。

「徘徊が始まってからというもの、あれは、不思議と決まってここへ来るんです。いままで何十年と足を向けようとはしなかった場所だったのですが。たいていは私が先回りして待っているんです。今日は姿を消したことに気づくのが遅かったもので」

石けりを続けるおばあさんを気づかわしげに振り返ってから、おじいさんがゆっくり首を振った。

「なぜここへ来たがるのか、わかりません。聞こうにも、もう本人はろくに口がきけなくなってしまったから」

おじいさんの口調があんまり寂しそうだったから、啓子は言ってみた。

「お二人が最初に出会った場所だからじゃないですか」

闇の中でおじいさんの頬が動くのがわかった。たぶん笑って見せたのだと思う。

「どうでしょう。あれはまったくの意識不明でした。人形が捨ててあるのかと思って近寄って私が腰を抜かしかけたことも、おぶって石段を駆け降りたことも、まるっきり覚えていないんじゃないでしょうか」

月の光が戻ってきて、おじいさんの顔を照らす。皺《しわ》の数だけ濃い影ができた。

「あれが私と知り合う前にどんな日々を過ごし、何を考えていたのか、わからずじまいというのは、ちょっと寂しくはあります。なんちゅうか、胸にこう、釣り針みたいなものがひっかかっているような気になることもあります。まぁ、でも好《よ》しとしようかと。私にはいま目の前にいるきよが――」妻はきよという名前だと、おじいさんはさっきより激しく頭を掻きながら教えてくれた。「そこにいるあれがすべてですから。なにもかも知ろうなんて、どだい無理だし、知らないほうがいいのかもしれない」

風が木々を揺らし、たくさんの女の人の慟哭《どうこく》に似た音を立てた。鼻唄を歌っていたおばあさんが言葉にならない言葉を叫びはじめる。おじいさんが駆け寄っていった。

おばあさんの背中をさすり、けんめいになだめているおじいさんに啓子は声をかける。

んは帰ろうとしないだろうから。

「あの、わたし、本当にだいじょうぶですから。もうすぐ約束の時間になりますし」

ほんとうは二時間も過ぎていたけれど、そう言った。たぶんそうしないと、おじいさんは帰ろうとしないだろうから。

「申しわけない」何にも悪いことをしていないのにおじいさんはそう言って、何度も頭を下げた。「そうさせてもらっていいですか。でも、本当に気をつけて」

自分も足が悪いらしいのに、おじいさんはおばあさんの手を取り、壊れ物を扱うようにそっと体を支えて、石段を降りていった。途中で何度も振り返るから、啓子は、だいじょうぶです、と言うかわりに手を振った。

二人の後ろ姿が闇の中に消えるまで見送ってから、もうすっかり定位置になってしまったくすの木の幹に戻る。寒くて暗くて、逃げ出したいほど心細かった夜の神社の境内が、急に温かくて優しい場所に思えてきた。おぼろな月の光が現実の輪郭を淡く薄く曖昧に溶かしている。

啓子は思った。博人が来たら、遅刻したことを怒ったりしないで、いまの二人の話をしてやろう、と。

素敵だな。お年寄りになっても、奥さんのことをあんなに愛して、いたわって。博人ともこれからもずっと一緒にいられて、年をとった時にあんなふうになれたらいい。どちらかがぼけちゃうのは困るけど。

月が顔を出しているうちにと思って、啓子はまたコンパクトを取り出した。やっぱり見間違いだった。鏡をどんな角度にしたって、ここからじゃ幹の反対側なんか映らない。そもそも自分の顔さえ暗いぼんやりした影にしか見えないのだ。人の顔なんか映るはずがなかった。

啓子はおばあさんとは思えなかった、きれいな声を思い出した。

「信じて待ちましょう」

そう、信じて待つのだ。誰がなんと言ったって。

博人が交通事故で死んだと聞かされたのは、三週間前だ。

もちろん啓子はそんなこと信じない。だって、ありえないことだから。たとえこの世が明日終わると言われたって、自分は博人と一緒。昔からそう決まっているのだ。

パパとママが二人を会わせないようにするために、そんなひどい嘘をついて啓子を騙そうとしているのだ。

パパとママだけじゃない。みんなが嘘をついている。

無理やりつれて行かれた県立病院の先生は私のことをこっそり「心が壊れた」だなんて言っている。いちばんの親友だと思ってた直美までおかしなことを言う。「つらいだろうけど、きっと時間が解決してくれるよ」。直美の家はパパの会社の下請けをしてる。みんなパパが怖いのだ。

啓子は月明かりの下で、鏡に目をこらし、短くした前髪を整える。うん、これならいい。博人はきっと似合うって言ってくれるだろう。

背後から足音が近づいてきた。あるいはそれは風に吹かれて枯れ葉に落ちるくすの実の音だったかもしれない。でも、啓子の耳は確かに博人の足音を聞いていた。足を怪我しているのかな。ゆっくりゆっくり歩いてくる。

啓子は振り向いた。博人にせいいっぱいの笑顔を見せるために。

# 蟬鳴くや

一

　こういう時には、桜が散るべきであろうに、と高橋忠之助《ただのすけ》は場違いなことを考えていた。眼前は一面の夏木立ち。押しつけがましいほどの青さが目に痛い。

　頭上では蟬《せみ》が鳴いていた。何十、何百、いや、何千かもしれない数の蟬が、護摩《ごま》を焚《た》く坊主衆のごとく声を揃《そろ》えている。耳の中に爆《は》ぜた油を注ぎこまれたようなやかましさだった。

　首《こうべ》を仰向けた。頭上には空の青がない。ここにも鬱陶《うっとう》しく木の葉の青が広がっている。大樹の無数の繁り葉が天蓋をつくっているのだ。

　八百年前からこの地にあると謂《い》われる鎮守の杜《もり》の大くす。忠之助はその下に座っていた。地面の上ではなく、白布を敷いた二枚の畳の上だ。

　髻《もとどり》を落としたざんばら髪、沐浴《もくよく》したばかりの身に白無地の小袖を着、浅葱《あさぎ》色の裃《かみしも》をつけている。傍らでは介錯人《かいしゃくにん》がひしゃくで刀に水を打っていた。

なぜ自分がこうしているのか、どこでこうなってしまったのか、忠之助にはいまだに理解できずにいた。ぼんやりと他人《ひと》ごとであるかのように、三方《さんぼう》に載った白鞘《しらさや》九寸五分を眺めている。これからおのれの腹に突き立てる短刀だ。

時刻は八つ半。傾きはじめた陽は衰えを見せず、ひどく暑い。ひたいから噴き出た汗が目につたい落ちてきた。この場合、指で払っていいものなのかどうか、切腹など見たことのない忠之助には作法がわからなかった。

忠之助の周囲には四人の男がいる。畳を運んできた小者たちの姿は消えているが、遠くない場所でめったにない見世物に固唾《かたず》を呑《の》んでいるに違いない。背後に介錯人、右手に見届け人、正面には二人の目付が床几《しょうぎ》に腰を据えている。忠之助は正使目付の村田善《ぜん》右衛門《えもん》に声をかけた。

「汗が目に入ります。ぬぐってもようございますか」

扇子で胸もとに風を入れていた村田善右衛門が、徒目付《かちめつけ》の鈴木彦九郎《ひこくろう》に目を走らせた。彦九郎は懐から『切腹目録』を取りだし、指をなめて繰《く》る。

苛立《いらだ》った善右衛門の扇子が鶏のはばたきに似た音をさせはじめた頃、鈴木彦九郎がようやく顔をあげ、広げた扇子で口もとを隠して何ごとか耳打ちをした。善右衛門が重々しく言う。

「ぬぐってもよい」

もう遅い。まばたきとともに流れ落ちてしまった。

介錯人の倉田伊蔵が咳払《せきばら》いをする。忠之助を急き立《せ》てているふうに聞こえた。このあとは、どうするのであったろうか。もろ肌脱ぎか。それとも前を広げるだけで良いのか。もろ肌を脱ぐことにした。さて、どちらから脱ぐ。右か。左からか。忠之助は瑣末《さまつ》なことに心を砕き、死の恐怖から逃れようとした。

確か、右からだった。体を動かそうとしたが、右腕はぴくりとも動かなかった。忠之助は善右衛門に言ってみた。

「辞世の句を」

村田善右衛門がまた鈴木彦九郎を見、彦九郎が指をなめなめ『切腹目録』を読みはじめた。善右衛門の扇子のはばたきが見るまに速くなっていく。

目付といっても二人とも正式な検使ではない。城の同じお役目の上役。不慣れであるのは忠之助と変わらないようだった。

彦九郎が首を横に振る。善右衛門が手ぬぐいで汗を拭きながら苛立った声を出した。

「詠まんでいい。読本《よみほん》にかぶれすぎだ」

「しかし、ふと浮かびましたので」

上の句だけ。蟬鳴くや、だ。

右手で見届け人の中村佐太郎が言った。

「筆がない」

「……はぁ」

そっと嘆息する。すきま風に似た息が握った拳に落ちた。

忠之助は二十四歳。父が隠居し、かわりに城勤めを始めてまだ一年足らずだった。禄高七十石ほどの家柄のため、良い縁談に恵まれず、いまだ妻も子もなかったが、家督を継いでからはひとつふたつと話が舞いこむようになった。井垣家の次女おミツどのとであれば、ぜひ祝言《しゅうげん》をあげたい。顔を見たことはないが、なかなかの美人との噂《うわさ》だ。このところの忠之助は、まだ見ぬ自分の妻との暮らしを夢想してばかりいた。

家格からして多くの出世は望むべくもないにせよ、藩内には書や算勘の才、あるいは縁故、上役の引き立てなどにより、異例の抜擢を受けた例《ためし》がないではない。身を粉《こ》にして働き、俸禄を上げて妻を喜ばせたい。まだまだ自分はこれから先のある身、忠之助はそう考えていた。だが、いまとなっては、すべてが夢まぼろし。

暑さはいっこうに衰える気配がない。しかし刻々と陽が傾いていくのが、くすの枝葉が落とす影でわかる。白布の上から青黒い影が去ると、蝉たちの声はますます高まっていった。あの騒ぎ声は命の短さへの呪詛《じゅそ》なのかもしれない。

耳に注がれる爆ぜ油が、どろりと奥へ押し入ってきた。忠之助の頭の中で蝉が鳴きはじめる。

忠之助の城勤めは台所組だ。藩主の三度の食事を調《ととの》え、調理人を監督する役職。武士の勤めとしては、うだつが上がらない職だと少々不満だった忠之助は、登城初日から舌役を命ぜられた。難しい勤めではない。供す御膳の毒味をするだけだ。

ふだんは豆腐や鶏卵がご馳走だ。神妙な面持ちを保つことに苦労しつつ、役得役得と心の中で唱えながら舌鼓を打っていたのだが、ほどなく激しい腹痛に見舞われた。料理の中に虫くだしをしこまれたのだ。

毒味の途中で厠《かわや》へ立つことは許されない。脂汗をかき、尻の穴をけんめいにすぼめ、残りを手早く片づけようとすると「舌役をなんと心得る。もっとじくりと吟味せよ」と叱咤《しった》された。ようやく役目を終え、厠へ走ろうとした忠之助は、組頭の村田善右衛門に呼びとめられて、長々しい説教を受けた。尻の穴から悲鳴が漏れそうであった。

「よいか、台所方の勤めを甘く見てはいかん。命を賭して殿をお守りする重責なのだ。日々是戦《いくさ》の覚悟を持たねばならぬぞ」

忠之助の藩では台所組が出世をした例はない。他の役職に対するひがみにしか聞こえなかった。

この十カ月余、そうした煮え湯ばかり飲まされていた。いくつもの茸《きのこ》を目の前に出され、食せるものと毒であるものを見分けてみよ、と命ぜられたこともある。一昼夜、体が痺れた。「きむち」という朝鮮の漬物を試し食いさせられたこともあった。一昼夜、舌が痺れた。そんな忠之助を村田善右衛門も同僚たちも怒りはしなかった。皆、腹を抱えて笑った。

武士たる者、口に偽りを言わず、身に私を構えず、上にへつらわず、下《しも》をあなどらず、己《おの》が約諾をたがえず、人の艱難《かんなん》を見捨てず。書物ではそう習ったが、城の詰め部屋は、嫉妬と姑息のねばねばした糸が張りめぐらされた蜘蛛《くも》の巣だった。

召し出された時期が悪かったのかもしれない。台所組は皆、苛立っていた。藩主が先代から現在の次功《つぐあつ》公に代わったばかりで、組内はてんやわんやだったのだ。

先代次好《つぐよし》公は質素倹約を旨とし、一汁三菜、昔ながらの朝夕二食を厳しく守る方であったから、勤めはずいぶん楽だったと聞いた。しかし、次功公に代替わりしたいまは事情が一変していた。

江戸屋敷住まいが長かった次功公は、江戸で覚えた美食と珍味の数々が忘れられず、驕奢三昧《きょうしゃざんまい》。田舎料理に満足せず、無理難題ばかり押しつけてくる。

鯛の塩焼きはもう飽きた。笹漬けなるものが食ってみたいとおおせられ、八方手をつくして笹漬けという若狭名物の鯛の酢漬けを出すと、こんなまずいものが食えるかと、小姓に箸を投げつける。薬食いをせねば体が持たんと獣肉を所望され、近江より牛の味噌漬けを取り寄せると、大殿様からたしなめられたのだろう、もういらんと、膳をひっくり返す。

若様の頃より甘やかしが過ぎたのだ、陰でそう言う者はあるが、諫《いさ》める勇気は藩の誰もが持ち合わせていない。年始めに、大殿様が江戸屋敷に居を移されてからは、歯止めがきかなくなった。豆腐は両国泡雪屋のものでなくてはならぬ。カブは京の東山にかぎる。季節はずれの時期に、九年母《くねんぼ》が食いたい、松茸が食いたい、牡蠣《かき》が食いたい――。

召し上がりたいものを事前に尋ねても「腹も減らんうちにそのようなことがわかるか」とお怒りになる。たまさか機嫌が良い時でも「なにか、こう、からりとしたものが良いな」と禅問答じみた答えしか返ってこず、そのたびに台所組はおおわらわとなる。

献立は料理方との協議の上、村田善右衛門が決める。だが、殿の意に添わなかった場合、責はかならず、食材を求め、料理人に指図した下の者に及ぶ。毎度、食べ切れるはずのない品数が並ぶから、食べ残しは多いのだが、何を召し上がられたのか、どれに箸をおつけにならなかったのか、御膳が下げられるたびに、一同は一喜一憂しなくてはならない。

台所組はこのところ失態続きだった。

「ふんわりと、やわらかなものが良いな」

いつもの難解な注文に、玉子料理、豆腐料理を、手を替え品を替えて取り揃えたのだが、殿のご所望は鯛の寒天寄せであった。

「四月か。そろそろあれの季節だの」

これには上物《じょうもの》の初鰹《はつがつお》を取り寄せた。しかし、答えは空豆であった。素直に問いに答えられたほうがご自身のためだと思うのだが、おおせになることはない。食い物にこまごまと口を挟むのは主君のすべきことではない、察せよ、ということらしい。察するほうはたまったものではなかった。

夏になり、殿の要求はますます苛烈なものになっていった。次功公は美食家ではあるが、健啖家《けんたんか》ではない。暑気のために食欲がなくなったのだ。

「なにか、こう、ひやり、としたものが良いの。いや、ぬるり、か」

台所組は、大あわて。

合議の場で、村田善右衛門は暗澹《あんたん》たる面持ちで皆に問いかけた。

「一同、勘案願いたい。ひやり、ぬるりとは」

明日の夕の御膳のことだ。

「水貝でござりましょうか」

水貝は生鮑《なまあわび》を塩で洗い、賽《さい》の目に切り、水で冷やして食べる料理。鮑は殿の好物のひとつだ。

「鮑はお出ししたばかりだからのぉ。あの折は蒸しものだったが、ほんのひと口、ふた口しか召し上がらなかった」

「鮎膾《あゆなます》はいかがでしょう。ギヤマンの鉢に盛ってお出しするのです」

「しかし、川魚はあまりお好きではないから」

「うむ。ぬるりも足りぬ」

「蓴菜《じゅんさい》を酢の物、汁物にいたしましょう」

「ひやりがないではないか」

「なんでも良いのだ。暑気を払い、食がすすむひやり、ぬるりが一品あれば、あとはお好きな物を適度に並べればよい」

「困りましたな」

「……困ったの」

「高橋、なにか申してみよ」

よほど困り果てたのだろう。日頃は小用を言いつけるほかは言葉をかけてくれない善右衛門が、忠之助にも意見を求めてきた。

場に加わりたい一心で、忠之助は勢いこんで言った。

「近頃、ところてんなるものが城下にて流行《はや》っておるようです。あれはいかがでしょう」

先日、辻で江戸前の仕立ての、珍しい煮売り屋を見かけた。武士たるもの辻売りから食い物を求めるのは気が引けたが、行列の長さに惹《ひ》かれ、手ぬぐいで顔を隠して並んでしまった。そのうまかったこと。

中村佐太郎が鼻で笑った。

「あれは菓子ではないか。白砂糖で食する下賤《げせん》の味だ」

「いえ、昨今は酢と醬油にて食するのです。辛子を添えますと清涼にして、滋味。口取肴がわりに、ほんの座興としてお出しすればいかがかと」

善右衛門たちのあやまちは、美食に飽き飽きしている殿を、さらに美食責めにしているところにあるのではないか、と常々忠之助は考えていた。新しもの好き、江戸前好きの殿はかならず喜ばれるはずだ。しかし、善右衛門に一笑に付されてしまった。

「町人が食うものであろう。あのような卑賤の食い物は出せん」

下賤、卑賤と口にするわりには、皆、味は熟知しているようだ。忠之助同様、頭に手ぬぐいをかぶって行列に並んだのであろう。

「困りましたな」

「困ったの」

その後も合議が続いたが、妙案はいっこうに出てこなかった。

「そういえば」古参の鈴木彦九郎が女子《おなご》のように扇子を持つ手をくねらせて言った。

「近習衆に聞いたことがありますな。江戸屋敷におられた頃、若殿が——いや殿が、曲突きを見たいとおおせられて、お忍びで町人町へお出かけになられたことがあったとか」

「さて、曲突きとは」

「ところてんでございますよ。江戸ではところてんの物売りの中に、曲突きなる見世物を兼ねた商いをする者がありましてな。注文を受けますると、肘に皿を置き、ところてんを入れたる筒をば天に向け、『やっ』とかけ声もろとも突き上げると、ところてん宙を舞い――」

講釈師よろしく扇子で畳を叩く。

「宙を舞いたるところてんを肘の皿にて、すとどんと受ける、まぁ、その腕さばきの見事なこと。殿はたいそう喜ばれたと聞き及んでおりますが」

彦九郎は江戸詰めから戻ってきたばかりで、江戸前の食べ物には一同の誰より詳しかった。忠之助の言葉には聞く耳を持たなかった善右衛門が急に膝《ひざ》を乗りだした。

「まことか」

「いかにも」

「ところてんのぉ」

村田善右衛門は腕組みし、天を仰ぎ、しばらく唸《うな》ってから、重々しい声を出した。

「虎穴《こけつ》に入らずんば、なんとやら。ここはひとつ、虎の子を得に行くかの」

善右衛門が硯《すずり》を手もとに引き寄せる。筆先を舐め、白紙の献立表に「心太」と書く。

一同から感嘆の声があがった。忠之助の口からも。

勤番を始めて十カ月、自分の進言が採り入れられたのは初めてだった。武士は一に忠。忠之助はようよう主君のお役に立つことができた喜びに身を震わせた。

「さすが、村田様。ご英断ですな」

「鈴木どのの博識にも敬服の至り」

下の者たちが口々に言いつのる。忠之助はおのれの顔に指を突きつけて座を見渡したが、誰も忠之助など見てはいなかった。

「村田様、ご出世になられても、我らのことお忘れなきよう、あいよろしく」

中村佐太郎が幇間《ほうかん》のように扇子で月代《さかやき》を叩く。露骨な媚《こび》へつらいを恥じる様子もない。なるほど。このあたりをも少しうまくやっておれば、忠之助も詰め部屋で仲間はずれにならずにすんだのかもしれない。

いま思えば父にかわり城勤めとなった際、継目の礼の品とその数に、善右衛門は不服げだった。倹約を旨とし、華美に流れず、が昨今の武士の慣《ならい》。豪奢に過ぎる品はかえって迷惑であろう、との配慮だったのだが。自分に足りなかったものが、忠でも礼でもないことに、忠之助は遅ればせながら思い至ろうとしていた。

いくら殿の食が進まないとはいえ、ところてんだけを出すわけにはいかない。続けて料理方から進言された献立を書きつづっていた善右衛門が、はたと筆を止め、首をひねった。右から左へ何度も献立表に目を走らせてから、ううむと唸る。「心太」が、殿にった。

お出しする食物としてふさわしいものかどうか、急に不安になったのだろう。覗《のぞ》きこんだ一同も唸った。確かに「山椒鱧《さんしようはも》」「慈姑《くわい》」「茗荷《みようが》」「雪花餡」「水羊羹《みずようかん》」などに比べると、商家の丁稚《でっち》の名のようで、心もとなかった。

「鈴木、ところてんの話、確かであろうな。曲突きをご覧になった後、殿はところてんを召し上がったのだろうか」

彦九郎が用心深く言葉を足した。

「さて、そこまでは。あくまでも噂でございます」

善右衛門は深く呻吟《しんぎん》し、おもむろに一品をつけ加えた。

『葡萄酒《ぶどうしゅ》』このところ殿が愛飲されている紅毛《コウモウ》の酒だ。善右衛門が懇意にしている出入り商人が扱っている品でもある。

筆を止め、書き終えた文字に目を落としたまま善右衛門が声をかけてきた。

「ところで高橋、覚悟はできておるのか」

「……覚悟、と申しますと」

忠之助に顔を向け、墨がついた舌をちろりと舐《な》める。

「決まっておろう。町人の食う卑賤の品をお出しして、万一、殿のご不興を買った場合のことだ」

「は」

善右衛門は筆を握り直し、腹にあてがうしぐさをした。

「その場合、切腹の覚悟はあろうな」

「へ」

何か答えようとする前に、鈴木彦九郎が膝で扇子を打ち鳴らした。

「天晴《あっぱ》れ、武士の鑑《かがみ》。見直したぞ高橋」

あとはやんややんやの大合唱。皆からはやし立てられているうちに、胸にえずきに似たものがこみ上げてきた。それが何であったのか、いまも忠之助にはわからない。いっときの狂熱、混乱、焦燥、あるいはただの吐き気――。

「承知いたしました」

眼《まなこ》をはたと見据えると、善右衛門は目をそらしてしまった。

「もしも殿のお心に添わぬ場合、腹かっさばいてお詫《わ》びいたします」

なにゆえ、あのようなことを口にしてしまったのだろうか。蟬しぐれの下で忠之助は考え続ける。確かに読本にかぶれすぎたのかもしれない。古本を借りて読むのが忠之助の楽しみのひとつで、あの前夜も源為朝が仁王立ちで腹を一文字にかっさばいたというくだりに、行灯《あんどん》の火が消えかかるのも忘れて熱中した。書物の中の武士とは大違いのおのれの日々に、嫌気がさしていたのかもしれない。

翌日、忠之助は非番であったにもかかわらず夕刻まで城内に留まった。

夕の御膳が出てほどなく、廊下の向こうから、袴の裾を指でつまんで鈴木彦九郎が走ってきた。目が丸くふくらんでいた。

「すわ一大事」

塵ひとつ膳に入らぬよう、こまめに掃除をしているから御膳所前の廊下は走ると滑る。案の定、彦九郎は足を滑らせ、床に尻を打ちつけた。尻もちをついたまま言う。

「殿はご立腹でござる」

忠之助の頭から血の気が引いた。

「ひと口も箸をおつけにならなかった」

下僚のひとりが声を震わせて尋ねた。

「なにがご不満だったのでしょう」

「葡萄酒だ」

皆の視線が善右衛門に集まった。遠慮がちながら彦九郎の目にも咎《とが》め立ての色が浮かんでいる。思いのほか早く組頭に出世できるかもしれぬ、と顔に書いてあった。

「葡萄酒はもう飽きた。このような高価な酒ばかり出して藩庫をいたずらに荒らすのは、何かよからぬ肚《はら》があるのかと」

おおかた大殿からまた書簡でお叱《しか》りを受けたのであろう。善右衛門の横顔で頰《ほお》の肉がふるふる震えた。

「……他におおせられたことは」

「このような酒ではところてんが食えんと」

「いまなんと申した」

「何かよからぬ肚が――」

「いやいやいや、終《しま》いの所だ」

「このような酒ではところてんが食えん、と」

「さようか、わしの見こみ違いであったか」

善右衛門が一同に向き直り、慙愧《ざんき》に堪えないという面持ちになる。悲しげに首を振って言った。

「やはり、ところてんは間違いであったか。高橋に任せても構わぬなどと考えたのは、とんだ見こみ違いであったのぉ」

皆の目が一転、忠之助に向けられた。

「え」

「このままでは、殿のお怒りは鎮まるまい。誰かが腹を切らねばならぬ、の」

いま一度、の、と言い、忠之助に上目遣いを走らせてくる。

「高橋、よもや武士に二言はあるまいな」

それからのことは、すべてが夢うつつであった。台所組の面々が車座になって切腹の段取りを相談し始めた時にも、新手《あらて》の嫌がらせのひとつだと思っていた。

「ほんの座興だ。臆病者《おくびょうもの》め」そう言って誰かが笑いだすのを待っているうちに、切腹の日取りと場所が決まっていった。

たかが、ところてんひとつのことで藩士に腹を切らせたとあっては、殿の面目が立たない。あくまでもかたちの上では、贖罪のための自刃。そのため切腹の座には人目につかない場所が選ばれた。「鎮守の杜《もり》の大くすの下はいかがでしょう。古くからあのあたりには幼子《おさなご》が行方《ゆくえ》知れずになるという言い伝えがありますゆえ、近寄る者はありますまい」中村佐太郎の言葉は遠くから聞こえるようであった。

献立の合議はいくら時をかけてもいっこうに決まらないにもかかわらず、忠之助の切腹の相談はとんとん拍子に進んだ。決行日は殿が饗応に招かれ、台所組がいっとき暇になる今月十二日。

もう拒むことはできなかった。できぬまま、忠之助はこうして炎天下、目の前にある短刀を眺めていた。

昨今の切腹は本物の短刀を使わず、扇子か木刀で代用をすることが多いと聞く。わざわざ真剣を揃えたのは、「自刃であるからには、短刀でなければなりませぬな」鈴木彦九郎がそう言ったからだ。しかし、内密にすませるのであれば、ここまで本式にする必要がどこにあるのだろう。

忠之助の月代に汗がぽとりと落ちてきた。見上げると、真上に介錯人の倉田伊蔵のひきつった顔があった。台所組の中では珍しく剣に秀《ひい》でるとの評判で、暮らし向きが窮乏しても伝家の名刀を売らずにいることが自慢の男だ。ふたつ返事で介錯人を買って出た。伊蔵は目を血走らせ、せわしなく唇をなめている。初めての人斬りに完全に舞い上がっているように見えた。

だいじょうぶだろうか。一太刀《ひとたち》で首をはねてもらわないと、苦しみが長引く。妙なところを斬らないでもらいたかった。

伊蔵の顔のさらに上には、のしかかるような繁枝が西陽にまばゆく照り映えている。八百年の生の輝きが、忠之助の短い命を嘲笑《あざわら》っているかのようだった。

なにゆえ。

忠之助のその思いは呟《つぶや》き声になって、口からこぼれ出た。

ああ、おミツどのにひと目会いたかった。

小袖を脱ぐために手を動かそうとしたが、膝に置いた手は、膠《にかわ》で貼ったように動かない。汗が虫の這う感触に似た不快さで、頬をつたっていく。

それにしても暑い。芝居や読本に登場する切腹は、満開の桜の下、春風がそよ吹き、花びらが白装束の肩に舞い散る、悲しいほどに美しい情景の中で行われるものだが、いま目の前の現実となったそれは、ただただ暑く、そして蟬の声がやかましいのみ。昔の物事というのは、すべからく美しく思えるのだろうか。

催促の声をかけられるのが怖かった。忠之助は句づくりにのみ、心を集めようとした。

蟬鳴くや　いのち短き

うむむ。違う。

蟬鳴くや　木下に闇あり

字余りだ。

蟬鳴くや

ああ、その先が浮かばない。

善右衛門が咳払いをする。それに気《け》おされて、忠之助の体が動いてしまった。両手で襟を広げ、肩をすぼめて小袖を脱ぎ、上半身を晒す。身の丈五尺二寸。前腕のみ日焼けし、二の腕と胴体が生白い、情けない肉体だ。

あとは短刀を取るのみ。だが、またも体は動かなくなった。これは現《うつつ》ではない。夢だ。そう考えようとした。しかし、絶え間のない蟬の声がすぐに忠之助を現実へと引き戻す。

早馬に乗った大殿の使者が「あいや、待たれい」そう叫ぶ光景を夢想した。実際にひづめの音が聞こえはしまいかと耳を澄ましてみた。しかし、聞こえるのはやはり蟬の声だけ。ああ、うるさい。

うるさい。うるさい。うるさい。蟬は忠之助の頭の中でも鳴いている。

「そろそろよいか」

善右衛門にうながされ、のろのろと三方へ手を伸ばす。火鉢の炭に触れる手つきで短刀を取った。握り方はどうするのであったろう。切腹の作法は座学のひとつとして学んだが、あくまでも書物の中のこと。飾り物と化した甲冑《かっちゅう》や、高禄の武士たちが格を競うためだけにある弓台と同様、泰平の世には必要のないものだ。

忠之助は昔から武よりも文のほうが得意であった。そもそも自分は武士には向いていなかったのかもしれぬ。ところてん売りに生まれていれば、こんな苦労はなかったろうに。

今生の別れの挨拶《あいさつ》をした時、母は泣いてくれたが、父の目は、しっかり果たしてこい、と忠之助に無言の圧力をかけていた。切腹を果たせずお咎《とが》めがあれば、食禄は没収。高橋家は改易となる。父上はそれが息子の死より恐ろしいのだ。

「早くせんか」

善右衛門が扇子の動きを速める。

「来ぬか、来ぬかと〜、あちきは待ちくたびれたでありんす」

花魁《おいらん》をまねたつもりか、鈴木彦九郎が口もとに扇子を当ててしなをつくる。中村佐太郎がくすりと笑った。

　忠之助は気づいた。こ奴ら、みな面白がっている。俺の切腹で、おのれらの保身をはかろうとしているだけではない。俺の死で日頃の鬱憤《うっぷん》晴《ば》らしをするつもりなのだ。

　悔しくて、涙が出た。汗とないまぜになって、手にした白鞘に降りそそいだ。

　よし、本物の武士を、こ奴らに見せてやろうではないか。忠之助は臍《へそ》の上を撫《な》ぜ、小さく息を吐いた。

　短刀を逆手《さかて》に持つ。

　母上の顔を頭に浮かべた。おミツどのの顔を思い浮かべようとしたが、描きかけの錦絵のように首から上がなかった。それから父の探るような目を思い出した。

　その瞬間に手が動いた。

　うん。忠之助は、気合もろともおのれの腹へ刃《やいば》を突き立てた。

　一同がざわめく。

　ためらいが力を削《そ》いだようだ。刃先は腹の皮で止まってしまい、薄く血が滲《にじ》むのみであった。頭上で倉田伊蔵が鶏《にわとり》の鬨《とき》の声じみた叫びをあげる。

　思わず身を縮めた。その拍子に、ずぶりと刃が腹に呑みこまれた。

　忠之助はおのれの体に突き立った短刀を、他人の目で眺めた。やってしまった。

　痛みは一寸、遅れてやってきた。焼け火箸を押し当てられたような激痛。腹を焼く痛みが、続いて脳天を貫き、それから全身に回っていく。

痛い痛い痛い痛い。

介錯はまだか。早く。首を。ひと思いに。

痛い痛い痛い痛い痛い痛い痛い。

二

暑い。暑くてたまらない。

うるさい。蟬の声がうっとうしい。誰かをぶち殺したくなるのは、こういう時だ。

気分は最悪。神経がとんがって、体がざらざらする。血管にたくさんのガラスの破片が流れている感じだ。中学校の校門を出た時から、体いっぱいにふくらんでいた田辺義明の怒りと苛立ちは、いまにもはじけてしまいそうだった。

てのひらで顔の汗をぬぐい、昇りはじめた石段を見上げた。炎熱で歪《ゆが》んで見える長い勾配は、あと百段近く残っている。引き返してしまいたくなったが、足はとまらなかった。

いまの気分のままじゃ、家にも学校にも帰れない。この夏休みのために、去年発売されたばかりのプレイステーションと〝ゾンビバスターズ〟を買ったのだが、ゲームをやても楽しくないだろう。ここへ来たのは、むかついた時のいつもの気晴らしをするためだ。義明は肥満気味の体を上へ上へと運び続ける。噴き出す汗がシャツを背中に張りつかせ、腋《わき》の下にしみをつくった。

石段の両側は鬱蒼《うっそう》とした木立ちだ。葉という葉が真夏の太陽に射られて、暑苦しく光っている。どこに潜んでいるのか姿は見えないが、並んでいるすべての木々で、おびただしい数の蟬が鳴き、湿った熱気を掻きまわしていた。

ラジオのノイズをフルボリュウムで聴かされているような音が、石段の長さやクソ暑さより義明の心を逆撫でした。

「うるせぇ」

飲みかけのジュースの缶を木立ちに投げつけると、小便を振りまきながら何匹かが飛び立ち、その一角だけが静かになった。だが、新しい段に足をかけると、またもや騒ぎが始まる。義明には木と蟬がグルになって自分を馬鹿にしているように思えた。

くそっ。せっかくの夏休みなのに。だから登校日は嫌だ。数日前、体育館のガラスを誰かが破《わ》った。それがすべて義明のせいにされてしまったのだ。

人間は緑の多い場所へ行くと、心が安らぐ。森林浴にはちゃんと科学的な根拠があるのです——理科の教師の山本がそう言っていた。樹木が発散するフィトンチッドという物質が、脳の$\alpha$《アルファ》波をふやすんだそうだ。

本当だろうか。義明の苛立ちは木立ちの中を歩いても、ちっとも鎮まろうとはしない。むしろさっきより血管を流れるギザギザの破片がふえた気がする。

人は木で癒《いや》されるなんて、人間のただの思いこみじゃないのか。義明にはそう思えてならない。

樹木には毎年の木の実の量をコントロールする力がある、という話を聞いたことがある。周辺に実を食用とする小動物が少ない時には、実の量を増やす。動物たちは実を食べるだけでなく、遠方に運び、食べ残した種から新しい芽を吹かせてくれる存在で、彼らにいてもらわないと樹木も困るからだそうだ。

しかし、種まですべて食べ尽くされるほど動物が増えると、今度は実の数を減らす。そうして多すぎると敵になる動物を死なせて、自らの遺伝子の存続をはかるのだ。

緑の地球。緑の町。花咲く季節。花と緑のある暮らし。人間は植物が好きだというが、たぶん植物は人間を嫌いだろう。きっと、いつかは人間の数もコントロールしようとたくらんでいるんだ。

石段を昇り切ると、そこには大きなくすの木が立っている。石段の両脇の木々もそれなりの樹齢を経ているのだろうが、こいつの大きさは別格。この丘陵に立つ樹木の親玉だ。それ自体がひとつの森みたいに無数の枝を伸ばし、それぞれにたっぷりの葉を繁らせている。さすがの真夏の陽射しもこの木の下には届いていなかったが、木蔭には湿った熱気がこもっている。そして蟬の声はどこよりもやかましい。

幹に手をかけて、しばらく息を整えた。それから地面に顔を出している太い根につまずかないように注意して、石段から死角になる木の裏手へまわった。

幹の根元は三メートル以上あるだろう。円周じゃない。直径がだ。醜い木だった。ごつごつした樹皮はまるで爬虫類の皮膚。あちこちに腫《は》れ物《もの》みたいなこぶが盛り上がっている。葉はたっぷり繁っているが、幹はだいぶ前から死にかけているのだろう。義明の胸のあたりにぽっかりと洞《うろ》が口を開けている。

こぶの大きいものは、ちょうど人の顔ぐらい。こいつが義明の気晴らしの生贄《いけにえ》だ。

義明は洞に手を突っこんで、中に隠してあるものを取りだした。

バタフライナイフ。だいぶ前、持ち物検査の時、生徒のひとりから取り上げたものだった。

刃を飛び出させると、切っ先が頼もしく輝いた。義明は初めて今日の強すぎる陽射しを好ましく思った。

まず誰から殺《や》ってやろうか。校長か。職員会議での校長の言葉を思い出した義明の体に、またガラス片が流れはじめた。

「部活動をしていた複数の生徒が、やったのは君のクラスの人間だと言ってるんだよ。煙草の吸いがらも見つかっている。おおかた先月の終業式で、私の話を聞こうともせずに騒いでいた連中だろう。田辺先生、ここはひとつ、君から厳重注意をしてもらわないと」

周囲を見回して誰もいないことを確かめた。誰もいないに決まっているのだが。

かつてはここに神社があり、幼稚園を経営していた。義明もそこの園児だった。いまはもうあとかたもない。石段を上がった左手、幼稚園だった場所には十五年ほど前、市営の郷土史料館がつくられたが、利用者が少なすぎてすぐに閉館してしまった。数年前にはリゾートマンション建設の話が持ち上がった。しかしこれもバブルが弾《はじ》けてご破算。結局、荒れ放題のまま放置され続けている。

くすの木がネックだという話はよく聞く。ずいぶん前から地元の有力者たちが、この木を県の天然記念物に祭り上げようとやっきになっていて、伐《き》ることを許さない。どんな計画が立てられようとも、この木の存在が邪魔になるのだ。

幹のこちら側のこぶはキズだらけだった。あらかたは義明が切り刻んでしまったからだ。比較的キズが少ない洞のすぐ脇のこぶに狙いをつける。ちょっと背丈が低すぎるが、校長はチビだから、まぁいいか。

義明は校長の顔を思い浮かべた。九一分けで隠している禿げ頭をデフォルメしてやる。頭の中のその映像を、こぶに重ね合わせた。身をかがめ、こぶに話しかけるように押し殺した声で呟く。いつもよりずっと低い声だ。

「君から厳、重、注、意、だとぉ。やってみろよ、お前が。やれるもんならさ」

簡単に言いやがって。義明のクラス、三年四組の不良グループは学校でいちばんタチが悪い。体育教師の上杉にすら殴りかかる連中だ。廊下の先にやつらの姿があると、校長だって遠回りをすることを義明は知っている。

ナイフの腹をこぶにあてがった。頬のあたりだ。

「できないんだろ。いい歳して、十四、五のガキにびくびくしやがって。情けない」

ナイフで頬を叩く。校長がだぶついた顎《あご》を震わせる様子が目に浮かんだ。

「こ、こ、ここはひとつだぁ？　ふざけんじゃねぇ。ふんぞり返って、ここここ、叫ぶだけなら、ニワトリにだってできるんだよっ」

こぶの右側、想像の中の校長の左頬をナイフで切りつける。けたたましい悲鳴が聞こえた気がした。樹皮は硬く、白い地肌が見えるまで切り裂くのに苦労した。

ほんものの人間の皮膚なら、もっとたやすく刃が入るんだろうな。義明はバターにバターナイフを入れる時の感触を思い浮かべてみる。

校長の両頬を切り刻み、禿げあがったひたいに×印をつけてやった。たぶん九一分けの髪がバサバサに乱れて、落ち武者みたいなみっともない姿になっただろう。

次は誰だ。学年主任の野村か。小馬鹿にした笑いを浮かべて、俺にこう言いやがった。

「田辺君、しっかり頼むよ。保護者から、君に担任をはずれて欲しいという要望が出ているんだからね」

こいつも許せない。進級の時に、二年の問題児を同じクラスにまとめてしまった段階で、こうなることはわかっていただろうに。自分が担任になると知って、義明は目の前が白くなるほど驚いたものだ。

野村は背が高いから、ほとんど使っていない自分の目線よりだいぶ上のこぶに啖呵《たんか》を切った。

「いいとも。はずしてくれよ。お前が担任になれよ。俺をスケープゴートにして、臭いものにフタをしたつもりなんだろ。そうはいかないぞ」

図体がでかいくせに、想像の中の野村はからきし意気地がない。本当の義明がなめた口をきくと恐ろしい男であることを知って、すっかりおびえきっている。ちっこい目をめいっぱい見開き、ぶざまな言いわけを並べ立てはじめた。

「す、す、すまん、き、君が優秀な教師だということはよくわかってるよ。悪いのは君じゃない。生徒だ。私や校長だ。この学校だ――」

ようやくわかったか。しかしもう遅い。野村の弁解は途中で間の抜けた空気音に変わる。喉笛を切り裂いてやったからだ。ゾンビバスターズみたいに派手に血しぶきが飛んだだろう。

そうだよ、悪いのは学校だ。前に勤めていた学校では、担任からはずしてくれなどと言われたことは一度もない。卓球部の顧問も無難にこなしたし、卒業生の何人かはいまでも年賀状をくれる。なにもかもうまくいかなくなったのは、転任してからだ。いまの中学校に異動が決まった時から嫌な予感がしていた。義明自身が中学二年まで通っていた学校だった。あの頃から市内一のガラの悪さで、不良の数が他のどの学校より多かった。規則通りの学生服を着て、髪をリーゼントにしていなかった義明には、いい思い出がまるでない。

あれから十七年経った学校は、さらにひどいことになっていた。素行の悪い生徒の数は減っているものの、問題行動が悪質化している。少なくともあの頃の不良は、みんなちゃんと登校していた。授業をしている最中に教室を出ていったり、よそのクラスに入りこんで騒ぐような、とんでもないやつらはいなかった。女生徒が鞄《かばん》の中にナイフを忍ばせるなんてこともありえなかった。

義明がナイフを取り上げたのは、女子だ。しかも怒るのではなく、なだめすかした。「ドラマの見すぎだぞぉ、これは先生が預かっておく」気持ちはわかるよ、というしたり顔までして。男子はムリ。中学生といっても三年ともなれば体格はおとなと変わらないし、仮に教師が手をあげようものなら――義明の場合、もとからできないが――親が黙ってはいない。あっという間に暴力教師のできあがり。

やつらがわがもの顔でのさばっているのは、教師が叱れないからだ。問題児は学校の腫れ物。卒業までそっとしておくのだ。義明のような生贄の教師を案山子《かかし》に立てて。

失敗だったな。なんで教師になんてなっちまったんだろう。いまさらながら思う。国語の増田みたいに、金八に憧れていたわけじゃない。ああいう熱血教師もどきになるつもりは最初からなかった。キャラクター的に自分には無理なことはわかっている。教師になったのは、人間関係が面倒くさそうな民間企業には向いていないと思ったからだ。就職してすぐにわかった。人間関係がややこしいのは、学校も同じだ。やっぱり銀行員になっておけばよかった。地銀の内定がもらえそうだったのだが、若手行員は預金集めに駆けずりまわらなくちゃならないという話を聞いて、二の足を踏んでしまったのだ。いま考えれば、おばちゃん相手に天気の話をしたり、カレンダーを配ったりして、小金を集めていたほうが、よっぽど楽だったかもしれない。

次の保護者会のことを思って、義明は唇をかんだ。二学期が始まってすぐ、最初の土曜日だ。担任をはずせと言ってきたのは、きっと中村麻沙美《まさみ》の母親だろう。あの女は前回の保護者会でもこう言っていた。

「なぜこのクラスにばかり問題のあるお子さんが多いんでしょう。田辺先生が生徒から甘く見られているのじゃありません？　このままでは、まじめに授業を受けている子どもに悪い影響が出ると思うのですけど」

は？　まじめに授業を受けてる子どもだって？　自分の子どもがそうだと信じこんで

いる口ぶりだが、娘がバタフライナイフを隠し持って登校していたことを教えてやったら、どんな顔をするだろう。

親には黙っておくから、中村にはそう言っておいた。生徒のことを考えて言ったわけじゃない。女子の悪ガキも男子とは別の意味で怖いからだ。一人を敵にまわすと、グループ全員が陰湿な教師イジメを始めるからしまつにおえない。

学校からイジメをなくそう。上の人間はお気楽にそう言うが、いまやイジメは生徒同士だけの問題じゃない。教師にも牙が向けられるのだ。なくなるものか。誰かを崖の下に突き落として、自分の崖っぷちのささやかな居場所から見物したがるのは、人間の本性だ。

去年も女生徒たちのイジメに遭った新任の女性教師がうつ病にかかり、病休したまま結局、辞めてしまった。義明好みのおとなしくて、可愛《かわい》いコだったのに。

ああいうガキどもがいなくならないのは、親が叱らないからだ。子どもに嫌われまいとして、甘やかしてばかりいるせいだ。自分たちが子育てをきちんとできないツケを、教師に押しつけてくるのだ。子どものしつけは本来、親の責任だろうに。

誰もかれもが責任をたらい回しにする。他人にババを引かせようとする。恥知らずどもめ。

校長は朝礼やら式の挨拶やらのたびに、こんな言葉を繰り返す。

「日本には古くから『恥』の文化がありました。自分さえよければよいという心を恥じ、礼節のなさを恥じ、怠惰や無責任や不勉強を恥じる。昔の日本人が持っていた、そうした古き良き美徳を、いまの日本人は忘れてしまっているのではないでしょうか」

その言葉、そっくり返してやる。

中村の母親にもだ。

「田辺先生のご指導が問題なんじゃありませんの。このままじゃ受験が心配ですわ」

ですわ、だと。気取りやがって。問題はお前のしつけなんだよ。ババアのくせに、まわりから美人だなんて言われていい気になってやがる。よし、決まった。次の生贄は中村の母親だ。義明は視線を右手に移した。そこには小さめのこぶが横に二つ並んでいる。

こぶの上で、ナイフを動かした。ブラジャーの紐を切るためだ。

「おらおら、下も脱げよ。旦那に相手にされなくて欲求不満なんだろ。だから保護者会でキーキーわめくんだろうが。俺みたいな若い男に相手にされたいんだろ」

まだ三十になったばかりだが、丸く突き出た義明の腹の下で陰茎が勃起《ぼっき》していた。木の幹を相手に欲情している自分にも腹が立って、こぶに何度もナイフを突き立てた。

犯してやる。親子ともども犯してやる。

ざまぁ見ろ、ざまぁ見ろ。泣け、わめけ。

こぶが見る間にずたずたになっていく。色の薄い血のような樹液がにじみ出てきた。

それが義明をさらに興奮させた。

くそっ。くそっ。くそっ。

すべてに腹が立った。校長にも、学年主任にも、同僚にも、保護者会のババアどもにも。

いちばん腹立たしいのは、クラスのガキどもだ。俺の授業をまったく聞こうとしない。そのくせ教室の騒ぎをよそに授業をすすめるしかない義明を、馬鹿にしきった目で見る。あいつらは歪《いびつ》だ。ホルモンバランスが成熟していない、不完全な生き物だ。変声期の途中のアヒルみたいな声でわめきやがって。すぐにキレやがって。黒板にブタの絵なんか描きやがって。教師のこの俺を殴ろうとしやがって。

着任したばかりの頃、授業中に騒いでいる生徒を睨みつけたら、首根っこを摑《つか》まれてすごまれた。生徒たちの前でされるがままになった屈辱を思い出して、義明の頭の中は白くなった。

皆殺しだ。ゾンビバスターズのゾンビたちみたいに、みんなぶち殺してやる。

くそっくそっくそっくそっ。

蝉の声にまじって、誰かが笑う声が聞こえた。

鈴玉がころがるような子どもの含み笑いだ。

耳を澄ますと、また。

上から聞こえた。見上げると、幹近くの繁り葉が揺れていた。小さな頭が引っこんだように見えたが、たぶん気のせいだろう。過保護に育てられた最近のガキに、あんなところまで木登りができるわけがない。

リスにしては大き過ぎる。フクロウ？　このあたりでは見かけたことはないが、まさかサルか？　このくすの木になら、何が棲んでいたって驚かない。

全身が汗まみれになっていた。シャツが体に張りついてむずがゆい。耳を澄ましたせいで、意識の外にあった蟬の声が義明の耳に戻ってきた。自分がゾンビバスターではなく、社会科の教師である現実も。

義明は舌打ちをして、ナイフの刃をしまった。今日はここまでにしといてやる。

幹の洞に腕を突っこむ。肘《ひじ》のあたりまで差し入れると、棚状になった場所に手が触れる。いつものとおりそこへナイフを隠す。

怒りはまだ消えたわけではなく、腹の底に胃もたれとなって重く残っていたが、そろそろ学校へ戻らなくちゃならない。温厚でまじめな教師の仮面をつけ直して、校長へ卑屈に頭を下げ、学年主任へ素直に相槌《あいづち》を打つ、仮の姿の自分に戻らなければ。

義明は洞を見つめ、この中へ入りこむことができた子どもの頃を思った。

幼稚園の時だった。幼なじみの雅也にそそのかされたんだったっけ。

木の中は暗くて、じめじめして、ごうごうと得体の知れない音が響いていて、恐ろしかった。数秒しか耐えられずに外へ飛び出して、みんなに笑われた。

ふいに思った。もしこの空洞の中へ入れたら、と。幼稚園の時、みんなは「異次元への扉」と呼んでいた。イジゲンという言葉の意味を誰も知らなかったのだが。本当にそうだったら、どんなにいいだろう。出てきた時には違う自分になっている。あるいは別の世界が自分を待っているのだ。

洞の中を覗く。中は真っ暗だ。首を差し入れてみた。あの頃から二十五歳年をとったいまの義明には、それすらやっとだった。

とたんに蟬の音が小さくなった。外の暑さが嘘《うそ》のようにひんやりしている。

この空洞は、いったいいつから開いているのだろう。死んだばあちゃんの部屋みたいな匂いがする。湿っぽいその匂いは、動物のものとは違う死臭を想像させた。

風が幹の中を抜ける音がする。大勢の人間が、か細い叫び声をあげているような薄気味悪い音だ。義明の首すじは冷たくなり、それ以上、深く頭を入れることができなくなってしまった。

洞に半分頭を突っこんで、義明は誰に向かってなのかわからないまま、抗議の声をあげた。興奮に舌がついてゆかず、幹の内側で反響してしまったから、言葉にならなかった。

聞いているのは蟬だけ。一瞬、鳴き声が止んだ。

もう一度、叫ぶ。

「お前ら、ずっと、そうしてろ」

またどこかで笑い声が聞こえた気がした。

三

腹からずろりと内臓がはみ出てきた。ところてんの曲突き。なぜか忠之助の頭にどうでもいい言葉が浮かんだ。痛みが全身に汗をかかせ、目の前に火花を散らす。もはや生への執着は消えている。苦痛を早く終わらせたい、それだけを願ったが、介錯はない。苦痛は熱さに変わり、熱さは憎悪に変わった。

「早くせんか」そう叫んだつもりだったが、喉を鳴らす音しか出なかった。

歯を食いしばって首を上へねじる。倉田伊蔵は忠之助の臓物を血走った目で見つめるだけだった。太刀を振りかざしたまま瘧《おこり》のように震えている。おじけづいたのだ。武士などと威張っていても、いまの世には本当に人を斬ったことのある者などめったにいない。

忠之助の頭の中で数千匹の蟬がいっせいに鳴きはじめた。

では、俺がやってやる。人を斬ってやる。忠之助は腹から短刀を抜き出した。

刃とともに血が噴き出し、右手を赤く染めた。頭が朦朧《もうろう》とし、目がかすんだ。全身を貫く苦痛が、いまにも飛び去りそうな気をかろうじて体につなぎとめていた。

臓物を腹へ押しこみながら振り返る。そして、震え続けている伊蔵の胸へ短刀を突き立てた。

御膳所で聞き慣れた、白菜に包丁を入れた時の音がした。骨につきあたる硬い手ごたえがあったが、次の刹那《せつな》、刃が骨を滑り、ぬるりと伊蔵の体深くに達した。なんと、あっけない。料理人が魚をさばくのと少しも変わらなかった。

伊蔵の体がドウと倒れると、鳥の声を思わす中村佐太郎の悲鳴が聞こえた。伊蔵の手から刀をむしり取り、横ざまに払う。鳥をさばくのも簡単だった。けたたましい声が一瞬で消え、頬に血が飛んできた。

目の前では村田善右衛門と鈴木彦九郎が眼《まなこ》をひん剝《む》いている。ぽかりと開いた彦九郎の口から笛の音じみた叫びがあがった。

「き、気が触れたか」

臓物がぬろりとはみ出るのも構わず、二人ににじり寄る。どちらも震えるばかりで、刀を抜こうとはしない。彦九郎がまた笛を鳴らした。

「誰ぞ、で、出合え」

誰も来なかった。小者たちは逃げ去ってしまったらしい。彦九郎が床几から飛びずさる。腰が抜けたらしい善右衛門は逃げもせず、声もあげない。

彦九郎を追った。死に向かいつつある忠之助の全身には、なぜかかつて経験したことのない精気がみなぎっている。くすの幹の向こう側に逃げこもうとする彦九郎の五尺足らずの貧弱な背中を斬りつけた。裃《かみしも》が裂け、血が四方へ飛んだ。

「あふひへほひひ」

彦九郎が意味不明の声をあげた。こちらに向けた顔は恐怖に歪んでいる。

「あひほひ、へひひふひ」

うるさい、うるさい。それでなくても頭の中では、蟬がやかましく鳴いているのだ。その声だけでたくさんだ。黙らせるために、眉間《みけん》にひと太刀浴びせる。今度は南瓜《かぼちゃ》を切る時の音。

「あは」

鈴木彦九郎がようやく静かになる。

目の前がかすんできた。いっとき引いていた痛みの潮が、また戻ってきた。

痛い。痛い。暑い。熱い。うるさい。うるさい。

臓物だけでなく、脳味噌も体から飛び出そうだった。

忠之助はくすの幹に頭を叩きつけた。そうすれば痛みが和《やわ》らぐのではないかと思って。ひたいが割れて、血が噴き出してきたが、いまの忠之助には蚊が刺したも同然だった。

めり。くすの幹がへこみ、朽ち果てていたらしい木肌が陥没し、空洞が開いた。狂気にかられた忠之助は頭をきりもみし、幹へむりやり首をこじ入れた。痛い。痛い。痛い。熱い。熱い。熱い。うるさい。うるさい。うるさい。すっぽりと頭が幹に入る。ようやく暑さと蟬の声のやかましさが鎮まった。音を失いつつある耳で、忠之助ははっきりと木の声を聞いた。

空《うつ》ろになった幹を渡る風の音だったのだろうが、それが忠之助の遠くなった耳には、誰かの高笑いに聞こえた。

笑い声に拮抗するように、声にならない声で、木に叫び返した。

首を抜き出し、血に染まった顔を村田善右衛門に振り向ける。文字通りの腰抜けだ。床几の上から姿は消えていたが、足が立たぬらしい。すぐそばの地面を這《は》いずっている。

耳の奥底でまた蟬が鳴きはじめた。おのれの体が蟬に乗っ取られたように思えた。霞《かすみ》がかかった頭の中で、誰も書きとめてくれない辞世の句を詠んだ。

　蟬鳴くや

ああ、その先が出て来ない。

忠之助は腹から臓物を垂らし、血を滴《したた》らせ、まろびつつ、ころげつつ、口から泡を吹いている村田善右衛門へにじり寄っていった。

　蟬鳴くや　ああ蟬鳴くや　蟬鳴くや

# 夜鳴き鳥

一

山道に枯れ葉が降っている。冬が近いのだ。

ハチは地面に耳を押しあてて、獲物の気配を探っていた。もう二昼夜こうしている。腹は減っていたが、手っ取り早く兎を捕らえ、果実をもいで当座をしのぐつもりはなかった。草を嚙《か》み、喉の渇きをだましだましながら、ハチは思う。どうあっても良い獲物が欲しい。もうすぐやってくる冬を越すために。

落ち葉が風に躍り、ハチの自慢の耳の邪魔をする。頰《ほお》に触れる土の冷たさが、ちりちりと身を焼く焦燥に油を注いだ。土の匂いがずいぶん薄くなっている。ほんの少し前、まだ山ぶどうの実がたくさん採れた頃には、朽ちた下生えや虫たちの死骸の腐臭でむせ返るほどだったのだが。

こうして耳をあてると、土がたえず唸《うな》っているのがわかる。それが己の身中の音が谺《こだま》しているだけなのか、あるいは土そのものが発している音なのか、ハチはずっとわからずにいた。大きな空洞を何かがゆっくりと這《は》っているようなその音は、いつもハチの気を滅入《めい》らせる。

風が強く吹くたびに、赤や黄や土色の葉がはらはらと落ちて、道をうとましく染める。傾いた陽が、まだら模様の地面に落ちた木立ちの影を、また少し長くした。

かすかな足音が聞こえた気がして、ハチは息を詰める。土の唸りとは違う、もっと高く、忙《せわ》しい音が耳の膜を震わせた。間違いない。こっちへ近づいてくる。

道の向こうに目を凝らした。幅一間ほどの山肌を削った堀道だ。つづら折りを下った先には、まだ足音の主の姿は見えない。

身を起こし、茂みの中へ身を隠した。背中に荒縄でくくりつけた太刀の柄《つか》を握りしめる。これもかつて獲物から奪ったものだ。三尺を超える頼もしい野太刀だが、刃こぼれが酷《ひど》い。あれからずいぶん時が経っているし、何人もの人間を斬っている。

やって来るのが武士であれば、新しい太刀が奪えるのだが。ハチは望みつつ、恐れた。野太刀を奪った武士には、こん棒で頭をかち割る時に、右の腿《もも》を斬りつけられた。その時の傷は、いまだに疼《うず》き、ときおり膿《うみ》がにじみ出て、夏になると蛆《うじ》がわく。

獲物が目の前を行き過ぎるのを待って、背後から斬りかかるつもりだった。冬近い灌木の葉は半ば落ち、自分の大きな体を隠すには心もとないように思えた。ハチは茂みの奥へと後ずさりする。

いつからこの森に棲《す》みついたのか、ハチには確かな記憶がない。三度、冬が訪れた覚えがある。いや、四度だったたか。冬のことは思い出したくないから、どうしても記憶がおぼろになる。

夏は夏で、森で獣を追い、川で魚をつかみ、里に下りて畑を荒らす。その繰り返しだから、どの夏がいつの夏なのか、さだかでなくなっていた。

森に来る前のことは覚えている。ここから山を三つほど越えたところにいて、藤六《とうろく》のもとで働いていた。藤六はこの辺りでは知らぬ者のない山賊のカシラだ。

物心がついた時から、ハチは山賊の根城で暮らしていた。親の顔は知らない。自分の本当の名前も知らない。皆がハチと呼ぶから、ハチ。もともとは、藤六が飼っていた犬の名だそうだ。

夕暮れが迫った山道は、淡い黄金色に包まれている。その向こうにぼんやりと人影が現れた。

ひとつ、その後ろに、もうひとつ。獲物は二人。

背中に腕を伸ばし、太刀を抜いた。

一人は女。市女笠《いちめがさ》に袿姿《うちきすがた》。武家の女に見えた。その前を歩く直垂《ひたたれ》に烏帽子《えぼし》の男は、供の者だろう。いままでお目にかかったことのない上等の獲物だ。山の中には似合わない女の袿の艶やかな藤色は、残光が見せる幻のようだった。

落ち葉を踏む足音が刻々と近づいてくる。ハチは息を殺して待った。

二人が通り過ぎるのを、灌木の葉の間から窺《うかが》った。

男の着物は温かそうだ。いま身にまとっている、兎の血の臭いが消えないボロと替えよう。女の着物は里へ下りて市へ行けば、たっぷりの食い物と交換できるだろう。久々に酒が飲めるかもしれない。人里離れた場所で育ったにもかかわらず、ハチは着物に目が利いた。大人数を襲う時には、誰を逃さずに斬れば、どれほどの物が手に入るか、一瞥《いちべつ》で値踏みせねばならない。藤六に常々そう教えられていたからだ。

山の中で日が暮れて、気が急《せ》いているのだろう。ずいぶんと足早だったが、女は歩き慣れていないように見えた。男はそれを気づかって時おり振り返っている。白髪の老人だ。残念ながら差しているのは短い腰刀のみ。ハチの相手ではないことはすぐにわかったが、用心を怠ってはならないことは、何度もの苦い思いで身にしみている。

従者が振り返り、再び向き直ったその時に、ハチは動いた。葉ずれの音を立てないよう、ゆっくりと茂みから出た。

太刀を振りかざして、従者の背後に走り寄る。堪えるつもりだったのだが、口からは勝手に雄叫《おたけ》びがほとばしり出た。

男がこちらを振り向く刹那《せつな》、眉間《みけん》に太刀を浴びせる。ひと呼吸遅れて、血が噴き出してきた。なまくら刀では一撃で仕留めることはできなかった。男は顔を覆ってうずくまる。その首筋に何度も太刀を振り下ろした。何度目かで、骨が砕ける音がして、男は動かなくなった。

背後で女のしゃっくりが聞こえた。悲鳴をあげようとして、うまく声が出せないのだ。ハチが振り返ると、女は堀道の傍《はた》で腰を抜かした。市女笠から垂《た》れ衣《ぎぬ》が下がっているから、顔はぼんやりとしかわからない。草履《ぞうり》が脱げ、白いふくらはぎがあらわになっている。

久しぶりに聞く女の声と、血の臭いがハチを昂《たかぶ》らせた。

女は生かしておこうか。山賊の棲《す》み家《か》にも、さらってきた女たちが大勢いて、藤六には五人の女房がいた。最初は我が身を嘆くが、すぐに郎党より長く住んでいるような顔をしはじめる。女とはそういうものだ。

しかし、ハチはすぐに思い直す。

山の中では、二人で冬など越せるものではない。いま必要なのは女ではなく、女の着ている袿だ。冬を越すための食い物と衣だ。色欲は生き延びるための枷《かせ》になる。

垂れ衣ごしに女の目が怯《おび》えてふくらんでいるのがわかった。女の自分が斬られるとは思っていないようだった。確かに、斬るつもりはない。売り物にする着物を血で汚さないためだ。

ハチは片手に大きな石を持つ。女のしゃっくりが激しくなった。

頭を狙って石を振り下ろした。瓜を割る時に似た手応え。指から手へ、そして腕へ、骨の感触が伝わる。

市女笠が落ち、髪がほどけた。女の目はハチの顔をまっすぐ捉えていたが、瞳からはすぐに精気が失われていった。

女の肌は白く、唇は紅かった。若くはない。ハチは自分の年を、十八、九ではないかと見当をつけていたが、その自分よりだいぶ上だろう。だが、きれいな女だった。

唐突にハチは顔も知らない母親のことを思った。

二

「ガス欠だとぉ」

後部座席から堀井さんの罵声が飛んできた。ケリもだ。首を縮めたが、間に合わなかった。ヘッドレストの脇から蛇みたいに足が伸びてきて、ケンジの側頭部をかすめる。昔、空手をやっていた堀井さんのケリはハンパじゃない。かすっただけで頬がしびれた。

「馬鹿やろ、どうすんだよ、こんなとこで」

堀井さんとはガキの頃からのつきあいだ。怒りだしたら、ケリ一発ですむはずがないことはわかっている。ケンジはすかさず頭を下げた。こうすれば、二発目を避けられる。

「すんません」

二発目のケリはケンジには飛んでこなかった。かわりに後部座席からくぐもった呻き声が聞こえた。堀井さんが腹いせに、ふん縛《じば》って床に転がしている岸本を蹴《け》りとばしたのだ。

「なんで、ちゃんと確かめねえんだよ」

確かめろと言われても、クルマは堀井さんのものだ。夜中にいきなり呼び出されて、運転しろと言われただけ。もちろん、見習いの身だから文句なんか言えないが。

夏に運転免許を取り、保護観察が解けたのを機に、ケンジは正式に組の世話になることにした。まだ四カ月。組長《おやじ》からは盃をもらっていなかった。堀井さんはケンジと二つ違いでまだ二十歳《はたち》だが、ヤクザのキャリアはもう四年。ワイドカラーシャツが飛び出したアルマーニの襟には銀バッジが光っている。

「しょうがねぇ、ケンジ、こいつを降ろせ」

後ろで鈍い音がして、また岸本が呻く。ガムテープで口をふさいでいるから、声が出せないのだ。

今夜、堀井さんに呼びつけられた先は、出張ヘルスの事務所として借りているマンションの一室だ。組の宿直部屋で寝ているところを叩き起こされた。堀井さんと金バッジの吉竹の兄貴が待っていて、叔父貴筋の倉田さんも顔を出していた。

そこに岸本がころがっていた。ケンジが部屋に入った時には、もう顔が腫《は》れ上がり、片方の目が潰れていた。

堀井さんは事務所でもケリ連発。たぶん岸本は肋骨を何本もやられているだろう。蹴り上げながら、堀井さんは何度もわめいていた。

「やらせてくれって言うから仕事まわしたのに、俺の顔に泥ぬりやがって」

吉竹の兄貴たちに聞かせるためのセリフだと思う。岸本はカタギで、堀井さんの中《チュー》学時代《ボー》のダチだ。そのよしみで、出張ヘルスの女たちの送迎の仕事をやっている。岸本は女たちに手をつけていたそうだ。しかも集金までまかされていたのをいいことに、金をピンハネしていたのだ。なにより堀井さんを怒らせたのは、手をつけたうちの一人が、倉田さんの女だったことだ。

岸本の足首をつかんで後部座席から降ろす。すっかりビビって、動かない手足をばたつかせている。ざまあない。無理やり引きずり出して、アスファルトに体を叩き落としてやった。こいつは昔から気に食わなかったのだ。

ケンジは二人の中学の後輩だ。中学生だった頃、岸本が使っていた同級生のパシリが見あたらない時には、ケンジがかわりに煙草《たばこ》や飲み物を買いに行かされた。卒業して学校へ行かずにふらふらしている時も、町で会うとこいつはいつも先輩風を吹かせてきた。

まだバッジのない身分とはいえ、ケンジが組員になってからも、偉そうな態度をとり続けて、なめた口のきき方をする。

岸本は大学生だ。ヤクザとつきあっているのは、ガキの遊びの延長みたいな悪さをしている不良仲間のあいだで、でかい面をしたいだけ。ヤクザになる気などまったくなく、ゆくゆくは父親の経営する建築会社を継ぐつもりなのだ。生まれた時から父親がいなくて、高校を中退し、腕一本でのし上がることに決めた堀井さんや、酔うたびにおふくろや自分や妹へ暴力をふるう義理の親父をぶん殴り、鑑別所に入ったケンジとは、世間へのケツのまくり方が違う。

たぶん、組の仕事を手伝っているのも、バイト気分。そんな甘い考えだから、こういうことになるのだ。事務所で「指、詰めるか」と吉竹の兄貴に囁《ささや》かれると、小学生みたいに泣き出した。

岸本は小便を漏らしていた。自慢のワゴンを汚された堀井さんが、また岸本を蹴り飛ばす。

「てめえ、絶対《ぜってぇ》、許さねぇ」

ダチだったなんて、昔のことだ。堀井さんはプロだから、誰だろうとメンツを潰されたら容赦しない。いも虫みたいに地面を這いずりまわっている岸本に、ケンジも一発、ケリを入れた。

ワゴンといっても、堀井さんのはメルセデス。中古でも三百万はする。

このところの堀井さんは羽振りが良かった。吉竹の兄貴と組んで地上げの仕事を請け負っているからだ。得意先は不動産屋や建設会社。仕事のバックには名前を聞けば誰でも知っている銀行がつくこともある。

妙な世の中だ。こんな田舎町のさえないラーメン屋の敷地やねぎばっかり植わっている畑が、とんでもない額の金に換わる。組の幹部まで本業そっちのけで株やゴルフ会員権を買い漁《あさ》っている。最近はやりの「財テク」ってやつだ。

もうすぐ今年も終わるが、そもそも今年が妙な年だった。阪神タイガースが二十何年ぶりかで優勝しちまうわ、日本一の組織の組長が撃たれちまって、ドンパチが繰り返されるわ。来年の春にはハレー彗星とやらが地球にぶつかりそうなほど近づくらしい。何かよくないことの前触れじゃなければいいのだけれど。ケンジには、クルマが買えそうな値段の服やバッグを欲しがり、レストランで王様の食事みたいな飯を食いたがる世間の連中が、解体工事の直前、屋根裏で出口を探して走りまわっている鼠の群に思えてしまう。

「足だけ、ガムテ、はずせ」

堀井さんが顎《あご》をしゃくってきた。岸本の両足をくくったガムテープを剝《は》がす。素肌の上に貼りつけているから岸本が悲鳴をあげた。まったく、根性のないやつ。

給油ランプが点灯していることに気づいて、あわててクルマを停めたのは、町はずれの、山へ向かう道。町中では梅雨時の茸《きのこ》みたいにどんどん新しい建物が増えているが、このあたりは昔のままの寂《さび》しい場所だ。人けはないし、めったにクルマも通らない。

「立て」

両足が自由になっても、岸本には逃げる気力も体力もないようだ。堀井さんの命令に犬みたいに素直に従っている。

「歩け。ぐずぐずすんじゃねぇ」

ケンジは念のために岸本の後ろを歩いた。クルマのヘッドライトが近づいて来ないかどうか、何度も道の先をうかがう。

メルセデスのステーションワゴンから数十メートルほど歩いたところに、古びた鳥居が立っている。堀井さんはそこで足を止め、顎で頭上を指した。

「昇れ」

鳥居の先に長い石段が続いているのだ。岸本が潰れた目で石段を見上げて、歪《ゆが》んだ顔をさらに歪めた。なかなか動こうとしない岸本の頭を小突いてから、堀井さんがケンジを振り返った。

「おい、あれ、持ってきたか？」

「ええ」

片手をさしあげて、用意してこいと言われたものを振って見せた。シャベルだ。

この夏まで、ケンジは植木屋で働いていた。その時にちょろまかしたもの。喧嘩《けんか》の時には鉄パイプより使える。

石段の先には、神社がある。正確に言えば、神社だった場所だ。とっくの昔に無人の社《やしろ》になってしまって、いまは荒れ放題。暴走族ですら寄りつかない。

ケンジが五歳の年に、ここで七五三の祝いをした。まだ本当の父親がいて、母親がキャバレーで働きはじめる前のことだ。その時の記憶はないが、写真は残っている。本当の父親は、義理のクソ親父と違って働き者だったそうだが、家が貧乏だったことに変わりはなく、写真はモノクロだ。

その日、家族でステーキを食いに行ったんだそうだ。ケンジにとっちゃ、いままでの人生で唯一のステーキだ。残念ながら味はぜんぜん覚えてない。

三カ月後に父親は交通事故で死んだ。あのまま父親が生きていれば、自分はいまどうしていただろう。ときどきそう考えることがある。宿直部屋の二段ベッドで天井を見上げている時なんかに。

長い石段の上に、夜空を半分ほど覆う大きな影がそびえ立っていた。

木だ。このあたりじゃ知らない人間のいない、とんでもなく大きな木。でかいだけじゃなくて、薄気味悪いかたちをしている。立体駐車場の回転盤ぐらいありそうな幹から太い枝が五本伸びていて、石段の真下から見上げると、かぎ爪にした巨大な手が地面から突き出しているように見える。

なんていう木だったっけ——小学校でも中学校でも、郷土史の授業で何度も覚えさせられた名前——

そうだ、くすだ。くすの木だ。

風が吹くたびに、くすの木の五本の大枝に繁った葉が揺れ、波に似た音を立てる。何も知らないよそ者がここへ来たら、近くに海があると錯覚するかもしれない。

石段の両側にはくすの子分みたいな木々が生い茂っていて、ただでさえ暗い闇を、さらに濃くしている。まるでトンネルだった。ケンジのうなじを見えない手が撫《な》ぜた。

ケンジは暗いところが苦手だ。もうすぐ本物のヤクザになるのだから、人には言えないが、一人だったら怖くて、絶対にこんなところには来られないだろう。

先を行く二人の姿が、いつのまにか闇の中に吸いこまれてしまった。堀井さんが手にした懐中電灯の光は、もう石段の真ん中あたりで揺れている。あわてて一段飛ばしで後を追いかけた。

石段を昇りきり、くすの木の真下に来ると、波が騒ぐような葉ずれの音がさらに強まった。気味が悪い木だが、見上げずにはいられない大きさだ。正面に屋根から草がぼうぼう伸びている神社の影法師が見える。町はずれの田舎神社にしては大きいほうなのだろうが、目の前にそびえ立っているくすの木と比べると、まるで付属品だった。

左手には笠塔婆《かさとうば》みたいな形をした高さ三メートルほどのコンクリートの塔。二年ほど前まで、そこに市営の郷土史料館があったのだが、これももう取り壊されている。残っているのは、シンボルだったこの塔だけ。文字通り墓標だ。造ったのはいいが、なにせ町中から遠すぎる。しかも石段は百段以上あるのだ。史料館なんかを見たがる年寄りには「来るな」と言っているようなものだ。

史料館が建つ前には幼稚園があった。親父が死ななければ、ケンジもそこに通っていたかもしれない。でも、そこも経営している神社と一緒になくなってしまった。何をやってもうまくいかない場所なのだ。

どこかで鳥の鳴き声がした。そんなものがあればだが、小さな鈴をつけた風ぐるまがまわるような声だ。こんな夜中に鳴くのはどんな鳥だろう。フクロウぐらいしか思いつかない。

堀井さんが岸本を突き倒して、こっちを振り返る。

「足、もう一度、ふん縛っとけ」

いけね。「すんません、ガムテープ、置いてきちまいました」

今度は言葉より先にケリが飛んできた。それから舌打ち。

「ったく、使えねぇやつだ。しょうがねぇ、口ふさいでるの、使え」

岸本の顔をぐるぐる巻きにしたガムテープを剝がす。血でぬるぬるしていた。それでもう一度、小便に濡れた足を縛る。すっかりビビっている岸本は、尻もちをついたままで、まったく抵抗しない。すそ直しをするジーンズショップの店員になった気分だった。

岸本が弱々しい声で訴えている。

「……よぉ、堀井、もうかんべんしてくれ」

いつもの人をなめたような口調は、ケリの衝撃でどこかへふっ飛んじまったようだ。

「堀井？」

堀井さんの声は語尾がヤバイ感じに上がっていた。懐中電灯の光が岸本の顔を照らす。岸本が腫れた目をまぶしそうにしばたたかせた。端っこに血が固まった口をぎこちなく動かして、さっきよりもっと小さな声で言い直した。

「……堀井さん、許してください」

「許さねぇって、さっき、言ったはずだ」

堀井さんの声が、闇を凍らせた。中二になるまで声変わりしていなかったことが信じられないほど低い声だった。振り向いて、ケンジの立っている地面を指さした。

「そこ、掘れや」

「え？」

ケンジは目を丸くした。事務所で吉竹の兄貴と倉田さんは「後は堀井にまかせる。きちんとシメとけ」そう言って帰っていった。「山の中へ行け」と堀井さんがケンジに命令したのは、きちんとシメるためで、シャベルはシメるための道具だとばかり思ってい
たのだ。

岸本も潰れていないほうの目を、大きく見開いた。

「……嘘だろ……堀井……」

唯一自由になる肩をすぼめて、腫れた顔にむりやり笑いを張りつけている。

「冗談だよな……俺たち、ダチだろ……」

堀井さんの返事は、顔面への正拳突きだった。闇の中に何かが光って飛んでいく。岸
本の歯だ。

「早く、掘れ」

「マジすか?」

人殺し? まだ盃ももらっていないのに。

思わぬ展開にケンジの頭は真っ白になった。膝《ひざ》が震え出す。まるで自分が殺されるみ
たいに。

しかも、こんな場所で?

いくら人けのない場所だと言っても、山奥というわけじゃない。その証拠に、石段の
昇り口に近いここからは、空から星が落っこちたみたいな町の灯が見える。死体を隠す

のに、手頃な場所とは思えなかった。

「でも……堀井さん……」

岸本が沸騰したやかんに似た声をあげた。運動会の袋跳び競走みたいに、ぴょんぴょん跳ねながら、逃げ出そうとした。逃げられっこないのだが、ケンジは声援を送りたくなった。

「口答えすんじゃねぇ」

堀井さんは岸本の後をゆっくり追いかける。暗くて表情はわからなかったけれど、たぶん笑っているに違いない。

堀井さんがたっぷり反動をつけて、回し蹴りを放った。倒れた岸本の顔にさらにケリ。痛そうな鈍い音がするたびに、弱々しい呻きが聞こえてくる。ケンジは自分が蹴られているように顔をしかめてしまった。

「ふざけやがって、何がダチだ。俺を馬鹿にしやがって。俺んちが貧乏だから、ずっと馬鹿にしてたんだろう。ふざけやがって、ふざけやがって」

中学時代、岸本より喧嘩の強かった堀井さんが、ナンバー・ツーで我慢していたのは、いつもコーラやパンをおごってもらっている負い目があったからだ。

昔は岸本の家だって貧乏だったのに、十二、三年前、女房に逃げられた岸本の親父が、土建屋の出戻り娘と再婚してからは、どんどん羽振りが良くなり、それにつれて岸本も偉そうになっていった。

輪ゴムで留めた札束でぱんぱんの財布を持ついまの堀井さんにとって、岸本は靴底で潰すだけの虫ケラだ。ダチだの昔なじみだのなんてヤクザには通用しない。

そうだよ、俺だって、これからヤクザになるんだ。いつかは通らなくちゃならない道。ヤクザのBCG注射みたいなもんだ。覚悟、決めなくちゃ。ケンジはのろのろとシャベルを手にして、地面に突き立てた。

堀井さんが指定したのは、石段の降り口に近い場所だ。来る人間のいない荒れ社とはいえ、土を掘り返した痕《あと》が人目につきやすい気がした。

またもや不安になった。こんなところでだいじょうぶだろうか。「キレたら、何も見えなくなる」と組でも評判の堀井さんだ。どうせたまたまケンジが立っていた場所を指さしただけに決まっている。でも、言われたとおりにしないと後が怖い。

もうすぐ霜が降りる季節だ。土は冷えて硬かった。鑑別所を出てからはずっと、保護司でもある植木屋の親方の下で働いていたから、シャベルの扱いには慣れていたが、やっぱり冬の土は掘りづらい。

堀井さんのケリが入る音は続いていたが、岸本の声は途絶えてしまった。

マジで殺《や》っちまったのか？

どうしよう。俺も共犯だ。

いつか自分は人を殺すことになる。ヤクザになろうと決めた時から、覚悟してきたことだ。拳銃《ハジキ》かドスを、シャベルよりか手際よく操って、それをかっこよく決める夢想の中の自分に興奮することもあった。でも、本当にその場面がやってきたいま、ケンジが感じているのは、恐怖だけだ。小便をちびりそうだった。

懸命にシャベルを動かして、目の前にある仕事だけに意識を集中させようとした。手慣れた仕事だ。考えなくても体は動く。自分の体の中に穴を空けている気分だった。

どうしよう。どうしよう。ケンジの動揺をよそに、穴はどんどん深くなっていく。

三

なぜ女を殴ってしまったんだろう。いつもそうだ。俺は考えるより先に、手が動いてしまう。

畜生、畜生。ハチは女を背負い、栗のイガが裸足を刺すのもかまわず、己に毒づきながら山道を登った。足の痛みは自分への罰だ。女の体は頼りないほど軽かった。

ハチの隠れ家は、山道をしばらく登り、森をひとつ抜けた先の、笹が生い茂った斜面の上にある。登りつめたところにぽっかりと口を開けた土の洞穴だ。

腰の高さまである笹が入り口を隠しているから、追捕の手勢が近くに現れても、まず見つかることのない場所だった。

この辺りは、どこも深い笹に覆われているが、もちろん主《あるじ》のハチが迷うことはない。目じるしはくすの木だ。洞穴のすぐ近くに立っている。周囲の木々に比べて、頭ひとつ高く、幹はハチの長い腕でもかかえきれないほど太い。たっぷりの繁り葉を宿した木の下は、夏には昼寝の恰好の場所になる。涼しい枝の下へ獣の肉を吊るしておけば、しばらくの間は腐らせずに保つことができた。

洞穴の干し藁《わら》を敷いた寝床に女を横たえた。

顔を近づけて、女を眺めた。血は一滴も流れていない。目は薄く開いたままだ。だが、女はまつ毛一本すら動かさなかった。白い顔がますます白くなっているようだった。

狸の穴のような狭い洞だ。中では常に腰をかがめていなくてはならない。たいしたものが置かれているわけではないのだが、女を横たえると、ハチにはあぐらをかく場所しか残っていなかった。

水瓶《みずがめ》と鍋、食い物がひとつも入っていない壺を外へ出した。それから身を縮めて女の隣に添い寝をした。頰に触れてみる。水瓶より冷たかった。

陽が落ちると、入り口近くに掘った穴で火をおこして、冷たい洞穴を暖め、明かりを取った。火が女の頰を照らし、血の色が戻ったように見えた。ハチは女の冷たい頰をさすり続けた。もしかしたら、さっき一度だけハチへ向けた瞳を、また見られるかもしれないと思って。

どこからか鳥の声が聞こえてきた。この森に来てから聞くようになった夜だけ鳴く鳥だ。

梟《ふくろう》や時鳥《ほととぎす》、森で暮らしてきたハチは夜鳴く鳥をいくつも知っていたが、そのどれにも似ていない。大木の梢《こずえ》のどこかに棲んでいるのだろうか。姿を見たことはなかった。何かの拍子に人間の子どもの声に聞こえることがある。

洞穴はハチが掘ったものではない。もともとこの山へ来た時からあった。風雨が穿《うが》ったものではなく、人の手によるものだということは、奥に据えられた小さな祠《ほこら》でわかる。すっかり朽ち果てた祠だ。中には石が置かれ、文字が刻まれているのだが、字が読めないハチには、何が書かれているのか、何のためにそれがあるのか、とんとわからない。最初のうちはこのあたりの人間の立ち寄る場所かと警戒し続けていたが、ここに住みはじめてから、誰かが近づいてきたことは一度もなかった。

山を彷徨《さまよ》った末に、洞穴を見つけた時には、とても長く住める場所ではないと思った。頭上には蜘蛛《くも》の巣のように大木の根が這い、そこから水が滴り落ち、地虫が這い出してくる。根がひっそりと伸び続けているためか、時おり土が降ってきた。しかし、他に良い場所もなく、結局、居据わり続けている。

藤六が率いる山賊衆の根城も洞窟だったが、ここことは大違いだった。頑強な岩肌に守られ、はるかに広く、入り口には武家邸を模した屋根を葺《ふ》いていた。

ハチはそれを真似た。壁や天井の木の根のすき間に石を埋めこんで脆《もろ》さを補い、水漏れと虫を防いだ。藤六の棲み家に比べたら、子どもが遊戯をしているようなしろものだったが、いまのハチにとっては、この世で唯一無二の家だった。地震《なゐ》で山が揺れ、天井から落ちてくる石と土くれに潰されそうになる時は、棲み家にしたことをひどく後悔するのだが。

干し藁のしとねと、むしろの布団を女に与えたハチは、地べたに横になっていた。地面の上に寝るのは、慣れっこだった。山賊の根城では、洞窟で寝起きするのは藤六とその女房たちだけ。郎党は洞窟から見下ろせる窪地に、雨露をどうにかしのげるほどの小屋を建て、雑魚寝《ざこね》をしていた。いちばん下っぱのハチには、そこでもむしろひとつ与えられなかった。

女と初めて寝たのも、地べたの上だった。女は何人も知っていた。山賊は女をかっさらってくると、まず皆で共有し、そのうち誰かが気に入った女を自分の女房にする。女たちは最初は泣き暮らしているのだが、いったん肚《はら》をくくると、山賊衆の中に深く根を下ろす。子どもでも生まれようものなら、亭主を顎で使うようになる。そのふてぶてしさは、羨《うらや》ましいほどだった。

ハチは藤六の根城ではいつも気を張っていた。物心ついた時からずっと下働きだった。

女たちに交じって朝から晩まで働いた。藤六や郎党から、いつ拳で打たれるかわからないから、おどおどと犬のように誰も彼もの顔色を窺った。だからハチと名づけられたのかもしれない。

一人前の山賊として働きはじめたのは、股に毛が生え出した頃だ。刀を持たせてもらえず、丸太が武器だったのだが、ハチは初仕事で二人の武士を殴り殺した。ろくなメシを食わせてもらっていなかったにもかかわらず、体が大きかったのだ。

郎党を力で支配していた藤六はそれを疎《うと》ましく思っていたようだった。ハチの働きが首尾よいものであっても、けっして誉めてはくれなかった。かえってあらを探して、ハチを拳で打つようになった。

体がおとなより大きくたくましくなった時だ。藤六の専横に耐えかねて、郎党が反乱を起こした。藤六側についたのは、十数人いた郎党の中のほんのひと握り。ハチもその一人だった。

ハチは仲間を数人斬り、藤六を洞窟の中にこしらえておいた抜け穴から逃がした。

藤六の横暴に誰よりも泣いていたハチがそうしたのは、藤六を自分の父だと思っていたからだ。藤六の五人の薄汚い女房が、自分の母親とは思えなかったから、母はすでに死んだのだ、藤六が唯一の肉親だ。そう考えていた。だが、違った。

ハチが初めて自分の親の話を聞いたのは、新しい隠れ家におさまった藤六が、したたか酒に酔っていた晩だ。

藤六は上機嫌だった。自分を裏切った者たちが、守護の兵に討伐されたという噂《うわさ》を耳にしたばかりだったのだ。瓶《かめ》から直接酒を飲み、かつての武勇の自慢話を繰り返した。いつもならハチと話などしない。他に話し相手がいなかったからだ。裏切りにあって疑心暗鬼を生じていた藤六は、つき従ってきた数少ない郎党も、さしたる理由もなく、一人、また一人と斬った。残っていたのは五人の女房とハチだけだった。

「俺を斬らなかったのは、俺が息子だからですか」

意を決して聞いたハチの言葉を、藤六は笑いとばした。

「しれがましい。お前には裏切るほどの知恵があるまいと思ったからだ。力仕事をする者がおらんと困る。お前はさらってきたのだ。まだ東方の山にいた時に、武家の家から」

それから藤六はこうも言った。

「父親は俺が斬った。立派なのは太刀だけの、たわいもない奴だった。母親はきれいな女だった。乳呑《ちの》み子のお前を離そうとしないから、まとめてかっさらってきたのだが、母親は目を離した隙に、川に身を投げた。むくろは上がらなかったが、まぁ、助かってはおるまい」

ハチは迷わず藤六を丸太で殴り殺した。もし父親でなければ、そうするつもりだったからだ。そして隠れ家から逃げ、東方に見当をつけて、この山へやってきた。

夜が更《ふ》けても、ハチはなかなか寝つけなかった。何度も目を開けて、女が自分の隣にいることを確かめた。ときおり手を伸ばして女の肌に触れてみた。そうしたところで、女はみじんも動かず、冷たいままだったのだが。

夜明け頃、女がかすかに息を漏らしたのを聞いた気がして、飛び起きた。あるいは夢うつつで聞いた自分の寝息だったのかもしれない。しかし、女のまぶたは確かに動いている。

小川まで走った。竹筒で水を汲み、栗のイガに足を刺されながら駆け戻った。

女の唇に竹筒をあてた。水は唇のふちを通って喉にしたたるばかりだった。体はいままでより冷たくなっている。

ありったけの藁を女の体にかけた。まだ冷たい。自分のぼろも着せた。

女のまぶたがまた動いた。触れ合うほどの距離まで顔を寄せたハチは、大きなため息を吐く。まぶたの薄皮の下から、黒光りする埋葬虫《しでむし》が這い出てきたからだ。

ああ、俺はなんてことを。ハチは洞穴の壁に何度も頭を打ちつけた。

なんの故《ゆえ》もなく、ハチは考えていた。この女は自分を探しに来た母親であったかもしれないのに。

# 四

植木屋では、真面目に働いていた。別に仕事が気に入っていたわけじゃない。一日も早く保護観察から逃れたかったのだ。ふつうは二十歳まで観察が続くのだが、じゅうぶんに更生したと見なされた場合は、早期解除される。親方の叱咤へ素直に返事をしながら、いつも心の中で舌を出していた。

仕事はけっして好きじゃなかった。新米のケンジは剪定《せんてい》などやらせてもらえない。毎日毎日、重い石を運んだり、言われるままの場所を掘ったりするだけ。

土を掘ると、ミミズや芋虫や何かのサナギや卵、不気味なものがいろいろ出てくる。どうしてここからと思うような場所から、陶器や金属の破片が出てきたり。妙な色の水や、原因不明の悪臭が湧《わ》きだしてくることもしょっちゅうだ。

掘りながら、いつも思っていた。土はいったい何でできているんだろうと。ただの岩石の細かい粒だけではないはずだ。生き物の気配を感じる。そこかしこに、ごにょごにょと見えないものが蠢《うごめ》いている気がする。

もともとケンジは、じゃがいもやにんじんといった土臭い野菜が苦手なのだが、植木屋になってからはますます嫌いになった。地面の下で採れたものなんか、こっそり何が詰めこまれているかわかったもんじゃない。

硬かった土は、掘り進むうちに、しだいに軟らかくなっていった。ただしくすの木の太い根が配管パイプのように張っていて、たびたび進路変更をさせられた。だから穴は、親方に見られたら、どやされるだろう楕円形になってしまった。

頭上では思い出したように鳥が鳴く。何度も聞くと、癇《かん》にさわってくる声だ。雪が降りだしてもおかしくない寒い夜に、ひたいに汗をにじませて穴を掘っているケンジを、せせら笑っているように聞こえた。

いましがた岸本のかすかなうめき声を耳にした時には、思わず安堵《あんど》のため息を漏らしてしまった。自分でも驚くほど大きなため息だったから、聞かれはしなかったかとひやひやしたのだが、堀井さんはこちらを振り向きもせず、くすの幹にもたれて、煙草を吸っていた。

いまもそうだ。これから人を殺そうっていうのに、なんであんなに平然としていられるのだろう。町の工場のどの煙突より太いだろう幹の下の暗闇に、赤い煙草の火がともっている。

「堀井さん……」今夜の堀井さんを刺激しないほうがいいことはわかっていたが、聞かずにはいられなかった。「ほんとうに殺っちまうんですか」

答えはすぐに返ってきた。ケンジの口を塞ぐように。

「あたりめぇだろ。倉田さんのスケをコマしやがったんだぞ。倉田さん、どうってことないって顔してたけど、ずっと指の骨、鳴らしてただろ。ありゃあ、そうとう怒ってる証拠よ。お前にまかせた、ってことは、つまりそういうことなんだよ」

そうだろうか。見習いのケンジにはよくわからない。倉田さんは愛犬家で、いつか町の獣医の駐車場で、リボンをつけたマルチーズを抱いている姿を見かけたことがある。ぐったりした犬に顔をひきつらせて頰ずりをしていた。あの人でも、人を殺すのは平気なのだろうか。マルチーズの病気の心配はしても、人の命なんか気にもかけないのか？

ケンジは「お前が殺れ」と命令されないことだけを願った。

「マジで、ここへ埋めちまうつもりっすか」

堀井さんは口答えを許さない。火のついた煙草が飛んでくるんじゃないかと身構えていたのだが、飛んできたのは、堀井さんに似合わない早口だった。

「しょうがねぇだろ。おめえがガス欠に気づかねぇのが悪いんだ。いまさらこの馬鹿を乗せたまま、スタンドなんかに寄れねぇだろが」

「そうすよね」

そう答えたが、ケンジは不安だった。最近は、シケたこの町でも虫に食われる葉っぱみたいに開発が進んでいる。ねぎ畑がゴルフ場になり、タヌキしか住んでいない山が切り拓かれて住宅地になった。ここだっていつショベル・カーで掘り返されるか、わかったもんじゃない。

「でもな、お前、いいところでクルマを停めた。ここの鳥居を見た瞬間に、俺はひらめいたんだ」

せわしなく煙草を口に運びながら堀井さんが言う。

「そうか、ここには、この木があるじゃねえかってな」

言葉の意味がまったくわからない。黙って聞くしかなかった。堀井さんの影法師が、煙草をもみ消して、くすの幹を叩いた。

「この木はもうすぐ県の天然記念物になる。確かな情報だ。この土地を買おうとした不動産屋が、町役場の人間に酒飲ませて聞き出したんだ」

いつもは二つ三つの単語でしかケンジに話しかけてこないのに、今日の堀井さんはやけに口が軽い。

「つまりな、この木は勝手に伐れねぇんだよ。この先、ここがどうなろうが、ずっと立ったままなんだ。根もとを掘り返すやつは誰もいねぇ。何を造るにしても邪魔になるだろうからって、その不動産屋も結局、手を引いた」

堀井さんがこっちへ歩いてくる。また新しい煙草に火をつけた。ライターの炎が、いつも以上に無表情な顔を照らした。

「だから、下手な場所よりここのほうが安全なのさ。それによ、こんなもんもある」

アルマーニのポケットから袋が出てきた。スーパーの袋みたいだったが、暗くてよくわからない。堀井さんが懐中電灯でそれを照らす。

透明なビニール袋だ。中にはたっぷり白い粉が入っている。

「……シャブですか？」

「ばぁか、んなわけねぇだろ。石灰《せっかい》だよ。中学の体育用具室からかっぱらってきた」

堀井さんがビニール袋を振ってみせた。くわえている煙草の火の動きで、唇を吊り上げて笑ったのがわかる。

堀井さんのいう中学というのは、三年前までケンジが通っていた学校のことだ。この神社を少し下った場所にある。一学年三クラスしかない、町のいちばん端っこに住むガキが通うシケた学校だ。教師は普通の生徒には偉そうなことをぬかすけど、堀井さんや岸本やケンジたちがどんな悪さをしようが見て見ぬふりだった。お前らはそこに初めから存在してないんだっていうふうに。

「石灰？」校庭のライン引きに使うやつだっけ。

「ああ、証拠湮滅用《いんめつよう》。こいつを撒いとけば、死体が早く腐るんだ。覚えとけ」

なんだか中学時代に「体育館のガラスを割るなら、パチンコ玉がいちばんだ」って言い張っていた時みたいな、得意気な口ぶりだった。

いつから用意していたんだろう。ここへは事務所から直行したのだから、その前だ。

倉田さんが指の骨を鳴らそうが鳴らすまいが、堀井さんは最初から岸本を殺るつもりだったんだ。

その理由が、ケンジにはなんとなくわかっていた。

堀井さんはときどきこんなことを言う。「やっぱ、一人ぐらい殺っとかないと、ヤクザはカッコつかねぇな」地上げや借金の追い込みで、「俺はムショに入ってたことがある」「人を殺ったことがある」なんてすごんだ後なんかに。どっちも嘘だった。ケンジが鑑別所の話をすると、堀井さんはきまって不機嫌になる。岸本が大学の話をはじめた時みたいに。

たぶん堀井さんは、「俺は人を殺したことがある」って言いたいために、殺しをするつもりなのだ。

怖い人。

「でも骨は残っちまうんでしょ。歯形でバレるとか、刑事ドラマでやってるじゃないっすか」

堀井さんを怒らせないように、へらへら笑いで真剣さをごまかして聞いてみた。

「だいじょうぶだよ。歯をばらばらに折っときゃいいんだ。第一、骨だって土の中に埋めておきゃ、腐敗してそのうちあとかたもなくなる。たまに土の中から骨が出てくるのは、うまいぐあいに湿気とかバクテリアに守られてた時だけなんだよ」

た。腐敗？　バクテリア？　堀井さんの口からそんな言葉を聞くなんて思ってもいなかった。中学の時よりよっぽど真剣に勉強しているようだ。何の勉強かはともかく。

暗くて表情の見えない堀井さんが言った。

「考えてもみろよ、昔は土葬だったんだぞ。全員の骨がきれいに残ってたら、そこらじゅうの土の中がみんな骨だらけじゃねぇか。だとしたら、宅地造成ん時に、おちおちユンボも使えやしねぇ」

確かに植木屋で働いているあいだ、毎日のように土をほじくり返していたが、人骨を掘りあてたことなんか一度もなかった。ケンジは日本中の土の下に、すべての時代の人間の骨がぎっしり埋まっている様子を思い浮かべてしまって、背筋を震わせた。土っていうのは、岩や石が変化したものというより、あらゆる生き物の死骸の堆積なんじゃないだろうか。

「ねぇ、やめましょうよ」喉からその言葉が外へ出たがっていたが、もちろん言い出せっこなかった。そんなことしたら、肋骨の一本か二本は覚悟しなくちゃならない。

これで何本目だろう。堀井さんが幹に戻って、また新しい煙草に火をつけた。

## 五

いつものように冬は、下界の有様など、ましてハチの思いなど、一顧することもなくやってきた。

森の木々の落ちるべき葉が落ち、枯れ葉の雨がしずまったそのすぐ後に、山には静かに雪が降りはじめた。

雪は笹の葉のひとつひとつに小さな白い屋根を葺き、洞窟を埋めこみ、ハチを凍えさせた。

ハチは夏と同じ破れ衣の水干《すいかん》のままだ。切り捨てた従者の直垂と腰刀は、里へ下りて市で売った。たいしたものとは換えられなかった。わずかな麦と粟《あわ》、豆少々と塩漬けの梅。冬越しにとても足りる量ではない。

身ぐるみ剝がしたむくろは山道の傍へ埋めた。弔いのためではない。ハチがここにいることを悟られないようにするためだ。

売れなかった烏帽子は自分のものにした。初めての烏帽子だ。川面《かわも》に何度も自分の姿を映した。ハチには少々窮屈だったが、女の前ではいつもそれをかぶっていた。

女の着物は上物で、売ればかなりのものが手に入っただろうが、ハチはそれを剝ぎはしなかった。女には他に着るものがなかったからだ。

ハチは女と暮らした。正しく言えば、女の亡骸《なきがら》と暮らした。

女を埋めるつもりはなかった。女は洞穴の奥の祠にもたせかけて座らせた。火は焚《た》かなかった。暖かくなると、屍肉がすぐに悪臭を発することは、夏の獣を捕らえた後の惨《さん》憺《たん》たるありさまで嫌というほど思い知っている。あれほど恐れていた冬の寒さが、いまはありがたかった。

ハチは朝な夕なに女と語らった。自分の何年間なのかもわからない人生を。藤六の下での日々。この森へ来てからのこと。楽しいことなどひとつもない話に、女は静かに耳をかたむけてくれた。動かない唇でハチの話にあいづちを打ち、深いため息をつき、烏帽子姿を誉めてくれた。

寒い夜には、女の体が洞穴の底の冷たさと変わらないことを承知で、胸に顔をうずめ、膝に頭を置いて、温もりを求めた。

母親をどう呼べばいいのか、ハチにはわからなかった。山賊たちは身の上話などめったにしないが、たまさか親の話に及んだ時には、皆、お母《かあ》と呼んでいた気がする。物盗りに押し入った分限者《ぶげんしゃ》の邸では、小さな子どもが母親のむくろにすがりついて、母上と泣き叫んでいた覚えがある。

女の顔は洞穴へ来た時のままだった。薄く開けた目からハチを見つめ返してくる。唇はかすかに笑っているように見えた。

まぶたをそっと開けようとしたことがある。だが、まぶたの裏で何かが蠢き、しかも強く触れると、肌が黒ずんでしまうことを知ってからはあきらめた。

女の肌に紫色の斑点が現れはじめると、あわてて川へ行き、白く軟らかい石を砕いて顔料をつくり、それを塗りこめた。

色を失った唇には、雪の森に点々と残る赤いガマズミの実の絞り汁を、紅のかわりに塗った。女の容色が戻ると、ハチは安心して、また膝に頭をあずけた。

雪の多い年だった。

最初の雪が消えないうちに二度目の雪が降り、二度目の雪が頭上の大木からしずくとなって落ちている間に、三度目の雪が降った。

ハチは寒さに震え続けた。動物の毛皮を取っておけばよいのだろうが、ハチにはその技がなかった。水干の中に藁を詰め、女と一緒にむしろにくるまった。

三度目の雪が終わり、暖かい日が数日続くと、女の体から獣の屍肉と同じ臭いがしはじめた。それでもハチは女と寄り添って暮らし続けた。わずかな食料は尽き、森からは獣の姿が消え、魚は川底へ潜ってしまったから、藁をかじってひもじさに耐えた。

ガマズミの実を採りに行く力がなくなると、自分の唇を嚙み切って、流れた血を女の唇に塗った。赤い血がまだ自分が生きていることを教えてくれた。

昼は女の膝を枕にうとうとし、夜は鳥の声を聞いて過ごした。夜、しかも冬のさなかに鳴く鳥というのが、どういう姿をしているのか見当もつかなかったが、耳を澄まし続けた。ものの淋しくとぎれとぎれのその声が、子守唄に聞こえたからだ。小さな子どもが自分のために歌っているような子守唄だ。

ある日、目覚めると、山が震えていた。大地が揺れ、洞穴の天井から土くれと埋めこんだ石が落ちてきた。ハチは女をかばって、覆いかぶさった。熱い頰が冷たい頰と触れ合った。背中に石が落ち、体の中で何かが砕ける音がした。

これほどの揺れを経験したのは初めてだった。早く女を連れて外へ出なければ、そう考えたが、もうそれ以上、ハチの体は動かなかった。

ハチはただ女の亡骸にすがりついて叫び続けた。

お母、お母、お母。母上、母上、母上。

六

どのくらいの時間が経っただろう。穴は庭木どころか、街路樹も植えられそうな深さになった。ケンジは穴の中に入って掘り続けている。

この深さになると、ミミズも出てこない。もうじゅうぶんなはずだったが、ケンジは掘るのをやめなかった。堀井さんに「もういい」と言われるのが怖かったからだ。

堀井さんも慎重だった。何度も穴の深さを確かめに来たが、なかなか「もういい」とは言わない。二人で我慢比べをしているみたいだった。

すでに真夜中と呼べる時刻をすぎている。ひたいからは汗が噴き出していたが、吐く息は白かった。このあたりは町中よりほんの少し気温が低いのだ。朝には霜が降りるかもしれない。

穴の深さがケンジの腰を超える頃になると、作業が進まなくなった。しだいに土に石ころがまじるようになってきたからだ。小さな石じゃない。両手にあまるほどの大きさばかり。それをひとつひとつ手で取りだす。

でかい石に突きあたった時には、無理やりシャベルをあてるな。まわりを少しずつ掘ってから、手を使っててていねいに取り出せ。親方はいつもそう言っていた。ケチな男だったから、シャベルが傷むのが心配だったのだろう。馬鹿くせえ、そう思いながらも、体は教えられたとおりに動く。

正直に言って、石に突きあたるたびに、心のどこかで喜んでいた。気に入る深さの穴になる前に夜が明けたら、こっぴどくどやされるだろうが、堀井さんはあきらめるかもしれない。そんなことを考えながら、ことさら慎重に石を取り除いていった。

岸本はまだ生きている。穴の外から、いびきなのかうめきなのか、どっちだかわからない声が聞こえていた。

シャベルがまた硬い感触に跳ね返された。今度の石は、いままで以上に大きい。丸くてすべすべした石だった。闇の中でぼんやり光って見えるほど白い。

慎重に外側を掘っていく。もうひとつの石に突きあたってしまった。これも似たような石。丸くて白くてすべすべだ。

得意客が大切にしている庭木の植え替えをする時みたいに、少しずつていねいに土を除いていった。親方の教えに従ったというより、ここでも木の根が邪魔をして、シャベルがうまく入らなかったからだ。

妙な石だった。二つともひび割れが何本も走っている。剝《む》き卵のようにつるりとしているかと思ったら、掘り進むうちにところどころに深い窪みがあるのがわかった。

十数センチほど土から露出させた。そろそろいいだろう。手を一方の石にかけた。

触れた瞬間、二年間とはいえ、植木屋だったケンジの指にはわかった。

違う。石じゃない。

「堀井さん、すいません、懐中電灯を貸してもらえますか」

さっき喋りすぎたのを後悔しているような不機嫌な声が返ってきた。

「使うなって言っただろうが」

「いや、でも……」

いくら堀井さんの命令でも、これだけは聞けない。自分の足もとにある何かに、胸騒ぎを感じていたからだ。

「ないと掘れないんす」

穴に懐中電灯が飛んできた。スイッチを入れ、光を向けた。想像していた中の最悪のものが、その輪の中に見えた。ケンジは息をのんだ。のみこみきれずに、甲高《かんだか》い笛みたいな音が喉から漏れた。

「女みてぇな声をあげやがって。ムカデか？」

堀井さんの声が近づいてくる。答えようとしたが、声が出なかった。

土から顔を出しているのは、骨だった。

頭蓋骨だ。それも二つ。一方は鼻のあった場所まで剝き出しになっている。目玉のない穴だけの目がケンジを睨《にら》んでいた。

左目の穴からくすの木の根が這い出ている。その根はもう一方の、てっぺんが欠けた頭蓋骨に向かって伸び、右目の中に潜りこんでいた。

あとかたもなくなる？　とんでもない。いつの頃のものなのか知らないが、二つの頭蓋骨は頰を寄せ合うように、完璧なかたちで残っていた。

穴から飛び出そうとしたが、膝が震えて両足にうまく力が入らない。また笛の音が喉から漏れた。

懐中電灯が手から滑り落ちたが、落ちたのは、頭蓋骨の真下だった。まるでもっとよく見ろとでも言うように、二つの骨だけの首をライトアップする。

頭上から堀井さんの声が降ってきた。

「なんだよ、うっせえ……」

言葉が途切れ、一瞬の間ののち、ケンジの真似をしているような、女みたいな声が聞こえてきた。

最初はそれが、あの堀井さんのものだとは信じられなかった。中学一年の時の声変わりする前みたいな声だった。

堀井さんの悲鳴が少しずつ遠ざかっていく。途中で悲鳴は足音に変わった。

そうだった。近所の兄ちゃんだった頃の堀井は、かぶと虫採りに行った雑木林の白蛇にも悲鳴をあげる人だった。あれからまだ、十年も経っていない。

ケンジは叫んだ。

「待って。堀井さん。ひとりにしないで」

声が裏返ってしまった。もうすぐヤクザになる人間が口にするセリフじゃなかったが、そんなことは気にしていられなかった。怖かったのだ。

もう盃もバッジもいらない。暗いところはだめだ。ましてこんなものの前なんかには一秒だっていられない。

ケンジは震える両手を穴のふちに突っぱり、うまく動かない足を何度も滑らせながら、穴から這い出た。

堀井の姿はもうなかった。夜明け前の闇の中に、石段を駆け降りる音だけが響いていた。

「待って、ねぇ、待ってよぉ」

ケンジは必死で後を追った。体育教師の城之内に追われて逃げたガキの頃みたいに。

シャベルも、懐中電灯も、いびきをかき続けている岸本も放り出して。

どこかでまた、子どもの含み笑いみたいな鳥の声が聞こえた。

# 郭公の巣

一

「ごめん、道を間違えたみたいだ」

寿久《としひさ》はフロントガラスの先に続く山道に首をかしげてから、後部座席を振り返った。

「まったく、パパったら」

娘の美穂《みほ》にキリンのぬいぐるみで頭を叩かれてしまった。隣に座るひとつ年下の郁也《いくや》も、ライオンのぬいぐるみを抱えて、まねをしたものかどうか、考える表情をしている。

「あら、私、またやっちゃったかな」

助手席の純子《じゅんこ》が、膝《ひざ》の上に開いたドライブマップをあわててめくりはじめる。

梅雨の中休みの、よく晴れた日曜日。家族四人でサファリ・パークへ出かけた帰り道だ。まだ時間があるから、ガイドブックに『おすすめポイント』と書いてあったハーブ園へ寄るつもりだったのだが、まったく違う場所に迷いこんでしまった。

さっきまで走っていた幹線道路から、そう離れた場所ではないはずなのだが、窓の外の風景はずいぶん変わった。一帯に建物の姿はなく、道の両側には鬱蒼《うっそう》とした夏木立ちが続いている。道はずっと登り勾配で、片側は急斜面。ここで気づかなければ、深い山の中へ入りこむはめになっただろう。

「いけない。あの時の分かれ道を左だったかも」

純子が握り拳でひたいを叩いた。寿久が勤める高校のフェミニズム派の教師たちにはこんなこと言えないが、やっぱり女性に地図をまかせるのは危険だ。

「しょうがない、引き返そう」

「ねぇねぇ、早くぅ」

美穂が後部シートで飛び跳ねた。不満と大粒のキャンディで頰《ほお》をたっぷりふくらませている。

美穂のおめあてはハーブアイス。ガイドブックを眺めていた純子が「ハーブ園に行ってみようか」と提案した時には、ひよこみたいに唇を尖らせたのに、そこの名物がハーブを使ったアイスクリームだと聞いたとたんに、ころりと態度を変えたのだ。

「わぁ」

純子が叫び、助手席側の窓に顔を張りつかせた。母親におぶさるようにシートの背に頰を預けていた郁也も、無口なこの子には珍しく声をあげた。

「ふわぁ」

「どうしたの？」

寿久は純子の肩ごしに外を眺める。細い体を抱きしめる格好になったが、子どもたちの手前、軽く手を添えるだけにした。

左手の少し先、急斜面を覆う木立ちの中に鳥居が立ち、そこから石段が延びている。長い石段を目で追っていくと――

「おお」寿久も声を漏らしてしまった。

石段の上に一本の木が立っている。目を見張るほどの巨樹だ。何の変哲もない田舎の風景が、その木の存在ひとつで、異空間に見えた。

「なになに？　なにがあるの？」

美穂が手荒く郁也を押しのける。郁也は小さく悲鳴をあげた。「うげげ」

眉《まゆ》をひそめただけで何も言わない純子に代わって、寿久が声を荒らげる。

「こら、美穂。お姉さんなんだから、やめなさい」

純子がていねいに結った三つ編みを揺らして、美穂がそっぽを向く。やれやれ。少し前まで、ぬいぐるみを抱いていないと眠れなかったくせに。今年、小学校に入ったせいか、急に生意気になった。

対向車とすれ違うのに苦労しそうな田舎道だが、寿久たちのサニー以外、通りすぎるクルマも人影もない。サニーを路肩に寄せて、みんなで木を見に行くことになった。

石段のとば口に、こんな看板が立っている。

『ことりの里・郷土史料館』

子どもたちは同じディズニーキャラクターがプリントされた色違いのTシャツ。今年オープンした東京ディズニーランドへ行った時に買ったものだ。年下の郁也が大柄で、美穂は小柄なほうだから、後ろ姿だけみれば、双子のようだった。

長く急な石段だった。生意気なようで、まだまだ子ども。先に立った美穂は、十段も行かないうちに恐れをなして立ち尽くし、寿久の手を求めてくる。後ろからついてくる純子も、郁也の手をしっかりと握っていた。

石段を昇りつめると、巨樹が一望のもとになる。四人はもう一度歓声をあげた。

寿久たちが住む八階建てのマンションより高いだろう。太い幹は植物というより、サファリ・パークで見たばかりの象の胴体のようだ。胴廻りが十メートル以上ある象。四階あたりの高さで幹はいくつかの枝に分かれ、それぞれの枝はさらに四方へ分枝し、無数の葉を繁らせている。その姿は寿久に、生徒たちに教えている血液循環図を思い出させた。

巨樹はかたちばかりの低い柵に囲まれていて、その手前に立て札が立てられていた。

『ことりの木』と書かれている。

「これは、くすの木だね」

寿久が柵をまたいで歩みよると、子どもらしい潔癖さで美穂が言う。

「いけないんだよ、勝手に入っちゃ」

「だいじょうぶ、立ち入り禁止の札がないし。入っちゃだめだって、どこにも書いてないもの」

目の粗い木肌は鰐《わに》の皮膚に似ている。触れると、ひんやり冷たいが、無機質な冷たさではない。あちらこちらに空いた洞《うろ》は、この木がそうとう長い年月を生きてきたことを物語っていた。

大きな木を眺めていると、ときどき寿久は思うことがある。生物として彼らのほうが人間より格上なのではないかと。彼らの一族は、人類が誕生するずっと前からこの地上に君臨してきた。人間よりはるかに長寿で、本体を失っても再生が可能な生命力を持っている。それに比べたら、人間は小さくて、ひ弱だ。

子どもたちが柵の下をくぐり抜けて、寿久のもとへやってきた。

「こういうものすごく大きな木は、巨人みたいな樹木っていう意味で『きょじゅ』って呼ばれている。日本の巨樹には、くすか杉が多いんだ。なにしろ、とんでもなく樹齢が長いからね。あ、『じゅれい』っていうのは木の寿命のことだよ」

高校の生物教師である寿久の悪い癖だ。つい講釈を始めてしまった。ほら、またパパの授業が始まったよ、みんな聞いてあげましょ。純子の顔にそう書いてある。

「日本でいちばん大きい木って言われているのも、鹿児島県にあるくすの木なんだ。こういう時の『大きさ』を決めるのは、地面から一・三メートルのところで計った幹の周りの太さでね、鹿児島のその木の場合は二十四メートルもある。高さは三十メートルだったかな。この木は……うーん、太さでは負けるかもしれないけど、高さはひけをとらないんじゃないかな——」

純子しか聞いていなかった。ぽかんと口を開けてくすの木を見上げていた郁也が、寿久の長広舌《ちょうこうぜつ》を吹き飛ばすように、たったひと言で木を評した。

「ブロッコリーみたい」

純子がくすりと笑う。寿久も苦笑するしかなかった。「ほんとだね」

対抗心を燃やして美穂が言う。

「ブロッコリーっていうより、パセリ」

誰も笑ってくれなかったのが不満だったようで、すぐに唇を尖らせた。郁也は目も口も丸くして、木を見上げ続けている。

「ねぇ、木のぼりしてるの、だぁれ？」

「何を言ってるの、この子ったら、そんな人がいるわけ——」そう言いながら純子もつられて首を仰向ける。寿久もだ。巨樹の繁り葉は真下から見上げると、空を隠してしまうほどの圧倒的な量だ。全体に青黒くくすんだ色合いだが、梢《こずえ》近くの葉は夏の光に明るく輝いている。いくら目を凝らしても、もちろん人の姿などない。

「でも、誰かいたよ……」

そのとたん、どこかで鳥の声がした。壮大な葉叢《はむら》の中からなのか、それとも巨樹にかしずくように周囲に広がる木立ちからなのか、声の主の居場所はわからない。唐突なその声が、妙に人間じみていたせいか、子どもたちが首をすくめた。

「なんの声？」

「鳥だよ。カッコウの声だ。木登りをしていたのは、カッコウかもしれないね。野鳥の中では大型だから」

そういえば、ことりの里という名のわりには、他の鳥の声も姿もなかった。蟬《せみ》の季節にはまだ早いから、辺りはしんと静まり返っている。

巨樹の根元には下草がなく、近くに樹木もない。くすがアレロパシーの強い木だからだろうか。アレロパシーは植物がテリトリーを守るために放つ、他の植物の生育を阻害する化学物質だ。種の保存にやっきになるのは動物だけじゃない。どんな生き物も同じだ。

静寂を破って、またカッコウの声。正体を知った子どもたちは、縮めた首を伸ばして姿を探しはじめた。

「カッコー」美穂が両手をぱたぱたさせて叫ぶ。

「カッコー」郁也がまねをする。

「まねしないで」美穂が郁也を突き飛ばすと、郁也が前のめりに倒れて両手をつく。純子が肩をすくめた。少しは叱《しか》ってという顔だ。寿久は怖い顔をつくってみせた。

「美穂、だめじゃないか」

美穂はつんととりすました横顔を見せただけだ。

最近、わがままが過ぎる。今日だって、本当は海へ行くつもりだったのだが、「泳げないからつまらない」と一人だけ駄々をこねるものだから、結局、行き先がサファリ・パークになってしまった。甘やかしすぎたのだろうか。もう少し叱らなくては、と思ってはいるのだが。教師のくせに自分の子どもの教育のことになると、からっきし心もとない。

一方だけを叱ってもだめだ。郁也にも言う。

「遠慮することないぞ、お姉ちゃんにやられたら、やりかえしなさい」

学校では言えないセリフだ。美穂だけのせいじゃない。郁也、お前もぼーっとしすぎるんだ。もう少ししっかりしろよ。

「おなかすいた。早くアイス食べたい」

風向きが悪いことを察知した美穂が、話をそらそうとする。子どもって、大人が言外に匂わす空気には不思議と敏感だ。

「だからお昼ごはんの時、ちゃんと食べなさいって言ったじゃないか」

子ども用のランチセットではなく、大人向けのミックスグリルを食べたがって、頼んだのはいいが、ガーリックソースが気に入らなかったらしく、結局、ほとんど残してしまったのだ。

「アイス、アイス、アイス」

「じゃあ、そろそろ行こうか」

「ここでいいよ」

「こんなところに売ってるわけないだろ、ハーブ園に着くまで我慢しなさい」

くすの木の先には、平地が開けている。右手には古びた神社。もう本来の目的を果たしていないのだろう。狛犬《こまいぬ》は苔《こけ》むし、拝殿のしめ縄は朽ち果てて片端に垂れ下がり、瓦がところどころ抜け落ちた屋根には雑草が生えていた。

「ジュースでもいい。ジュース、ジュース、ピーチジュース」

我慢しなさい、と言いながら、寿久の目は売店を探していた。いかん、また甘やかしてる。さぁ、もう行こう、そう口にしかけた時、純子が左手を指さした。

「あそこに売ってないかな」

糸杉の植えこみの向こうに赤い屋根が見える。手前には慰霊碑じみた陰気なモニュメント。どうやらあれが史料館らしかった。

建物は平屋で、民家と変わらない大きさだ。チケット売り場は切り株を模したかたち。子ども受けを狙っているようだったが、我が家にかぎって言えば、成功していない。カウンターの向こうで居眠りをしている中年の大男が、二人を怯《おび》えさせただけだ。

入館料は大人六百円、中・高生四百円、子供三百円。売り場には『リニューアル・オープン』と書かれたポスターが貼られていたが、すっかり色褪《いろあ》せている。日付は去年。入館料を損することが目に見えているような施設だった。

どうしよう。純子を振り返る。純子も首をかしげていた。

「行ってみよう」美穂が言う。

「行ってみよう」郁也も言う。

「まねしないでって言ったでしょっ」

美穂がまた郁也の体を両手で突く。郁也は危ういところで踏みとどまり、寿久の言葉どおり、美穂を押し返した。よろけて転びそうになった美穂が、怒るより目を丸くする。

危ないからやめなさい。生徒を叱る口調で言いかけて、口をつぐんだ。そうだよ、俺がやり返せって教えたんじゃないか。

純子が子どもたち二人の間にしゃがみこむ。寿久は一人で売り場に向かった。

「大人二枚、子ども二枚」金を差し出すと、首に火傷《やけど》の痕がある係員は、昼寝の邪魔をされたのを怒ったような顔でチケットを投げよこした。

二

女だと産婆から聞かされたとたん、トミは目の前が暗くなった。舅《しゅうと》や姑《しゅうとめ》が自分をなじる声が聞こえた気がした。

また、女か。無駄に孕《はら》みおって。

女腹だとわかっていたら、嫁に貰《もら》うんじゃなかった。

産声が聞こえない。死産かもしれない。心のどこかでそれを期待している自分が情けなかった。渋り腹を数十倍ひどくしたような痛みは嘘《うそ》のように消え、疼《うず》きに変わっている。慣れた感覚だった。トミの五番目の子ども。これで女は四人目だ。

去年、ただ一人の男の子だった吾助を肺病で亡くした。いくら貧しい小作の家とはいえ、跡継ぎが消えてしまったわけだ。子を孕んだ時に、おととしのように姑が流せと言わなかったのはそのためだった。

今年はどうだろう。田んぼしだいだ。乳がちゃんと出ればまだいいが、もし乳が足りずに砂糖水が必要になってしまったら――

おととしは日照り続きで、夏が過ぎる頃には、もともと痩《や》せた田からろくな収穫がないことがわかっていた。地主に七俵を持っていかれると、一家には雑穀しか残らない。

姑から鬼灯《ほおずき》の汁を飲まされ、それが効かぬとわかると、脱穀棹《だつこくざお》で腹を叩かれた。

トミは田植えを終え、一番草取りを済ませた田んぼを思った。夫の清吉は今日も産気づいたトミを残して、舅たちと田へ出ている。

今年はいまのところいい塩梅《あんばい》だ。ほどよく雨が降り、晴れた日には陽射しが強かった。お天道様《てんとさま》が気まぐれさえ起こさなければ、たぶん――

稲を刈る鎌の音を聞いた気がした。産婆がへその緒を切る音だった。トミは破れ障子の隙間から覗ける青空を祈るように見上げる。

障子の向こうに、小さな黒いしみが散っていることに気づいた。張り替える金はないが、その分、汚さぬようにいつも注意している。

まだ田の手伝いができない下の子二人は、産婆に追い払われて外で遊んでいる。障子越しにはしゃぎ声が聞こえた。昨日は一日雨だったから、子どもが泥をはねたのだろう。また姑に小言《こごと》を言われてしまう。ひどく汚したのでなければいいが。

ひい、ふう、みぃ、……しみの数をかぞえていると、ひとつが、すいっと動いた。最初は出血が過ぎたための幻覚かと思った。よく見ると、しみはどれも閉じた扇子のかたちをしている。

しみなんかじゃない。ウンカだ。

お天道様の塩梅がいい年にかぎって、ウンカが出る。嫌らしい小さな羽虫。稲の汁を吸い、枯らしてしまう蟲《むし》だ。

トミの故郷は、この村よりだいぶ西方で、そこでは何年かに一度、天の罰のようにウンカがやってきた。この村に嫁いでからは、見かけることはまれで、災いをもたらすほどに増えたことはなかった。

あぁ、ここまで来たのか。

ウンカが出た年のことは思い出したくない。ただでさえ三度の飯は雑穀を混ぜたゆるい粥《かゆ》であるのに、それが粟《あわ》と稗《ひえ》だけになった。それすらなくなると、山百合の根や甘薯《かんしょ》の茎や野草を茹《ゆ》でたものが食事になった。村人は木の実や茸《きのこ》を奪い合い、自然薯《じねんじょ》ひとつで、鍬《くわ》を振り上げ合うほどの争いになった。弟や妹たちは腹をすかせて一日中泣いていた。

トミが九つになった年がいちばんひどかった。二つ上の姉は奉公に出された。村の小作の家で産まれた子どもは、どこも死産になった。トミの三人目の弟になるはずだった赤ん坊もだ。

トミが十三の歳で、遠い土地に子守奉公へ出たのも、ウンカのせいだった。奉公先はこの村に近い町の商家。日々の仕事の辛さから逃れるために、十七で、当日まで顔も知らなかった清吉と結婚した。小作の暮らしには慣れている。どこであろうと似たりよったりだろう、そう考えたからだ。実際、たいして違いはしなかった。わずかな田んぼと畑にしがみつき、空模様ばかり気にかけ、風と雨と虫に怯えるだけの生活だ。

産婆は姑と仲がいい。トミに嘲《あざけ》りの薄笑いを向け、まるで掘り出した甘薯のように赤ん坊を押しつけてくる。

産まれたばかりの子が激しく泣いた。母の心を察したように。

三

やっぱり、料金を損したようだった。

アイスクリームどころか、入ってすぐ左手にある土産物コーナーでは、サンプルの饅《まん》頭《じゅう》が埃《ほこり》をかぶっていた。

壁には額に入った古文書や、変色した白黒写真や、解説パネルが並んでいる。

『このあたり一帯は、九世紀頃、地方豪族・浅子一族によって拓《ひら》かれた土地です。藤原道長が都で権勢を誇っていた時代、国司を殺害した浅子季兼に対して、追討使が派遣されましたが、乱は治まらず、十数年間にわたってこの地に争いが続きました。鎌倉時代には街道に山賊が跋扈《ばっこ》し——』

血腥《ちなまぐさ》い話が延々と続く。どこの地誌も似たようなものなのだろうが、メルヘンチックに仕立てあげている建物の外観や内装にはそぐわない。

『——戦乱の世に長田氏の所領であった当地は、徳川家康の関東入国の際に藩領となりました。その後、宝永二（一七〇五）年、支藩として田沢藩が誕生するとともにその分知となり、享和元（一八〇一）年、田沢藩主が改易を受けるまでその支配下にありました。天保二（一八三一）年から九年まで続いた天候不順により、かねてからの凶作が慢性化し、大飢饉により人口が激減。県史に残る百姓一揆〝平次郎騒動〟はこの地から火がついたとされて——』

パネルにはまだまだ続きがあったが、途中で降参した。

部屋の奥は『ことりの木コーナー』。

ここにはひときわ大きな解説パネル。すぐそこに本物が立っているのに、わざわざ巨樹のミニチュア模型をつくり、大きなガラスケースの中に陳列してある。操作盤のボタンを押すと、梢や洞に豆電球が灯り、そこに配置されているフクロウや小鳥のミニチュア模型を照らして、鳴き声が流れるという趣向だった。

唯一の遊び道具を見つけた子どもたちが、ボタンの主導権を争いはじめた。

ガラスケースの上にはシール印刷のこんな文字が躍っている。

『めざそう!!　県天然記念物指定』

あれほどの巨樹なのに、県の天然記念物にもなっていないのは意外だが、仕事柄、教育局の人間とつきあいがある寿久は、別に驚きはしなかった。天然記念物の指定というのは、往々にして地域からの陳情がモノを言う。もしくは自治体の長の選挙地盤であるかどうか。いま時分、天然記念物というだけで、どれほどの効果があるのかわからないが、この土地の人々は、あの巨樹を観光資源のひとつにしようと、やっきになっているのだろう。

「つまんない」

ランプのしかけに飽きた美穂が言う。ようやく操作ボタンの前に立てた郁也も、権利を手に入れたとたんに興味を失ったようだった。

うむむ。これは叱れない。寿久も同感だった。人けがないのも無理はない。退屈そのものの史料館だ。日本のいたるところにある、自治体がノウハウも採算の見通しもなく、まず建設ありきでつくってしまった施設。だが、大人の悪い癖で、寿久は入館料を払った以上、元は取らねばと、さして興味のないまま解説パネルを読んだ。「ことりの木」と、それを神木としている神社の由来が書かれてある。

ちょっと驚いた。寿久の隣で、同じく懸命に元を取ろうとしている純子も、面食らっているようだった。

「なにこれ」

こう書いてあった。

『日方《ひかた》神社の神木「ことりの木」は、推定樹齢一〇〇〇年のクスの木です。古くは「子盗りの木」と呼ばれていました。この付近で、子どもたちがしばしば神隠しに遭っていた、という伝承に由来すると考えられています。日方神社が創建されたのは、貞治五（一三六六）年。長くこの地の人々の崇敬を集めてきました。後継を失ったこともあり、明治三十九年の勅令社寺合併令時に、一時、廃社となりましたが、昭和四年、村長・佐久間忠一氏らの尽力により再興。諸般の事情により、昭和四十九年より無人社となっています』

純子は両手を組み合わせて二の腕をさすっている。

「子どもを盗る木、ですって。てっきり小鳥が集まる木っていう意味だと思ってた。なんだか怖い話ね。昔の人も、よりによってこんな名前、つけなければいいのに」

「まぁ、旧跡の名前にかぎらず、民話や童謡でも、じつは内容が残酷だったりするのは、よくあることだからね。現代とは社会環境も価値観も違うから、いまの人間の倫理観で文句をつけてもしかたがないのかもしれないよ。人権が宝物みたいに大切にされるようになったのは、この国にしたって、歴史上のつい最近のことだからね」

寿久の両親は満州からの引揚者だ。日本へ戻る時に、本来は寿久の兄姉《きょうだい》になるはずだった二人の子どもをなくしている。母親はその時のことを、けっして語ろうとしない。父親は栄養失調だったと繰り返すだけ。だから戦後生まれの寿久は実質的にひとりっ子として育った。自分の子どもについ甘くなってしまうのは、生家のそんな家庭環境のせいかもしれない。

退屈しきった子どもたちが、外へ飛び出してしまった。寿久たちもパネルの残りを読むのを諦《あきら》めて出口へ向かう。二人ともまだまだ目を離せない年齢だ。

史料館の裏手は庭園になっていた。くすの木と反対方向へ遊歩道が延び、その両側に花壇がしつらえてある。金魚草が色とりどりに咲き、山百合が優美な花を見せていた。

「きれいだね」

純子がため息をつく。確かに史料館より、無料で開放されているこちらのほうが、よほど見ごたえがあった。庭園の奥には真っ赤なサルビアの花群れ。その脇には滑り台やシーソーも置かれている。子どもたちが、遊歩道の奥をめざして駆け出した。

遊歩道は庭園を越え、その向こうの林の中へ続いている。戸外では、とくに知らない場所では、郁也のほうが美穂より活発だ。滑り台より道の先に興味を惹《ひ》かれたようで、立ち止まらずに、そのまま木立ちの中へ走りこんでしまった。

鬱蒼《うっそう》とした雑木林に続く道は仄暗《ほのぐら》く、トンネルのようだった。美穂はたじろいでいたが、郁也に負けたくなかったらしい、振り返って寿久たちが背後にいるのを確かめてから、別の場所への入り口のような樹木のトンネルに入りこむ。寿久たちも後を追った。

林の中へ入ると、遊歩道はゆるやかな下り坂になった。山肌を大きく迂回《うかい》する曲がり道だ。曲がり角の向こうに子どもたちの姿が消えると、寿久は急に不安になった。過保護だと我ながら思いつつ、早足になってしまう。それは純子も同じだった。

角を曲がったすぐ先に、子どもたちはいた。道がそこで行き止まりになっていたのだ。下り坂が急勾配になる手前に、鉄柱に鎖を渡した柵が設けてある。確かに急坂で石ころだらけだが、この先がそれほど危険とは思えない。どういう目的の柵なのだろう。但し書きはなかった。

柵の少し先に『ことりヶ池』という案内板が見えた。何のことかと思ったら、急坂の下にある池のことだった。

神社によくある類《たぐい》の小さな池だ。畔《ほとり》の片隅に古びた祠《ほこら》が立っている。水苔に覆われた水面は緑色に濁っていた。この一帯だけ頭上を覆う木々が消え、陽が射しこみ、池全体をぼんやりとした光に包んでいる。光の恩恵を受けて、水辺には野の花が咲いていた。あたりは池に音を吸い取られているかのように静かだった。

「戻ろう」

池は大きな魚が棲《す》める深さがあるようだ。ときおり黒い影が水面下で右へ左へと動く。郁也はそれに目を奪われていて、動こうとしない。

「ほら、行くぞ」

つい声を荒らげてしまった。郁也は寿久を振り返ろうともしない。よけいにかたくなになって、チェーンにしがみつく。美穂も静かすぎる光景に怯えた目を向けているくせに、やっぱり動かない。最近の美穂は、ことあるごとに郁也へ対抗心を燃やすのだ。

「もう少し見てる」

「だめだめ、滑り台のところへ戻ろう」

「入っちゃだめって書いてないよ」

ここに柵をつくっているぐらいだから、入らないほうがいい場所なのだろう。美穂がまだよちよち歩きの頃、坂道で転んで、三針縫う怪我をしたことを思い出して、寿久はきっぱりと首を横に振った。純子も同じ意見のようだ。いつになく厳しい顔で、郁也に何か言い聞かせている。

ひとつしか使えないブランコの奪い合いで美穂と郁也はまた揉《も》めたが、シーソーのおかげで、ようやく仲良く遊びはじめた。寿久は純子と顔を見合わせ、肩をすくめ合う。この庭園のほうが史料館より古くからあるのかもしれない。遊具の塗装はまだ新しいが、ところどころペンキが剝《は》げた箇所は、真っ赤に錆びていた。

「そういえば、話したいことって、何？」

サファリ・パークの小動物広場で子どもたちを遊ばせている時、純子に耳打ちをされたのだ。後で話したいことがある、と。

「子どもたちの前ではちょっと……」

郁也がときおり振り返り、自分の親が消えていないことを確かめるような視線を走らせてくる。耳もそばだてているだろう。

「史料館の入り口のところにベンチがあったでしょ。あそこへ行かない？」

子どもたちに声をかけてから、遊歩道を逆に辿《たど》る。くすの木が近づいてくると、二人の頭上でまた、カッコウが鳴いた。

四

やっぱり子供は諦めようと、清吉が言いだした。たぶん舅たちの差し金だろう。元来気の弱い男だ。親の言うことには逆らわない。

夫婦のあいだでは、長女が来年、十二になったら奉公に出すと決めていた。女工はいい給金が貰え、娘が百円女工になれば、親も左うちわ。毎年必ずどこかの家の娘が、製糸工場へ働きに出るこの村では、誰も左うちわになったことがないのに、そう信じられている。

この子もその歳になるまで歯を食いしばって育てよう。野良仕事を終えた夕刻になって、ようやく我が子と対面した時、清吉は赤ん坊をお宝のようにかき抱きながら、そう言ったはずだ。

清吉が親と勝手に話を決めたのは、昨日の晩だろう。赤ん坊が泣くたびに舅の機嫌が悪くなるから、トミは行灯《あんどん》の暗い光の下で藁《わら》を打つ合間に、乳をふくませていたのだが、乳がろくに出ないから、いくらも持たなかった。

「煩《うるさ》くてかなわねぇな」

煙管《キセル》を振り、鼻からけむりを吐きながら、舅が冷たく言い放った。まだ産まれて一と月。首が据わっていない赤ん坊を連れ出したくはなかったが、しかたなく外へ出ようとしたトミに、姑が追い打ちをかけてきた。

「流さなんだのが、間違《まちげ》ぇだったな」

懸命に聞こえないふりをした。

「このままじゃ、暮らしが立たねぇ」

そう言って、舅がまたけむりを吹き上げた。暮らし向きが良くないとわかっているのだから、酒だ煙草だと贅沢《ぜいたく》をしなければいいのに。

子どもにはまだ名がない。舅がいっこうに名前をつけようとしないのが、トミには恐ろしかった。出ない乳を赤ん坊にふくませながら、戸口の外で泣いた。

「まぁ、親爺たちの言い分も分からなくはねぇ。親爺は足悪くしてるし、おふくろももう歳だ。これから先、お前を赤ん坊の世話にとられちまったら、俺《おら》ぁ日雇いにも出れねぇ。それとな、知ってるだろ。いま田んぼに虫が涌《わ》いとるの。みんなで虫送りせねばって、相談してるところだ」

虫送り。トミの生まれた村でも、たびたび行われていた。太鼓を打ち鳴らして松明《たいまつ》行列をし、虫の退散を祈禱する。そんなものが役に立った試しは一度もなかった。

「もし虫送りが効かねぇようだったら、今年も田んぼは駄目だ。そうしたら赤んぼどころか、みんな共倒れだろうが」

　腹が立った。自分のお腹を痛めていないからそんなことが言える。

「な、お前もわかってるだろ、この村じゃ、おかしなことじゃねぇ」

　子どもを抱えて家を出てしまおうかと思った。でもどこへ？　この村へ嫁いで十二年。低い山々にへばりつく茸のような村だが、ここよりほかに、トミには生きていく場所がなかった。

　頷《うなず》くしかなかった。清吉のこめかみがぴくりと動いたのがわかったからだ。普段はおとなしい男だが、怒るとすぐに拳を振るう。

「子どもを流す」という言葉は、この村の場合、なにも産まれてくる前の行いだけを指しているわけではなかった。清吉の言うとおり、特別珍しいことでもない。産まれてしまった子どもを流す場所も決まっている。鎮守の杜《もり》にある池だ。

　一晩泣き明かした翌日、トミはいつものように朝早く起き、水汲みをし、飯をつくり、田へ出て仕事を手伝った。

　午後になって一人で先に戻り、下の子二人を野草採りに行かせてから、腹をすかせて泣いていた赤ん坊に乳をふくませる。最後のひとしずくまで吸わせ、寝入った赤ん坊を、馬鈴薯《ばれいしょ》を詰めていた麻袋の中に入れた。

家の裏手から、人に会わないよう林の中を抜け、山道を登る。鎮守様までは半里ほどの道のりだ。

産まれて一と月しか経っておらず、ろくに乳も飲ませていないのに、赤ん坊は産まれた時よりも確かに重くなっている。それが不憫《ふびん》でならなかった。

百八石段の上に、子盗りの木が見えてきた。背筋が寒くなるほど大きなくすの木だ。トミの故郷の神社にあったご神木も、村でいちばん大きな桜の木だったが、これに比べたら盆栽のようなものだ。

子どもをこの木の下で遊ばせると、神隠しに遭う。村には古くからそんな言い伝えがある。天狗のしわざで、鳶《とんび》のように子どもを宙にかっさらって食らってしまうのだとも、この木に古《いにしえ》から棲んでいる小鬼が、遊び相手を求めて子どもの魂を盗むとも謂《い》われている。

そんな場所を、なぜ産まれた子を流す場所にしているのか、よそ者のトミには長く理解できなかった。だが、いまのトミにはよくわかる。

たくさんの子の魂が彷徨《さまよ》っているというここなら、自分の子も寂《さび》しくあるまいという親心。あるいは我が子だけが哀れなわけではないという慰め。子どもと一緒に、親はここへ良心の呵責《かしやく》を捨てて行くのだ。

文明開化のご時世だ。いまでは言い伝えを信じる者は少ないが、トミは小鬼の遊びに誘われるという話を信じたかった。魂を盗まれた子どもは、精霊となってこの木に宿ると聞いている。村には、夜、蛍よりもはるかに大きな、おびただしい数の光が、この木のまわりを飛び交っているのを見たという者もいる。

鎮守様の石段を昇らず、手前の木立ちの中へ分け入った。子盗りヶ池への近道だ。しかも、ここから行けば、池の南端、水辺に花が咲いている側へ出られるのだ。流すのは、その花を摘んでから。いまの季節なら、あやめ。我が子への手向《たむ》けの花だ。

麻袋の中の赤ん坊はよく寝ていた。もうすぐ自分が命を奪うというのに、トミは怪我をさせぬよう麻袋に打ちかかる木の枝を払いのけながら、林の奥へと歩いた。

あと少しで池に出るというところで、木立ちの先から、かすかな声が聞こえてきた。歌声だった。誰かが子守唄を歌っているのだ。

ねんねんよおころりよ

寝ないとねずみに引かせるぞ

起きると置屋につれてくぞ

昔、近くの町で子守をしていた時、トミもよく歌った唄だ。いつまでもぐずる子どもが憎く思えてきた時に、こっそり口ずさむ唄。

木立ちが途切れる手前で、トミは立ちどまる。いちばん太い幹に身を寄せて、池を窺《うかが》った。南の水辺には先客がいた。

水辺は紫に染まっていた。やはりあやめの季節なのだ。紫色の花群れに埋もれるように座りこんでいる後ろ姿が見えた。質素な木綿縞を着た若い娘。トミは麻袋を抱く手に力をこめた。

今日は日が悪かったのだ。出直そう。そうすれば、あとひと晩は、この子と過ごせる。そう考えはじめた時、娘がこちらを振り返る。目が合ってしまった。

神主さんのところの子守娘だった。しかたなく先に声をかけた。

「ああ、イトちゃんかい、久しぶりだね」

ぼんやりした目が見つめ返してくる。イトはおつむが少々弱いのだ。近くの町の生まれだが、両親に早くに死なれ、知り合いだった神主さんが不憫に思って、引き取ったという話だった。

「いい声だねぇ、イトちゃんは」

イトがみそっ歯をむき出しにして笑う。この村の出身だったなら、長くは生かされなかっただろう。

「どうしたんだい今日は。一人かい？」

いつも体の一部のようにおぶっている、神主さんの息子の姿がない。神主さんの一人息子は、口が達者にきける歳なのだが、跡取りだから大切に育てられているのか、ずいぶん重いだろうに、いまだに外へ出る時にはイトが背負わせられている。

トミの言葉の意味を悟るまでに、しばらく時間がかかったようで、だいぶ経ってから、イトがゆっくり首を振った。

見ると、イトのかたわらには、産着にくるんだ赤ん坊が寝ていた。そうだった。神主さんのところにも、つい先だって、二人目の子どもが産まれたのだ。さらにしばらくの間ののち、イトがもごもごと口を動かした。

「寄り合い」

神社で氏子組の寄り合いがあって、子どもが泣いて邪魔をせぬように、外へ出されたということらしい。

赤ん坊の産着は麻の葉模様の手通しだった。おくるみに使っている白い布は絹。清吉の股引《ももひ》きを仕立て直した、ボロ布同然の我が子の着物とは大違いだ。堪えていた涙がこぼれそうになった。麻袋の中の温もりをきつく抱きしめる。もし神主さんの家に生まれていれば、この子はこんなことにならずに済んだのに。

イトは麻袋の中に赤ん坊がいることに気づきもしないが、ここに居られては面倒だった。流そうとすれば赤ん坊は目を覚まして泣くだろう。流した後はトミも泣き崩れるはずだ。いくらイトでも、異変に気づく。自分が見たことを人に話さないともかぎらない。

去年、村に来た明治生まれの新しい駐在さんは、前任の老巡査のように見て見ぬふりはしないだろう。

「ねぇ、イトちゃん。この先の、道へ出る手前に、木いちごがなっていたよ。おいしそうな実だったね」

追い払うつもりでそう言った。

イトは迷うふうを見せたが、業突張《ごうつくば》りの神主の奥さんから、ろくなものを食べさせて貰っていないのだろう。にっと欠けた歯をむき、赤ん坊を抱えて立ち上がった。

五

純子は、なかなか本題を切り出さなかった。自分から声をかけてきたのに、話をそらすようなことばかり口にする。カッコウの声が聞こえたいまも、そうだった。

「かわいい声だね。私、初めて聞いたかもしれない」

都会育ちの純子は耳を澄ますが、田舎で生まれた寿久には格別珍しいものではなかった。

「鳴き声に騙《だま》されちゃだめだよ。カッコウは食わせものなんだ」

「ん？」

「托卵をするからね」

「たくらん？」

「うん、卵を托すっていう意味。カッコウは自分で巣をつくらないんだ。オナガとかオオヨシキリとか、ほかの鳥の巣に卵を産みつける。よその鳥に卵を温めてもらって、雛《ひな》を孵《かえ》すんだ」

「なんだか図々しいね。佐竹さんみたい」

佐竹さんというのはマンションの下の階の住人。子どもが郁也と同じ幼稚園に通っていて、純子と同様、専業主婦なのだが、家を空ける時、しばしば純子に子どもを預けていくのだそうだ。そのくせ純子が郁也を預かって欲しいと頼むと、都合が悪いと断ってくるのだとか。佐竹さんに抗議するように純子が言う。

「なんでそんなことするんだろう」

「しかたがない面もあるんだけどね。カッコウは体温が不安定な鳥だから、自分で卵を孵すのが苦手なんだ」

言葉に注意しながら喋った。純子は数年前に子宮筋腫の治療を受けている。それ以来、妊娠しにくい体になった。ひと昔前ならともかく、いまどき子ども三人なんて多すぎるだろうから、もう気づかいは無用かもしれないが。

「親鳥は気づかないのかな」

「それにも凄《すご》い話があるんだ。カッコウは卵を産む前に、数を合わせるために、巣にある卵のひとつを丸飲みしちまうんだ。それだけじゃない――」

そこまで話してから、純子が顔をしかめていることに気づいた。いかん、また、よけいな授業を始めてしまった。しかも気持ちのいい話じゃない。

## 六

頭の足りない娘らしい律儀さで、イトが赤ん坊の体を丁寧におくるみで包んでいる。それを見たとたん、トミの口から、自分でも思いがけない言葉がこぼれ出た。

「毎日、子守、ご苦労だね」

イトが光の薄い目でトミを見返してくる。

「おばちゃんも昔、子守をしていたから、苦労はわかるよ。赤ん坊がいたんじゃ、木いちごもうまく摘めないだろう。少しのあいだ、代わってやろうか」

イトが首をかしげて、考えるふうをした。ただの荷物と見せかけるために、子どもが入った麻袋を、ぞんざいに地面にころがすふりをする。実際には目を覚まさないように、そっと。それから、イトへ両手を差し伸べた。

「さ、早く。木いちご、お腹いっぱい食べておいで」

イトがもう一度、首をかしげてから、神主さんの子どもを手渡してきた。何度もこちらを振り返りながら木立ちの向こうに消えていくのを、トミは辛抱強く待った。こうしたのは、神主さんの赤ん坊のおくるみに入っている柄に気づいたからだ。手鞠《てまり》。女の子のための柄だ。

産着を脱がして丸裸にする。思ったとおり、女の子だった。袖から手を抜こうとしたとたん、赤ん坊が泣きだした。トミはあやめの花を手早くちぎり、まだ小さいひよこじみた口へ詰めこむ。麻袋から我が子を出し、かわりに丸裸にした神主さんの赤ん坊を入れた。

麻袋を両手に抱いて池に向かった。いま誰かがトミを見たら、きっと山姥《やまうば》に見えただろう。赤ん坊の体は、自分の子と同様に柔らかく、温かく、乳の匂いがした。心の中で手を合わせていたが、足は止めなかった。

子盗りヶ池のほとりに立ち、青黒い水面《みなも》を眺めた。酸が強すぎるとかで、昔から生き物の棲むことがない池だ。魚一匹いないはずなのに、何かが蠢《うごめ》いているふうに見える濁り水が恐ろしかった。

小さな子どもを普通に捨てては水に浮く。麻袋に石をたっぷり詰めた。袋を両手でかかげ持った時にはもう、躊躇《ためらい》はしなかった。初めてではなかったからだ。

トミの生まれた村では、「引く」と呼んでいた。場所は川だった。母親が三人目の弟になるはずだった子を産んだ時、父親に命じられ、泣き叫ぶ母に代わって、トミが引きに行った。

池に投げ入れようとしたとたん、赤ん坊がまた泣きだした。我が子と同じ、人の世のすべてに怯えているような、儚《はかな》く、か細い声だ。

決心が鈍らぬうちに、両手の指を緩める。水音はまだ小さかった。

七

「ごめん、また授業を始めちまった。もうやめよう。それより君の話を聞かなくちゃ」

純子がくすりと笑った。

「いいよ、無理しなくても。最後まで話したいんでしょ」

お見通しだ。そう、本当は続きを聞いて欲しかった。ここからがこの話の本題。生徒たちにもおおむね受けがいい。受けといっても、笑いの渦が起きるような反応ではなく、怪談話の受け方に近いのだけれど。

「カッコウが狙うのは、卵が産まれたばかりの巣なんだ。カッコウの卵は、巣の主の卵より孵化するのが早い。だから先にカッコウの雛が孵る」

先を続けて、というふうに純子が頷いた。

「カッコウの雛が孵化して真っ先に何をするかというと、なんとね、ほかの卵を背中にかついで、巣の外へ放り出すことなんだ」

「巣の外？」

「うん、カッコウは大きな鳥だから雛もたくましい。木の上だから、当然、ほかの卵は命を失うことになる。で、カッコウの雛は自分だけが巣に残って、のうのうと親鳥から餌を貰うんだ。鳥だってそうそう馬鹿じゃない。おかしいとは思うんだろうけど、悲しいことに、鳥には雛が口を開けた時の、喉の赤い色を見ると、そこへ餌を運ぶ本能があるんだ。遺伝子にインプットされた習性だからね、これには逆らえない」

また、カッコウの声がした。もう純子はかわいいとは言わなかった。長袖Tシャツに包んだ細身の体を、ぶるりと震わせる。

「怖い話。でも、なんだかかわいそう。托卵された鳥も、カッコウも」

寿久は純子の肩を抱いた。

「で、君の話っていうのは？」

純子がうつむいてしまった。なぜか頬を赤く染めている。

# 八

トミの子は、あやめの花の下で、なにも知らずに眠り続けていた。神主さんの子の手通しを我が子にまとわせる。

産まれてまもない赤ん坊は、皆よく似た顔をしているものだが、トミの子には、麻の葉模様の産着も、手鞠の柄のおくるみも、哀しいほど似合っていなかった。

産まれた日はそう変わらないのに、あきらかにトミの子のほうが目方が軽い。まだほくろひとつなく、日に日に顔つきが変わる時期だ、と高《たか》をくってみたところで、誤魔《ごま》化《か》せるのはイトぐらいのものだろう。それでなくても、母親というのは自分の赤ん坊の異変に特別な嗅覚を持つ。気づかないはずがなかった。

トミは手近にあった石を手に取った。我が子の顔に打ち下ろすためだ。

手加減をしては駄目だ。母親を動転させ、子どもへの過敏な嗅覚を失わせるほどの怪我をさせなくてはならない。人相が変わったことを悟らせないほど、長い間顔を腫《は》れさせる必要があった。たとえ疵《きず》が残り、嫁に行けない娘になったとしても、ここで死ぬよりはましだ。

心を鬼にして顔に石を叩きつける。石で鼻を砕いた瞬間、赤ん坊が目を開けた。常なら、トミと他の人間との見分けがついていないだろう虚ろな目を向けてくるのだが、その瞳はしっかりと光を宿し、ひたと母の顔を見据えているようだった。トミがその目を見つめ返すと、ようよう痛みに気づいたというふうに、凄《すさ》まじい声で泣きだした。

木立ちの向こうから、慌てふためいた足音が近づいてきた。イトの姿が見える前に、顔も、白いおくるみと産着も真っ赤に染まった赤ん坊を差し上げて、トミは叫んだ。

「イトちゃん、たいへんだよ」

両手を木いちごの色に染めて戻ってきたイトは、血だらけの赤ん坊を見て、言葉にならない声をあげる。

「あああ、あああ」

「あんた、いつまで木いちごを食べてるの。赤ん坊が大怪我をしたっていうのに」

イトの鈍い頭に自分の過ちであると思いこませるために、トミは厳しく叱りつけた。そうして、心の中でイトにも手を合わせた。

イトは暇を出されるだろう。子守がいちばん手ひどく叱られるのは、子どもに怪我をさせた時だ。トミの奉公先のおかみさんは、子どものてのひらに野いばらの棘《とげ》が刺さっただけで、トミを打ち据えた。親がなく、頭の弱いイトが、この先どうやって生きていくのか、小作の家に生まれ、小作の家に嫁いだトミの頭では、うまく想像できなかった。

悪く思わないでね。できれば私じゃなく、お天道様を恨んでおくれ。

# 九

「驚いたな」寿久が顔を見つめ返すと、純子がうつむいた。「確かなんだね」

「うん、お医者さんも首をかしげてた」

「そうだよね、だって……」もう子どもは難しいと言われていたのだから。

「どうしよう、産んでもいいかな」

「もちろん」

子どもたちがいないのを幸い、寿久は純子を抱きしめた。子育てに慌ただしい毎日だから、なかなか甘い生活とはいかないが、まだまだ新婚だ。

「でも、大変なのは君だよ。子どもが三人なんて」

「ううん、それは考えてあるし、平気」

「君には本当に感謝してる」

本心だった。純子と結婚したのは去年の夏。子連れ同士の再婚だ。

寿久の前の妻は、同じ高校教師だった。男性的な彼女とは議論ばかりしていた。子どもを産むべきかどうかについて、子育てや家事の分担について、彼女の目標である長期海外研修の是非に関して。人は理屈だけでは生きていけない。職場の続きのような家庭生活に、寿久も彼女も耐えられなくなり、美穂が二歳の時に離婚した。仕事第一で、海外研修の話が本決まりになっていた前妻は、あっさりと親権を渡してくれた。

三年前、同じ保育園に子どもを預けていた純子と知り合った。当時、純子は純子で、夫の家庭内暴力に悩んでいた。前夫が判を押すのを渋っていた離婚届が受理されるのを待って、結婚した。

純子は前の妻と、まったくタイプが違う。理屈ではない天性の素朴さがある、女性らしい女性だ。母性が強く、本当の子どものように美穂の面倒を見てくれている。純子と結婚する前は、長く伸ばしはじめた美穂の髪をどうしていいかもわからず、いつも輪ゴムで留めていた。そんな美穂に同情して、きれいに髪を結《ゆ》ってくれたのが純子だった。

史料館の陰から、小さな人影が飛び出してきた。青色のドナルドダックのTシャツ。郁也だ。姿が消えてしまった母親を探していたらしい。頰を赤く染め、涙目で駆け寄ってきて、純子の膝に顔をうめる。

寿久は思う。純子を見習って、もっと郁也にも愛情を注がなければと。

頭ではそう思っていても、正直に言えば、難しかった。純子の前の夫とは、保育園で何度か顔を合わせていた。純子を殴り、足蹴《あしげ》にし続けていた男だ。髪をリーゼントに固めた下卑た笑い方をする奴だった。あの男の顔が、どうしても郁也とダブってしまうのだ。

でも、いつまでもそんなことは言っていられない。寿久は郁也の目線まで腰をかがめた。

「どうだった、楽しかったか、郁也？」

いつもは郁也くんと呼んでいるからだろう。郁也は戸惑った顔をし、か細い声で答える。

「……うん、楽しかったよ」

「なにして遊んでたんだい」

「お花を見てた。ミホちゃんと」

郁也は片手に花を握っていた。紫色の花。あやめか。

ミホちゃんか。お姉ちゃんと呼ばせなくちゃな。でも、急ぎすぎないほうがいい。それは時間をかけて解いていく宿題だ。まず美穂のわがままをなんとかしなくては。いままでは母親がいないことの穴埋めに、欲しがるものを与え、求められるままに言うことを聞いてばかりだった。そこから改めよう。もうちゃんと母親がいるのだから。

「肩車しようか」

サファリ・パークで美穂にせがまれて肩車をしていたのを、郁也が羨ましそうに見ていたことを思い出したのだ。

郁也は躊躇していたが、寿久が身構えると、小鳥のように肩に乗ってきた。美穂よりがっしりした両足を摑《つか》んで立ち上がる。郁也が寿久の頭へ遠慮がちに手を置いた。まだまだ仮免許だが、そのうち本当の親子になれるだろう。

「さぁ、そろそろ帰ろう」

夏の日暮れが遅いせいで、すっかり時間を忘れていた。もう六時近くだ。史料館はいつのまにか閉館し、係員の姿も消えている。美穂がまたふくれっ面になるだろうが、ハーブ園はあきらめさせよう。

郁也を肩車して、庭園へ戻る。

「あれ、美穂は？」

どこにも姿がなかった。

「ねえ、美穂はどこだろう」

純子がお腹に手をあてて首をかしげる。寿久の頭の上、そっくり同じしぐさで郁也も首をかしげた。

# バァバの石段

一

バァバは幸せだったんだろうか。ベッドの中の、すっかり痩《や》せて頬骨《ほおぼね》ばかりがめだつ祖母の寝顔を眺めながら、真樹《まき》は思った。

寝顔と言うには、壮絶な顔だ。祖母の昭子は――真樹は二十三歳になったいまもバァバと呼んでいるのだが――人工呼吸器をくわえた紫色の唇を歪《ゆが》め、ただでさえ深い額のしわを幾筋もの溝にしている。三十キロそこそこになってしまった痩せた体には管やコードが繋がっていて、医療機器の部品みたいにベッドに釘付けにされていた。

バァバは数年前から寝たきりだった。本人には知らせていないが、五年前に宣告された癌《がん》が胃から肺へと転移して深刻な状態になっている。もう何度目だろう、病院に再入院したのが、五日前の朝。その日の午後から意識がなくなった。

今夜ひと晩、持つかどうか。いまのうちに会わせたい人を呼んだほうがいい。お医者さんはそう言っているらしい。付き添っているママから電話を受けた真樹は、課長からコピー取りを頼まれていた書類の山を突き返して、勤め先の市役所からすっ飛んできた。免許を取ったばかりのスクーターを自己新記録のスピードで飛ばして。

今回入院したのは、最初から個室。いま思えば、その時から嫌な予感がしていた。バァバは病院の都合で時々入れられる一人部屋を嫌がった。真樹も嫌いだ。同室の軽症の人たちが発散している命の活気がない。病気を治す場所ではなくて、不吉な待合室に思える。

個室の一角、体と繋がった機械のモニターが、バァバの体の中で何が起こっているかをデジタル表示していた。「さっきより顔に赤みが増したみたい」ママが自分の言葉に自分ひとりでうなずいているけれど、数字の方が正直だ。血圧はありえない値にまで下がっている。

パパの姿はない。市内にあるパパの設計事務所のほうが、市役所より病院に近いのに。「連絡がつかないのよ、こんな時にもう」デジタル数字より、壁の時計の針を気にしているママの言葉の続きには「実の息子のくせに」ってセリフが入るんだろう。結婚して東京に住んでるお姉ちゃんは、お腹が大きくて運転ができないから、ダンナのマサトさんが帰ってきてから、家を出るって言ってるそうだ。

ちょっと、みんな、緊張感なさすぎじゃない？

バァバの状態がずっとこんな調子だから、慣れっこになってしまっているのだ。進行しているのは癌だけじゃなかった。長い病院生活のせいか、最近はすっかりボケてしまって、パパを見て「先生」と言ったり、先生をちい兄ちゃん――戦争で亡くなったバァバの二番目のお兄さんのことらしい――と呼んだりするようになっていた。口には出さないけれど、パパもママも、心のどこかで「そろそろ」って割り切っている気がする。

真樹は「そろそろ」だなんて、とても思えない。生まれてからずっと一緒に暮らしてきた人だ。目の前にいるのがあたり前だった人だ。突然いなくなってしまうなんて、考えられなかった。たとえそんな日が来るとしても、十年も二十年も先のことだと思っていた。

バァバは七十九歳。昭和の最初の年に生まれたから、昭子と名づけられたのだそうだ。真樹が小さい頃には、いまのパパと変わらない年齢だったのだろうけれど、真樹の記憶の最初から、バァバはお婆さんだった。

おじいちゃんはとっくの昔になくなっていて、仏壇の写真でしか知らない。パパとよく似た下ぶくれの丸顔で、お世辞にもかっこいいとは言えない人だ。

おじいちゃんとどこで知り合ったの。いつか真樹は聞いたことがある。高校生の時だった。その頃つきあっていた初めてのボーイフレンドが、ルックスがいまひとつのタイプだったから、彼氏は顔じゃないのよ、って言って欲しかったのかもしれない。

バァバの答えは、真樹には信じらんないものだった。

「知り合ったもなにも、あたしたちの結婚は親が決めたからねぇ」

次の言葉は、もっと信じられなかった。なんでそんな話をオーケーしちゃったの、と尋ねたら、オーケーという言葉の意味に、少しのあいだ首をかしげてから、のんびりした口調でこう言った。

「あの頃はみんなそうだったもの」

嘘《うそ》！　時代劇じゃあるまいし。昔々、そういう時代があったことは真樹も知っているが、何百年も前の話だと思っていた。日本が戦争をしていた頃を描いたテレビドラマや映画の中にだって、恋人同士がふつうに出てくる。真樹の知っているバァバは嘘をついたりしない人だ。ドラマのほうが嘘っぽいってこと？

親に決められた結婚。好きでもない男と、ある日突然、同じ家に住む。愛してなんかいないのに、その日からセックスをする。しかも子どもまで産んでしまう。何人も。ほとんどホラーだ。それが二十世紀の、つい数十年前の、自分がよく知っている人たちが経験してきた出来事だなんて、真樹の頭では理解できなかった。

もしパパが「この人がお前の結婚相手だ」なんていきなり言いだそうものなら、たとえ相手がジャニーズの誰かだったとしても、真樹はその場で家を飛び出るだろう。

ベッドの脇に置かれた機械が、誰かの呼び声みたいな音を立てて、モニターの数字を更新する。心拍数がまた下がった。

自分の心臓が止まりそうだった。バァバ、死んじゃやだよ。

おじいちゃんは戦争で亡くなった。結婚生活は一年足らず。日本が戦争に負けた年、まだお腹にパパがいる時に、南の島で戦死したという知らせが入ったそうだ。だからパパは父親の顔を見たことがない。

バァバはこの町で生まれて、ずっとここで暮らしてきた。造り酒屋の長女で、暮らしはわりとよかったらしい。でも、この町に来た、たった一回の空襲で、実家の酒蔵が全部焼けてしまったって聞いた。

昔話をしたがらない人だから、話のたいていはパパや親戚の人たちから聞かされたのだけれど、おじいちゃんに死なれて、帰る家もなくなり、産まれたばかりの赤ちゃんと二人で取り残されたバァバは、ものすごく苦労をしたそうだ。

若いうちに結婚してしまって（いまでいう高校三年ぐらいの歳だと思う。これも信じられない）、手に職がなかったバァバは、内職や、漬物工場のパートタイマーをしながら子育てをして、パパを建築科のある大学まで行かせた。パパは従業員八人の設計事務所の社長になったことを「俺の才覚だな」なんて自慢するけれど、みんなバァバのおかげだ。頭と胴体をくっつけて十体で五円にしかならなかったというキューピー人形や、冬は寒さでひじまで真っ赤になったっていう白菜の樽詰《たるづ》めがなければ、「県の設計競技優秀賞」も「市民ホール建築コンペ大勝利」もなかっただろう。

話だけ聞いていると、パパを育てるためだけに費やしたような人生だ。

だけど、それを人生と呼べるんだろうか。人生っていうより、ただの業務。書類の山の一枚をコピー機に差し入れて、ボタンを押して、また書類をセットする。その繰り返しと変わらない。

パパはまだ来ない。携帯電話がオフになったままらしい。また「コンペ大勝利」へ向けての会議中なんだろう。「今度こそ」そう言って、ママが携帯を手にして病室を出ていった。

たったひとり病室に取り残された真樹は、バァバの手を握りしめ、まだそれが温かいことを確かめた。苦しげな表情を眺めているうちに、涙が零《こぼ》れそうになった。

最近はこんな顔ばかり見ている。バァバが心の底から嬉《うれ》しそうにしていたことがあっただろうか。静かな人で、愚痴《ぐち》をこぼすことはめったになかったけれど、本当はいろんなことを我慢してきたはずだ。真樹の百倍ぐらい我慢をし続けてきたんだと思う。

もっと、バァバを大切にすればよかった。

「ああ、幸せ」って思える時をもっとたくさんつくってあげればよかった。

真樹はバァバのことが好きだったし、子どもの頃はおばあちゃん子と言われていた。だけど、いつの頃からか、バァバの言葉に耳を塞ぎ、聞こえないふりをするようになった。

めったに人を叱《しか》る人じゃなかったのに、体の具合が悪くなってからは、真樹にかけてくる言葉が小言《こごと》ばかりになった。東京の大学へ行っていた頃は、夏休みやお正月に帰ってくるたびに、スカートの短さやお化粧や髪の色について、辛辣《しんらつ》なひと言をちょうだいした。

真樹が最後に聞いたバァバの言葉は、これだ。

「ああ、騒々しい。少し音を小さくしてちょうだい」

音楽番組を見ていた真樹への抗議。その時かかっていたのは、どちらかというと静かな曲だったのだけれど。

きちんと話をすればよかった。ちゃんと話を聞いてあげればよかった。ファッションなんていう言葉も知らない世代で、音楽もろくになかった時代の人だから、話をしたって無駄だなんて思わずに。

ごめんね、バァバ。

なぜか、謝罪の言葉しか頭に浮かばなかった。私が大学で遊び惚《ほう》けていられたのも、いまでも月に一度は東京へ遊びに行けるのも、年に一回は海外旅行ができるのも、もとは十体五円のキューピー人形と、樽詰め白菜のおかげだ。

涙が頬を伝っていくのは、別れが悲しいからだろうか。

バァバの苦労ばかりの人生が哀しいからだろうか。

ベッドの脇の機械がまた唸《うな》り声《ごえ》をあげた。

二

ラジオから『蘇州夜曲《そしゅうやきょく》』が流れてきた。戦争が始まってからというもの、毎日毎日、流れてくるのは軍歌ばかりだったから、久しぶりに聴く流行《はや》り歌に、昭子は裁縫の手を止めて耳を澄ました。

蘇州というのはどんなところだろう。上海《シャンハイ》の近くだと話に聞いている。蓄音機に比べると雑音の多いラジオから聴こえてくる歌詞を耳で拾いながら、昭子は夢想をふくらませた。

柳が緑の影を落とし、桃の花びらが散る川面《かわも》。そこに浮かぶ支那の小舟。

もちろん外国どころか、昭子は畑と小さな工場しかないこの土地を出たことすら、数えるほどしかない。いちばんの遠出は女学校時代の富士登山。自分はこの狭い土地で一生を終えることになるのだろうか。籠《かご》の鳥のように。

映画女優のマレーネ・デートリッヒみたいに瞼《まぶた》を半開きにして、「あたしは、哀れな籠の鳥」とそっと呟《つぶや》いてみる。そうするとなんだか胸が甘酸っぱくなった。

昭子は音楽に負けないくらい映画が好きなのだが、もう長く観ていない。若い女が勝手に映画館へ行けるご時世ではないし、行ったところで最近の映画はみんな、戦争を鼓舞する退屈な内容ばかりだ。大きな声では言えないが、昭子が好きなのは、きれいな俳優さんたちが出演する恋愛映画だった。

二年前に亡くなった祖父はハイカラな人で、よく昭子を隣町の映画館へ連れて行ってくれた。たいていは洋画だ。

いままでに観た映画の一コマ一コマは、瞼の裏にしまってあって、時折、取り出しては、思い返す。祖父に食べさせてもらったアイスクリームの甘い味といっしょに。

『モロッコ』のデートリッヒは素敵だった。もちろんゲーリイ・クーパーも。いいえ、ゲーリイ・クーパーは『七日間の休暇』の時のほうが素敵だったかしら。

『艦隊を追って』のフレッド・アステアの踊りの見事さといったら。

『望郷』のミレーユ・バランのような髪型にしたくて、電気ゴテでオカッパ頭をちりちりにしてしまって、母親にずいぶん叱られたっけ。

『巴里祭』の花売り娘アンナとタクシー運転手ジャンの、雷鳴の中の接吻《せっぷん》。ひゃあ。いま思い出しても、頬が赤くなる。お祖父ちゃんはなぜあんな映画を小学生の私に観せたのだろう。お妾《めかけ》さんが二人もいた人だから、恋愛は悪いことじゃない、と私に言いわけしたかったのだろうか。

ラジオの曲が勇ましい軍歌に変わった。

昭子は未《ま》だ見ぬ蘇州の夢想から覚め、縫い物に戻った。モンペを繕《つくろ》い終えてから、親類から頼まれていた千人針に手をつけることにする。

千人針。銃後の女たちが武運長久を祈って縫い、出征する兵隊さんに手渡す腹帯。一人ひと針ずつだから、千人針。昭子は何の縁《ゆかり》もない人たちからもよく頼まれる。寅年《とらどし》の生まれだからだ。

寅年生まれの女だけ、歳の数だけ縫うことができるのだ。「虎は千里を往《い》きて千里を還《かえ》る」という言い伝えのためらしいけれど、御国の役に立つこととはいえ、兵隊さんの命の残り日を縫っているようで気は重い。

ちくちくと歳の数だけ、赤い糸の結び玉をつくる。十九。昭子はふいっとため息をついた。滋子《しげこ》叔母さんの言葉を思い出したからだ。

「アキちゃんもそろそろお嫁入りのことを考えないと」

昭子は数えで十九歳。十二月の末、大正時代が終わった翌々日に生まれた。娘は若いほうが良かろうと、翌年に繰り越しにしてしまう家も多いのに、祖父が正直に役所へ出生届を出したものだから、たった数日の違いで、ひとつ年上になってしまった。ああ、なんて運がないのでしょう。

昭子の住むあたりでは、数えで十八、九になると、近所に住む親類たちがうるさくなってくる。

いい縁談があるんだが。そろそろ昭子も考えねば。二十歳《はたち》になる前にお嫁に行かないと。

お嫁さん。なりたい気持ちがないわけじゃない。でも――

滋子叔母が勧めてきた縁談の相手は、町内の中島さんの次男。昭子より四つ年上。名前は――なんと言ったっけ。

そう、益二《ますじ》。いくら田舎町とはいえ、いまどきにしては古めかしい名前だ。明治生まれの人みたい。

中島益二さん。顔は知っている。狭い町だし、次々と兵隊に取られて少なくなっているから――昭子の家でも二年前にちい兄ちゃんが応召した――若い男の人は目立つのだ。

地主の息子のくせに、いつもよれよれの羽織袴に下駄履き。滋子叔母によれば、大学で農学を学んでいるために召集延期になっているけれど、学生の年限短縮で、この九月には卒業するという話だ。ご面相はお世辞にも素敵とは言えない。

女学校時代の同級の川村久子さん――昭子はヒチャちゃんと呼んでいた――のお兄さんが中島さんとお友だちで、一度、ヒチャちゃんと一緒に町を歩いている時に、声をかけられたこともある。昭子は黙ってお辞儀をしただけだし、ヒチャちゃんと中島さんがどんな話をしていたのかも、どういう声だったのかも覚えていない。

覚えているのは、別れたとたん、ヒチャちゃんが噴き出したことだ。「あいかわらず、かえるさんは、かえるさんねぇ」そう言って。

かえるさん。お兄さんたちがつけた中島さんのあだ名だそうだ。目玉がぎょろりとして、にきび痕《あと》が目立つ顔は確かにガマガエルみたいだった。昭子もその時は、一緒になって笑った。

そのかえるさんのところへ自分がお嫁に行くなんて。なんてことなの。

『かえるの王子様』というおとぎ話を読んだ記憶がある。無理やりかえると結婚させられるお姫様の話だ。お話の中では、かえるは背の高い素敵な王子様に変わるのだが、結婚したとたん、中島さんのにきび痕が消えるわけもなく——

ああ、困ったな。第一、昭子には密《ひそ》かに恋い焦《こ》がれる憧れの君がいた。

健一さん。ヒチャちゃんのお兄さんだ。女学校に通っていた時分、昭子が遊びに行くと、奥の間から顔を出して、いつも挨拶《あいさつ》をしてくれた。ひと言、ふた言だけれど、その折に言葉も交わした。ヒチャちゃんには悪いけど、昭子にとって川村家を訪れる時のいちばんのお目当ては、ヒチャちゃんのご自慢の本やレコードのコレクションではなく、健一さんだった。

何かの折、健一さんとヒチャちゃんと昭子の三人で、蓄音機で音楽を聴いていたことがあった。紅茶とカステラを御馳走になっていたのだが、味わうどころではなかったのを覚えている。ヒチャちゃんがお母さまに呼ばれて二人っきりになった時には、心臓が破裂するかと思った。

二人きりになった部屋で、健一さんに話しかけられた時のときめきといったら。天にも昇る心地というのは、あの時の心持ちを言うのだろう。

とはいえ、小学四年で男女の組に分かれた時から、親類以外の男の人と話す機会などめったになく、舌は緊張でうまくまわらなかった。そんな昭子に健一さんは、いま読んでいる本や、学んでいる学問のことを話してくれた。二人だけの秘密というふうに健一さんが囁《ささや》いた言葉はいまでもはっきり耳に残っている。「僕はプロレタリア文学に傾倒しているんだ」

女学校では習っていなくて、意味がわからなかったのだが、心を許した人間にしか話せない事実らしかった。勝手な想像だけれども、健一さんも昭子を憎からず思っていてくれている気がした。

健一さんはいま戦地にいる。無事でいらっしゃるだろうか。女学校を卒業した年に、ヒチャちゃんが結婚してしまったから、近況を聞くこともままならない。

あの時、聴いた曲は全部覚えている。最後の曲は――その日の健一さんとのお別れの曲。ヒチャちゃんが戻ってきて、私の部屋へ行きましょうと言った時、昭子はこの親友を初めて憎らしいと思ったものだ――『ゴンドラの唄』だ。

いのち短し恋せよおとめ

朱《あか》き唇褪《あ》せぬ間に
熱き血潮の冷えぬ間に
明日の月日はないものを

ああ、恋せよと言ったって、私の場合は——

自由恋愛なんて、貧乏人のすること。幼なじみの民ちゃんが、町にやってきた測量技師と恋仲になって結婚したという話が出た時、昭子の両親はそう言って、民ちゃんを笑った。きちんとした家の娘がするものじゃないのだと。造り酒屋であるこの家が、きちんとした家であるのかどうか昭子にはわからないのだけれど。

父親は中島さんとの縁談に乗り気だった。中島さんの家が地主だからだろう。戦争が始まってからこのかた、モノがなくて大変らしい都会に比べたら、田舎町のここは食べ物に困るほどでもないし、空襲も来ないが、物資統制で休業中の昭子の家は、さほど余裕がなくなってきている。私はお米の配給票のかわりなのかしらん、と思うこともある。

父親はこう言う。

「このご時世だ、多産報国、産めよ殖やせよに身を捧げるのが女の務めだろう。相手は学士様、何の不服がある。第一、この先、男が減れば、行かず後家になるぞ」

行かず後家。昭子たち適齢期の娘への、お決まりの脅し文句だ。女学校の先生方にはそういう人が多かった。いくら学があっても、生徒の信望が厚くとも、男たちはそのひと言で、彼女たちを小馬鹿にする。

中島さんの長男一家には娘しかいない。中島家は中島家で、二番目の息子が戦争に取られる前に、嫁が欲しい。まさかの時の跡継ぎを手に入れたい、という腹づもりなのだろう。もう十九だ。大人のそのくらいの思惑はわかる。

私はまるで、ギリシア神話の生贄《いけにえ》だ。ポセイドンの怒りを鎮めるために岩礁につながれるアンドロメダ。いや、そんな美しいものじゃない。

かえるの花嫁だ。

式の日取りが決まったのに、まだ相手の顔もわからないと嘆いていたヒチャちゃんだって笑うだろう。ヒチャちゃんは町内にお嫁入りしたのだが、お姑《しゅうとめ》さんが厳しい人らしく、なかなか会うことができない。密かな文通によると、ヒチャちゃんの旦那様は「上原謙にほんの少し似ている」のだそうだ。

自由恋愛なんて映画や小説の中だけのこと。そう考えても、昭子は本当に好きな人と結婚したかった。

編み針を手にとって煙管《キセル》に見立て、マレーネ・デートリッヒみたいに口にくわえてみた。

「どうせあたしは籠の鳥」

そう呟《つぶや》いて、ふわりと煙草のけむりを吐く真似をする。父親は祖父とは大違いの堅物だ。こんな姿を見られたら、頰を張られてしまうだろう。
「いいのさ、あたいを捨てた親なんぞ、地中海の向こうに置いてきたのだから」

三

点滴で入れた薬が効いたのか、バァバの血圧は少しだけ上がった。お医者さんは「一時的なものです」と意地悪なことを言うけれど、まだまだだいじょうぶ、と真樹は自分に言い聞かせている。小柄で痩せているが、癌が見つかるまでは病気らしい病気もしない丈夫な人だった。もしかしたら、奇跡が起きて、目を覚ますかもしれない。

パパは七時過ぎになってようやく病室に駆けこんできた。入れ替わりに真樹は病室を出て、救急入り口から外へ出る。和也《かずや》にメールを打つためだ。

『ごめん、土曜の約束、NGにして』

いつもみたいに絵文字や写メは使わない。そんな気分にはとてもなれなかった。三分も経たないうちに、大量の返信が戻ってきた。男のくせにメールの早打ちが得意なのだ。

『残念～っ。真樹に見せたかったよ、俺の名演技。つーても今回もセリフなし。地球でオレオレ詐欺に手をそめる金星人Cの役だからね。Bなら短いセリフがあるんだけど。

ところでドタキャンの理由は？　仕事忙しい？（なわけないよな）東京遠くてヤダ？』

バァバのことは和也には話していないからしかたないのだけれど、この軽さ、二十七歳の男としてどうなんだろう。いまの真樹には苛立《いらだ》たしかった。市役所では、二十七の男は半分おじさんだ。

和也とは東京で知り合った。最初に会ったのは、女子大の演劇サークルに入っているコから誘われた飲み会。和也は学生の間では有名だったらしい学生劇団の団員だった。

返事を打とうかどうか迷っていると、またメール。

『次の公演予定は来月の第三土曜と日曜。なかなか貸してくれるハコがなくてね。それには来てくれる？　場所の地図はパソコンのほうに送っとく』

和也は、真樹が三年の時に、六年間在籍していた大学を中退して、プロの劇団の団員になった。プロと言っても、金星人がオレオレ詐欺を働くなんて内容のお芝居をやっているところだ。全員が演劇だけでは食べていけないインディーズ。

和也は昼間だけコンビニでバイトをして、夜はハコ（劇場のことだ）がなかなか見つからない芝居の稽古。それが終わると仲間と格安居酒屋で飲み会。真樹も何度か同席したけれど、みんな大きな夢ばかり口にする。市役所の同僚や上司が聞いたら、鼻先で笑うだろう。

友だちは誰もが言う。

「そういう男とは別れたほうがいいよ」「将来性ないじゃん」「生活力ゼロ」

はっきりとは言わないが、言葉の前には、こんなひと言がつけ加わるんだろう。「結婚するには」

ついこのあいだまで、結婚なんて、ストッキングの商品名より話題にならなかったのに、最近、真樹の女友だちは、言葉のはしばしに「結婚」っていう見えない前置詞を置くようになった。高校時代からつきあっている田舎の友だちグループは特にそう。今年、グループの中から初めて、結婚したコが出たからだろう。そのコは中学生の時からずっとつきあっていたフリーターの彼氏から、合コンで知り合った一流企業のサラリーマンに乗り換えた。「したたかだね、あのコは」と言いながら、みんな少なからず動揺している。

まだ二十三だから、なんて言葉は、田舎に帰ると通用しない。恐ろしいことに、真樹にもすでに見合い話（！）が来ているらしい。東京と違って、いつまでも独身だと、女も男も暮らしづらいのだ。適齢期と呼ばれる年齢も東京より確実に三、四歳低い。

和也はいいヤツだ。ちょっとお調子者だけれど、四年間つきあっていて、一緒にいるのを苦痛に思ったことはたぶん一度もない。バァバのセリフを借りれば「われナベにとじブタ」だ。

それはわかっていても、ときどき真樹も思う。

そろそろ潮時かもしれないって。和也との十年後を考えると、自分でも唖然《あぜん》とする。何も進展がない気がする。あるいは真っ白。

返信メールは、ついついきつい文面になってしまった。こんな時にのん気な（事情を知らないのだから、とんだ八つ当たりなのだけれど）メールを送ってくる和也に少々頭にきていたせいもあった。

『来月の公演も行けないと思う。せめてセリフのある役がついたら声をかけて』

送信ボタンを押したとたん、後悔した。何度もクリアボタンを押したけれど、『送信しました』の表示が出てしまった。ああ、あたし、嫌な女だ。

四

最近の昭子は、お百度参りと称して、家から一キロ離れた日方《ひかた》神社に三日に一度は通っている。女学校を卒業してからは、勤労奉仕で工場へ駆り出されるぐらいで、他に外へ出る機会がない。家に居れば居たで、繕い物や、掃除や、裏庭につくった畑の世話、するべきことは限りなくあるのだが、両親とはできれば長く顔を突き合わせていたくなかった。話を始めれば、話題が例の縁談のことになるのはわかりきっているから。

神社へは女の足で、片道三十分はかかるが、昭子には恰好の気晴らしだった。

表向きは、ちい兄ちゃんの武運を祈って。無事を祈ってはいけない。女学校の校長先生はそう言っておられたが、昭子は無事を祈る。男たちは戦争で死にたがるけれど、女たちは（国防婦人会の会長さんだって、きっと本当は）、たとえお国が戦争に勝ったって、自分の子どもや夫や親や兄弟には死んで欲しくない。

神社の石段は急勾配でひどく長い。秋めいてきた今日はいいけれど、残暑が厳しかったこの間までは、汗だくになってしまうほどだった。赤とんぼを追いかけるように昇り続ける昭子は思う。じつは自分はちい兄ちゃんではなく、健一さんの無事をお願いしに来ているのではないだろうかと。

健一さんが出征したのは、去年のいま時分だ。ヒチャちゃんから消息を聞いたのは一度きり。元気でやっているという手紙が届いたという話だけだ。手紙は外地からのもので、場所を記した箇所は軍極秘を守るために、すべて黒く塗りつぶされていたそうだ。

鈴が消えてしまった鈴緒《すずお》を振り、手を合わせてから、お賽銭《さいせん》箱へ一銭玉を投げ入れる。境内《けいだい》は森閑としていた。町外れの深い森に囲まれたお社だから、もともと人の多い場所じゃない。毎年、夏祭りの夜だけ賑わうのだが、御神輿《おみこし》の金物が軍事用に供出されてしまい、今年はそれも中止になった。神国日本を守るためには、神様も欲しがりません勝つまでは、なのだろう。そのせいなのか、秋の初めの風が吹く境内は、いっそう寂《さび》れて見えた。

神社の石段のかたわらには、くすのご神木が立っている。ご神木のかたわらに石段がある、と言ったほうが正しいかもしれない。それほど大きな木だった。

子盗《こと》りの木。土地の人たちは、そんな薄気味悪い名前をつけているくせに、お参りの帰りにこのくすを撫《な》ぜて、体の障《さわ》りがある箇所に手をあてていったりする。精気をもらえるのだそうだ。昭子も何度か試したことがある。その時は決まって、木を撫ぜた手を自分の鼻にあてる。デートリッヒみたいな高い鼻になれますようにという願かけ。

でも、夏でもひんやりしている木肌と、冬でも青々としている繁り葉に、昭子はいつも思う。精気をもらうというより、誰もがこの木に精気を吸い取られているんじゃないかと。

神社へお参りする本当の理由は、このご神木。ここでヒチャちゃんに手紙を出す。あるいは受け取る。お姑さんにお財布を握られていて、切手代にも顔をしかめられるというヒチャちゃんのために、昭子たちでも手の届くところにある洞《うろ》を、郵便ポストがわりに使っているのだ。昭子たちは『日方ポスト』と呼んでいた。

昭子は前回手紙を出した時、心の裡《うち》を気どられないように（たとえ親友にだって、恥ずかしくて言えるわけがない。あなたのお兄さんに恋をしているかもしれないなんて）それとなく遠回しに、健一さんの近況を尋ねる文章を書き添えていた。ヒチャちゃんからの手紙は月に二通ほどだが、そろそろ返事が来る頃だった。

いつもの洞に手を差し入れると、思ったとおり、封筒が一枚。

でも、手に取ったそれは、いつもの手紙じゃなかった。宛て名は昭子になっているが男文字。入っていたのは事務用の便箋だ。短い文面だった。手紙というより伝言。たった一行、こう書かれていた。


日曜の午後二時、日方神社の境内でお待ちしています。

K

昭子は直感した。

健一さんだ。昭子の知る男の人に、ほかにKが頭文字の人はいない。

健一さんの出征を見送った直後の、ヒチャちゃんの涙まじりの言葉を思い出した。

「寂しくないよ。お兄ちゃん、来年のいま頃には帰ってくるもの。入隊して一年経ったら休暇が貰《もら》えるそうなんだ」

その時は私を呼んで。喉まで出かかったその言葉を、はしたないって、自分で自分をたしなめて、ようやく呑《の》みこんだのを覚えている。

ああ、健一さんが帰ってきたんだ。

# 五

午前三時。真樹は夜道にスクーターを走らせていた。視界はぼやけている。家々の屋根や、遠くの山々の影法師が滲《にじ》んで見えた。涙のせいだ。

血圧が下がったのは突然だった。すっかり耳慣れてしまった機械の更新音とほぼ同時に、人工呼吸器が警戒音を発しはじめ、顔を強張《こわば》らせたお医者さんと看護婦さんが病室に入ってきて、真樹たちは病室の外へ追い出された。

再び部屋へ呼ばれた時には、バァバの容体を示すデジタル数値は、かぎりなく0に近づいていた。お医者さんが腕時計に目を落として、それから真樹たちに言った。

「ご臨終です」

なんだか詐欺にあったみたいだった。

バァバが死んじゃった。

信じたくなかった。だが、頬を伝う間もなく後方に飛び去っていく涙が、真樹を現実に引き戻す。真樹はきわめて現実的な理由のために走っていた。何も知らずにお得意さんとお酒を飲んでいたという役立たずのパパのかわりに、バァバの着替えを取りに行くのだ。何をどうしていいかわからない混乱した真樹たちは、看護婦さんに事務的な口調で告げられた。

「おばあちゃまには、患者服を普段着に着替えてから、病院を出ていただきます」

パパが泣く姿を生まれて初めて見た。パパの腕を取るママの姿を見たのも久しぶりだった。

お姉ちゃんはマサトさんの腕にすがりついていた。すがりつくべき相手がいない真樹は、誰かさんの手を握るみたいにスクーターのグリップを握り締めて、泣きながら走り続けた。

真樹の家は、病院のある町中より奥まった山側にある。バァバは戦争が終わった後も、おじいちゃんと暮らした家に住み続けた。おじいちゃんの思い出がつまっている、というほど二人は長く暮らしていなかったはずだし、親が決めた結婚相手にそんな深い愛情があったとも思えない。いま考えると不思議だ。おじいちゃんが戦死したとたん、おじいちゃんの実家は冷たくなったそうだ。それへの当てつけだろうか。

深夜、家族がいない真っ暗な家に入るのは、ふだんなら不気味だろうが、今日は怖いものなしだ。バァバの幽霊なら出てきて欲しいぐらいだった。

バァバの六畳の和室の片隅には小さな鏡台がある。ママの言葉どおり、その脇に紙袋があった。入っていたのは、バァバがお気に入りだったブラウスとスラックス。お医者さんに忠告されて用意したのだろうけれど、死ぬのを待っていたみたいで、なんだか腹が立った。ベッドの前でもっと顔を見ていたかったのに、自分だけ使いっぱしりをさせられていることにも。

急いで病院へ戻ろうとして、気が変わった。

そうだ、お化粧もちゃんとしてあげよう。

帰省するたびに色が変わる真樹の口紅や、長くなっていったまつ毛に、バァバは眉《まゆ》をひそめていたけれど、考えてみたら、バァバだって、真樹が中学生の頃までは、この鏡台の前で顔にファンデーション――白粉《おしろい》って呼んでたな――をはたいていた。

いつか家族全員で写真を撮ろうとした時も、こんな顔じゃ嫌だよ、そう言って、ここで口紅をつけて戻ってきたことがあった。パパに「変わりゃしないよ」って笑われて、ムッとしていたっけ。

そうだよ、バァバだって女だったんだ。真樹が小学生の頃は、ママがパパの事務所で働いていたから、バァバが塾に行く真樹を送り迎えしてくれた。あの時、いつも思っていた。バァバ、やけにきれい。口紅が赤いって。いま考えれば、塾の先生はバァバと同年代で、なかなかハンサムなおじいさんだった。

黒い木製の鏡台の引き出しを探った。片袖に上下二段。お節《せち》のお重みたいな、小さくて可愛らしい引き出しだ。

一段目に、口紅が一本と簡素なコンパクト。ピン留めが入った壜、ブラシ。化粧道具と呼べるものはそれくらいしかない。

これだけでいいのかな。これじゃあまるで和也の舞台化粧セットだ。少し深さのある二段目の引き出しを探ってみた。

中にはいろんなものが入っていた。

真樹が幼稚園の頃に描いたバァバの似顔絵。髪を黒く塗りつぶしているから、いまみたいに白髪が多くなかったのだろう。

小学校の遠足の時、お小遣いをはたいてお土産にした、お猿のキーホルダー。

お姉ちゃんが新婚旅行先から送った絵はがき。

姉妹二人で七十歳の誕生日プレゼントに贈ったネックレス。ぜんぜん使ってくれないから、気に入らなかったのだと思っていた。化粧箱のリボンが結び直してある。大切にしまっていてくれたんだ。

また涙が出てきた。

鏡台の下の引き出しは、バァバの思い出の堆積場だった。引き出しひとつ分。少なすぎる気がする。

小さな木箱の中身は、ひからびた植物のつるみたいなモノ。パパのへその緒だ。いままでだったら、ゲーッと呻《うめ》いてすぐに蓋をしてしまうだろうけれど、それすらいとおしく思えた。あのパパが赤ちゃんだったなんて信じられない。可愛かったんだろうな、バァバには。

漆塗りの箱に、おじいちゃんの勲章。たぶん戦死してからもらったものだ。

さらにその下には、輪ゴムで結《ゆ》わえた紙束。なんだろう。そうとう昔のものだ。

古い映画のチラシだった。セピア色なのは変色してしまったためらしい。

暇休の間日七？

いちばん上の一枚のタイトルに首をかしげてから、横書き文字が右から左に書かれているのだと気づいた。ということは、戦争前のもの？

『巴里祭』『艦隊を追って』『憧れの君よ』『ジャングルの恋』

ほとんどが外国映画だ。写真も絵も、男優と女優が寄り添っている構図が多い。

戦争前の日本で、こんな映画を上映していたなんて意外だった。いや、もっと意外なのは、バァバがそれを観ていたってこと。

チラシの束の間に、便箋が挿し入れられていた。昔風の細長くて小さな封筒だ。もとが何色だったのかわからないほど色褪《いろあ》せている。宛て名はバァバの名前。

なんだろうこれ。たまたま紛れこんだのではなく、こっそりと隠してあるように思えた。

いけないとは思いつつ、封筒の中を覗《のぞ》いてみた。

ごめんなさい。宙をあおいで、バァバに謝ってから、入っていた便箋を取り出してしまった。

日曜の午後二時、日方神社の境内でお待ちしています。

K

手紙というより伝言メモだ。Kって誰？　うちの苗字は中島だ。おじいちゃんの名前は益二。どこにもKなんかつかない。

最初はバァバが未亡人になってからおつきあいをした人じゃないかと思った。長い人生だ。バァバにだって、そのくらいのことがあってもいいはず。

表書きをもう一度見て、違うことに気づいた。宛て名は『山下昭子様』。バァバの旧姓になっている。ということは——

驚いた。いっとき悲しさを忘れてしまうほど。バァバには結婚前につきあっていた人がいたんだ。

六

石段を昇る昭子の心臓は、早鐘になっていた。

ここを昇った先に、健一さんがいる。そう思うと胸が苦しくなった。時節柄、外出の時にはモンペを穿《は》かないと周囲の目がうるさいのだが、今日は、いちばん好きな桔梗《ききょう》の柄の着物だけ。髪も念入りに結ってきた。

嬉しくて、切なくて、少し不安だった。

戦局が厳しくなっていることは、昭子たち銃後の女たちにもよくわかっている。新聞やラジオの報道は、良いことばかり言うけれど、勤労奉仕のために工場へ行けば一目瞭然だ。昭子たちが縫っている兵隊さんたちの軍装が、どんどん粗末になっているのだ。

昭子が担当しているのは海軍さんの飛行服だが、最初の頃は厚手だったのに、いまはぺらぺらの薄い生地。襟につける毛皮も、まるで猫の毛だった。

健一さんは、最後の別れを告げるために帰ってきたのではないだろうか。休暇がもらえたのは、たぶん、前線に行く前か、重要な任務に就く前だからだ。最近は手紙ひとつ来ない、ちい兄ちゃんもそうだった。

ああ、君死にたもうことなかれ。昭子は、砂漠へ消えようとする恋人を追いかける、『モロッコ』のマレーネ・デートリッヒの心持ちだった。

足取りを急きすぎたのかもしれない。草履《ぞうり》の鼻緒が切れてしまった。デートリッヒみたいに、ハイヒールを脱ぎ捨てて歩き続けたかったけれど、やはりそこは大和撫子《やまとなでしこ》。足袋《たび》を汚すわけにはいかない。

石段の途中で草履を脱ぎ、片足立ちの不安定な姿勢で鼻緒を結び直そうとしていたら、背中に声をかけられた。

「だいじょうぶですか」

トーキーになって初めて聞いて、胸をときめかせた、ゲーリイ・クーパーみたいな渋い声。健一さん、しばらく聞かないうちに、声が大人っぽくなっている。昭子は恥ずかしくて、振り向くことはおろか、顔をあげることすらできなかった。あげたら、頬が染まっているのを見られてしまう。

目の前に手が差し出されていた。大きな手だった。その手を取っていいものかどうか昭子は悩んだ。はしたない女だと思われはしまいかと思って。

結局、手を取った。指が太くて、ゴツゴツした、たくましい手だった。ああ、なんだか、映画の一コマみたい。昭子は禁止されている敵性語を頭の中に思い浮かべた。ロマンチック。

「ありがとうございます」

かすれ声でそう言い、意を決して顔をあげた。ロマンチックな気分はすぐに吹き飛んでしまった。そこにいたのは、健一さんじゃなかった。丸顔のぎょろ目。

うわ、かえるさんだ。

どうしよう。これから健一さんと会うのに。よりによって中島さんと——

「あの」昭子同様、中島さんの声もかすれていた。しばらく迷ったふうをしてから、こう言った。「鼻緒、私が直します」

結構です、そう言おうと思ったら、体がよろけてしまった。中島さんの手が伸びて、昭子の肩を支えた。ほんの一瞬だけで、あわてた様子で手は引っこんだのだが、布地越しの指の感触は、昭子の体にいつまでも電流を走らせた。

中島さんは手拭いを取り出し、汚れていないことを確かめてから、石段の上に置いた。そこへ足を乗せろということらしい。勢いにのまれて昭子は素直に従う。そして、鼻緒を直してくれる大きな背中を、惚《ほう》けたように見つめ続けた。

中島さんの背中が言う。

「山下昭子さんですね」

気の毒なぐらい緊張している。声が震えていた。

「はい」

昭子の返事も震え声になってしまった。

「一度、きちんとお話ししたいと思っていました」

直してくれた草履を昭子の足もとに置いて、中島さんが立ち上がる。間近で見ると大きな人だった。石段の一段下に立っているのに、目線は昭子より上にある。といっても、二人とも意地を張り合っているように、目を合わせてはいないのだけれど。

「お手紙、失礼しました」

中島さんは確かにそう言った。聞き違いだろうか。昭子は思わずまじまじと顔を見つめてしまった。目が合った瞬間、二人揃《そろ》って顔をそらした。

昭子は顔を伏せて、石段の下を見つめていた。中島さんは——声の方角からすると、たぶん——石段の上を眺めたまま言葉を続けた。

「不躾《ぶしつけ》なことをしてしまいました。あれを書いたのは私です。川村君の妹さん——久子さんから、あそこでの手紙のやり取りの話を偶然聞いて、矢も盾もたまらず。申しわけありません」

目の隅に、軍人さんみたいに勢い良く頭を下げている姿が見えた。答える言葉が見つからない昭子に、中島さんはあらかじめ考え続けていた台本を読むように言う。

「こうでもしないと、あなたに会っていただけないのではないかと思って……」

昭子はようやく声を発した。

「でも……Kって」

「かえるのKです。本名ではあなたが気後れされると思いましたので。私がかえると呼ばれているのは、久子さんから聞いてます」

大まじめな口調で言うから、思わずくすりと笑ってしまった。中島さんが目を合わせてくる。昭子も今度はそれを受け止めた。

「このたびの結婚話は両親が言いだしたことです。でも、相手があなただと知った時、私はとても嬉しかった。自分はなんと幸運なのかと。なぜなら私は前々から——」

中島さんはそこで口をつぐむ。せっかく目が合ったのに、二人はまた石段の上と下に視線を戻してしまった。昭子は石段の下の鳥居を意味もなく眺めながら、自分の高鳴る心臓の音を聞いていた。曖昧《あいまい》な言葉とはいえ、男の人に好きだと言われたのは、生まれて初めてだった。

「あなたが私をどうお思いなのか不安でした。なにしろ、かえるですから。どうしてもお嫌なら、お話はなかったことにしていただいて構いません。あなたに嫌々、お嫁さんになっていただくことは、あなたと結婚できないことより辛いですから。でも、とても嫌ではなければ、その前に、私のことを知っていただきたくて……」

中島さんはずいぶん口ごもってから、意を決した調子で、こう言った。

「私は、恋愛というものの経験がありません」

私もです。昭子も思わず口走りそうになった。はしたないと思って我慢したが、私も、というかわりに、中島さんの顔を見つめた。相手がこちらを見つめ返してくるまで。山からの風を冷たく感じるほどの陽気なのに、中島さんはうなじに汗をかいていた。

「恋愛してから結婚したいのです。一度ぐらいは逢い引きなるものをし、きちんとプロポーズを行い……」

いい人だ。素直に昭子はそう思った。しかも、よくよく見ると『望郷』のジャン・ギャバンに似ている。ほんの少しだけだけれど。

「これを初めての逢い引きにしたいのですが、よろしいでしょうか」

なぜだろう、太いうなじに光る汗を眺めているうちに、するりと答えが口をついた。

「はい」

逢い引きと言ったって、口さがない町の人の目が届かない場所は、神社の境内しかなかった。

着物の女の歩幅に合わせて、境内をゆっくりと歩く中島さんにつき従いながら、昭子は思った。

洋画みたいな派手な恋じゃないけれど、自分は初めて本当の恋をしはじめているのではないかと。女学生の恋に焦がれる恋ではなく、いまの時代、どれだけ続くかわからないけれど、一緒に人生を歩むための恋。

中島さんの広い背中を見つめて考えた。これから少しずつ好きになればいい。いろんなところを。とりあえず、この人の大きな手を、私は好きだ。

昭子はいままで想像することが厭《いと》わしかった、自分の文金高島田を夢想した。

隣には、かえるさんがいる。かえるの王子様だ。

思っていたほど悪い想像じゃなかった。

# 七

日方神社というのは、真樹たちが住む町のはずれ、新興住宅地を造成中の丘陵地帯にある。

もう神社と呼べるのかどうかわからない。もともとはこの土地の鎮守様だったらしいが、真樹が小さい頃からずっと放置されたままで、いまはお化け屋敷みたいな姿になっている。

病院へ戻る途中、遠回りをして、神社の石段の下に寄ってみた。真夜中は車すら通らない寂しい場所なのだが、バァバの青春時代の――そして間違いなく恋の――思い出の場所を見に行きたくなったのだ。

スクーターを停めて、闇の中に続いている長い長い石段を振り仰いだ。バァバが恋人に会うために、せっせとあの石段を昇っていたと思うと、なんだか胸がきゅんとすぼまった。

バァバにも真樹と同じ時代があった。そして恋をしていた。考えてみれば、あたり前のことだ。いままで気づかなかったのが不思議なぐらい。

それから和也のことを考えた。もしパパとママに紹介したら、百パー眉《まゆ》をひそめられるだろうけれど、映画好きで、俳優さんが好きだったらしいバァバになら、和也を認めてもらえる気がした。

そうだよ、損得抜きだ。いま自分がいちばん好きな人と一緒にいられればそれでいい。長期計画なんて市役所のコピー取りの書類の中だけでいい。好きでもない人と結婚させられて、子どもを押しつけられるように死なれたバァバに比べたら、自分はとても幸せ者だ。これ以上、何を求めるの。

空がほんの少し明るくなってきた。石段の上の大きなくすの木のシルエットも、ほのかに薄くなっている。

県の天然記念物に指定されそこなったうえに、いまは厄介者扱い——少し前にも枯れた大枝が落ちて、真下にいた人が怪我をし、同じフロアの「あれこれ相談課」が大騒ぎをしていた——の老木だけど、あの木には亡くなった人の霊が、人魂になって集まるという言い伝えがあるらしい。まだ幼かった頃に聞いた話で、真樹にはホラーにしか聞こえないのだけれど、いまはそれを信じてみたくて、しばらくの間、梢《こずえ》に目を凝らした。

人魂どころか、くすの木は少しずつ昇ってきた朝日に、恐ろしいほどの数の葉を光らせはじめた。まるでイルミネーションみたいに。

真樹は、神様も仏様も信じないし、自分の家の宗派も知らないが、墓標にそうするように、くすの木に手を合わせた。

どうぞバァバが天国へ行って、幸せに暮らせますように。

それから、バァバの秘密の手紙を思い返した。なんともう一通が、チラシの束のさらに奥から出てきたのだ。

こちらは可愛らしい花柄の便箋で、宛て名は「K様」になっていた。これこそ動かぬ証拠。

バァバから相手の男の人への手紙だ。また宙に謝ってから、文面も読んでしまった。昔の人にしたら、けっこう過激な内容だと思う。おじいちゃんもパパも知らなかっただろうバァバの秘密の恋文だ。

不思議なのは、バァバへ宛てた手紙に切手が貼られていなくて、消印スタンプも押されていないことだ。いくら大昔だって、郵便局はあっただろうに。バァバの書いた手紙は出さずじまいだったのだろうけれど、こちらはなぜか、一度閉じた便箋の封が開けられていた。秘密の手紙は最後まで秘密だらけだ。

あれほど悲しかったのに、朝になったらお葬式の準備が始まるというのに、いつしか真樹の涙は止まっていた。バァバの人生が幸せだった証《あかし》をひとつだけ見つけたからかもしれない。

女同士の情けだ。納棺の時、花と一緒にこっそりあの二通の手紙を忍ばせて、証拠を湮滅《いんめつ》してあげよう。そう考えると、悲しいはずのお葬式が、最悪ではないように思えてくる。

スクーターを走らせる前に、和也へ連絡した。声が聞きたかったけれど、メールで我慢する。この時間ではさすがに、演劇仲間とろくでもない夢を語り疲れて、酔いつぶれて、本物の夢を見ているだろうから。

八

神社での一と時、楽しゅうございました。

貴方のお人柄に触れて、貴方に惹《ひ》かれている自分に驚いております。

たとえ短いあいだとなっても、貴方と居られるのなら、幸せだといまは心からそう思えます。

どうぞ昭子をよろしくお願い申し上げます。

九

To　カズヤ

Ｓｕｂ　さっきはゴメン
来月の公演、やっぱり観に行く。金星人Ｃ、がんばって。次はめざせ、Ｂ！

# 落枝

一

冷し中華を食い終え、ネクタイをゆるめてシャツの中の汗を乾かしながら職場へ戻ると、課長に声をかけられた。

「星君、ちょっと」

ろくな話でないことは、顔を見ればわかる。いつも沈鬱《ちんうつ》な面持ちのこの五十男から、楽しい話を聞かされることはめったにないが、責任をかぶせる人間を探しているふうに泳いでいる目つきからすると、おそらく「緊急事態《ER》」発生だ。

トラブル自体は、雅也が勤める職場では珍しいことではなかった。それを処理することが仕事と言えるかもしれない。なにしろ市役所の「あれこれ相談課」だ。

あれこれ相談課では、ルーティンのマニュアルで対処しきれない案件は、みんな緊急事態だ。課の若い連中は、医療ドラマのタイトルを真似て、ＥＲと呼んでいる。「緊急救命室」という意味ではなく「えらいこっちゃ、ろくなことない」の略だそうだ。

「またあそこだよ。これで何度目だ？」

課長がそこだけ語気を強めた「あそこ」という言葉も、あれこれ相談課の隠語になりつつある。どこなのかはすぐにわかったが、自分からは口にしなかった。雅也にとってその場所は、あまり口に出したい名前ではないからだ。

「ことりの木だよ」課長が言わずもがなだろうという顔で言う。「落枝《らくし》だ。折悪しく——あそこは折悪しきことばっかりだがね、ちょうど下にお年寄りがいたんだ」

落枝。簡単な言葉をややこしく言い換えるのが役所の習い性。要するに、木から枝が落ちたのだ。

「怪我の具合は？」まさか、死亡事故？

「いや、いきなり目の前に落ちてきて、驚いた拍子にころんだんだそうだ」

なんだ、脅かさないで欲しい。

「……ころんだだけで、うちに話が来ちゃったんですか」

「ころんだだけじゃない。なにせお年寄りだから。打ち身が酷《ひど》くて歩けなくなって、病院に運ばれたそうだ」課長は自嘲気味に、同じせりふを繰り返す。「打ち身だよ、打ち身」

田舎の役所仕事だから、テレビ番組のＥＲのようなドラマチックな要素などどこにもないのだが、みんながドタバタ右往左往するところは、テレビドラマと一緒だ。

「なんで、いつも面倒事が起きるんだろう。方位が悪いのかしらねぇ。なぜ――」名前を呼ぶのもいまいましいと言わんばかりに、また課長が語気を強める。「あそこでばかり」

ことりの木というのは、市内にあるくすの巨樹につけられた愛称だ。市の北部に広がる低山帯のとば口に立っている。

環境保全係の調査によれば、樹高は二十八メートル。幹周り十二・四メートル。樹齢は推定千年。くすとしては県内随一の樹齢と大きさで、めぼしい名物も名産もないこの市では、以前から、地域のシンボルにしようという試みが続けられている。

だが、何をやってもうまくいかない。山間と言うほどではないが、住む人間も訪れる人間も少ない場所であるのが原因だろう。

そこで、去年、地域振興課が低山帯にハイキングコースを整備した際に、このことりの木をスタート地点に指定した。

市民ホール並みの広さがある木蔭のあちこちにベンチを配し、近くに公衆トイレを設け、このくすの木がいかに貴重な存在であるかを説明した看板を立てた。そのかいあって、少しずつ訪れる人々が増えてきてはいる。

だが、あれこれ相談課に言わせれば、それが裏目に出てしまった。整備が完了した今年度初めから、ことりの木とその周辺に、数多くの苦情が寄せられるようになったのだ。

「子どもが池に落ちた。危険だからなんとかして欲しい」それが最初の案件。ことりの木へ続く遊歩道の脇に、子どもには背が立たない深さの池があるのだ。

相談課では寄せられる住民の声をすべて「案件」と呼んでいるが、要するにクレーム。確かにあそこには過去に一件水死事故の例がある。さっそく柵を高くし、立ち入り禁止の看板を立てたのだが、かえって子どもの好奇心をそそってしまったのか、同じクレームが三度続いた。三人目の子どもが救急車で病院に運ばれた後、池を工事用フェンスで覆うことになった。

落枝も今回が初めてじゃない。ゴールデンウィーク中に、おとなの腕ほどの太さの枯れ枝が落ち、遠足に来ていた幼稚園児を直撃した。幸い軽傷ですんだのだが、ことりの木に対する人々の目が冷ややかになったのは、たぶんこの時からだ。

その次は、落雷。ことりの木の下で雨宿りしていた初老の男性が被害に遭った。雅也もこの時、初めて知ったのだが、雷が発生した時、大木の下へ避難するのはかえって危険であることが多いらしい。雷などいつどこに落ちるか知れたものじゃないのに、市ではわざわざ立て看板にこんな項目を加えた。『落雷時に木のそばに近寄ると危険です』

夏の初めには青虫が大量発生した。クスノキ科の植物を常食にするアオスジアゲハの幼虫だ。特に実害があるわけではなかったが、全長四、五センチはあるグロテスクな姿が嫌われたのだろう。糞《ふん》がベンチを汚すという理由で駆除が行われた。

七月からはスズメ蜂の被害が続出している。

スズメ蜂の巣の処理は、あれこれ相談課の最大の仕事だ。三年前に課が新設されて以来、毎年、相談件数はダントツの一位。

もちろん雅也たち課員が直接駆除するわけじゃない。相談課の仕事は、巣がある場所が個人住宅かどうかを確認すること（事業所またはマンション等の共同住宅だった場合は受理しない規則になっている）。そして指定業者に連絡すること。課が新設された時のマニュアルでは、課員が立ち合うことになっているのだが、なにせピーク時には一日五件を超える。いまでは有名無実化していた。

なぜか今年の夏は、ことりの木とその周辺に発生が集中した。まるで誰かが蜂を集めているかのように。

ことりの木自体に巣がつくられることもあったし、この木の眷属《けんぞく》のごとく周囲に立つ、タブノキやシロダモといったクスノキ科の樹木である場合も少なくなかった。

最も発生件数が多かったのが、日方《ひかた》神社だ。ことりの木のかたわらに建っている無人社。もともとことりの木は、ここのご神木だから、本来は神社のかたわらにくすの巨樹があると言うべきなのだろうが、無人のまま長く放置され、すっかり朽ち果てて、いまや木の根に寄生している茸《きのこ》と変わらない存在だ。廃墟と化した社は、スズメ蜂たちの恰好の巣作りの場になっている。

「お祓《はら》いしてもらったらどうなんだろうね」

お祓いが必要な神社——課長の顔は大まじめで、自分の言葉が皮肉なジョークになっているとに気づいていないようだった。実際のところ、まんざらジョークとも言えなかった。そもそもこの日方神社も問題の種のひとつなのだ。

県の神社庁が何度か神職を送りこんできたが、みな長続きしない。最後の切り札と目された、東京出身の若く熱心な神主は、単身で住みこみ、自らの手で建物の補修を行い、地域住民に積極的に働きかけて、神事を再開したのだが——

神社から少し下れば、民家や学校もあるが、夜は人の姿が消える場所だ。「都会育ちの人が、あそこで一人で暮らすのはきつかろう」近隣の人々の予言どおり、結局、一年ともたなかった。心の病に冒されてしまったのだ。

ことりの木も含めて、周辺の土地は市が買い上げているのだが、政教分離の観点から、所有が許されない本殿付近だけが、ぽつりと社有地として残されている。日方神社の移転話は雅也が市役所に入庁した時から、何度も持ち上がっては消えていた。

ようやくスズメ蜂の季節が終わったと思ったら、二度目の落枝。課長でなくても思う。

「方位が悪いんじゃないのか」と。

課長が急ぐ必要もない書類に、忙しげに決裁印を押しながら、雅也に上目遣いを向けてきた。

「警察も顔を出してる。うちもしかるべき人間を出さないとねぇ」

しかるべき人間というのは、もちろん課のナンバー・ツーである係長の雅也のことだ。

「お願いできるかな、星君。あそこは君の家の近くだし」

近いというほどでもない。まだ神社に神主一家が住んでいた頃、境内《けいだい》の隣で経営していた幼稚園に通っていたのは事実だが、送迎バスで十分もかかる場所だった。

「しかし、あそこのことなら、地域振興課が行くべきでは——」

「まぁ、前回のこともあるから」

たぶん役所内をたらい回しにされて、相談課がババを引くことになったんだろう。そして課内でババを引かされるのは、たいてい実務の責任者である雅也だ。

あれこれ相談課は、三年前、市長の肝煎《きもい》りで新設された部署だ。要はひところブームになった「すぐやる課」の模倣だが、遅ればせながら設けられることになったのは、なんのことはない、隣の市の同様のセクションが話題となり、その活動ぶりが全国ネットで放送されたからだ。それを見て歯嚙《はが》みをしたらしい市長の鶴のひと声で、設置が決定した。

名称が「あれこれ相談課」になったのは、他の自治体との差別化をはかるというのが表向きの理由だが、実際にはもっと切実なわけがある。

一時期、全国各地の自治体に広がった「すぐやる課」のムーブメントが尻つぼみになってしまったのは、住民に「なんでもやる課」と誤解されて、庭の草むしりや夫婦喧嘩《げんか》の仲裁などという、お門違いの面倒事まで持ちこまれてしまうことが多かったからだ。

だから、「すぐやる」のではなく「とりあえず相談を受ける」。当初は「なんでも相談課」という名称になる予定だったのだが、これも誤解を招きかねないと、「あれこれ」に変更された。すぐやる課は本来、評判の良くない「お役所仕事」を変革するのが目的のはずなのだが、この市の場合、設立当初から、役人根性丸出しでつくられていた。

雅也が振り向くと、課員たちの誰もが視線をそらした。「一緒に来てくれ」と声をかけられ、面倒事をかぶるのはご免、というわけだ。

いいよ、一人でいくから。履き替えたばかりのスリッパを脱ぎ、靴に足を突っこむ。それを待っていたように、忙しいふりをしていた課長の手が止まった。頬杖をついて、垢抜けない広報用ポスターが貼られた壁に向けてため息をつく。

「日方神社は、知将長田《おさだ》信昌《のぶまさ》が見返《みかえり》峠で浅子氏と戦った時、武運を祈願したという由緒あるところなんだがねぇ。この時、信昌は齢《よわい》二十四。満年齢ならまだ二十二、三だよ。たいしたもんだ。結局、領民の安寧を願って戦《いくさ》に臨んだ信昌が勝利したわけだが」

課長は歴史マニアで、時代物のドラマや本が好きだ。特に戦国武将物。

「戦国の侍たちが、やわな現代人を見たら笑うだろうなぁ。命より名を重んずる。忠に殉ずる。そんな時代を考えたら、年寄りの打ち身ひとつで空騒《からさわ》ぎをしているなんて、噴《ふん》飯《ぱん》ものだよ。そんなに残り寿命が惜しいかねぇ。武士道とは、死ぬことと見つけたり、ちゅうてね」

誰も聞いていない講釈に背を向けて、雅也は職場を出た。

二

山道を駆け登りながら、千代丸《ちよまる》は頭の中で同じ言葉を繰り返していた。

「ちくしょう、ちくしょう」

クラが連れていかれたのだ。昼すぎに刀や槍を持った男たちが、いきなり村に押しかけてきた。長田方の侍たちだ。

千代丸の村は、長田と浅子、双方の領地の境目にある。年貢を両方に納めているから戦になっても案ずることはない、名主様はそう言っていたのだが、とんでもなかった。若衆たちが戦ったが、なすすべもなく、半数が斬られ、突かれ、殴られて殺され、逆に村にある武器もすべてかっさらわれてしまった。

一緒に馬小屋に隠れていた爺《じい》さまが、念仏を唱えながら言っていた。昔は百姓も侍もなく、川の水や山の境を巡って、皆で戦った。百姓も刀や槍の扱いをよく知り、お侍も鍬《くわ》を持って田を耕した。そうした世の中がもうすぐ終わっちまうのだと。

村には合戦があるたびに刀を担いで出向く若衆や、本雇いの足軽に取り立ててもらうために村を出ていく者もいるが、千代丸はごめんだ。侍どもは百姓やよその土地《クニ》から掠《かす》め盗《と》ることしか考えていない。

侍と言ってもほとんどが足軽だが、奴らは戦に明け暮れているから、強い。人を殺し慣れていた。あっというまに刈ったばかりの稲をかっさらい、畑を荒らし、馬をぶん取り、女たちを奪っていった。クラもだ。

奴らは若い女が大好きだ。クラは千代丸とおない歳で、ことし十四。

残った村人たちが浅子の山城《やまじろ》に逃げる途中で、千代丸はみんなの列の中から抜け出した。クラを助けに行くためだ。

クラのおっ母《かあ》は、クラのことは諦《あきら》めてしまったようだ。千代丸のおっ母に腕を取られて、よろよろと山城へ歩いていった。クラのお父《とう》は馬を守ろうとして、人相がなくなるまで槍で突き殺されちまったし、他にも五人の子どもがいるからだろう。

だが、千代丸は諦めない。戦の時に攫《さら》われた人間は、人買いに売られてしまうと聞いた。人を高く買うバテレンの手に落ちて、南蛮へ連れて行かれるそうだ。

南蛮。村の外へ出たことがない千代丸にとって、そこは地獄と同じぐらい恐ろしい場所に思えた。そんな所へクラを行かせるわけにはいかない。

クラは泳げない。水が怖いのだ。川で体を洗う時だって、腰より上に水の来るところには行かない。海の向こうへ行く船なんかに乗っけられたら、そのとたんにおっ死《ち》んじまうだろう。

待ってろよ、クラ。いま行くから。

泣くなよ、クラ。必ず助けるから。

居場所はわかっている。鎮守様のところだ。クラを俵みたいに担いでいった侍が、笑いながらこう言っているのを、馬小屋で聞いていたのだ。

「ほーい、いまから鎮守で酒盛りだ」

千代丸はひたすら走り続けた。蓬髪《ほうはつ》をなびかせて、栗のイガに刺されたはだしの両足を真っ赤にして、目尻にためた悔し涙を後方に吹き飛ばして。

三

登りが続く道を走り続けていると、あれこれ相談課の公用車である原付スクーターが悲鳴をあげはじめた。昔からよく知っている道だ。坂のどこでエンジンが不平をこぼすかはわかっている。

雅也はこの町で生まれ育った。東京の予備校と大学に通っていた五年間を除けば、ずっとここで暮らしている。市とはいっても、人口四万人の、名前のない山々に囲まれた小さな町だ。

市役所に勤めて十八年。十二年前に結婚した妻とのあいだに、子どもが二人。どこを見渡しても、いつもと同じ稜線しかない暮らし。日々の生活に特別な不満はないのだが、ときおり自分の毎日が、昔からさんざんここで繰り返されてきた、誰かの人生をなぞっているだけに思えることがある。

エンジンの音が高くなると、高台の上にことりの木が見えてくる。風の強い日だった。一本の木というよりひとつの森に見える梢が、ゆらゆらと揺れていた。

雅也の少年時代には、石段以外に道はなかったが、二十五年ほど前、郷土史料館が造られた時に、裏手の斜面からも登れる遊歩道がつくられた。かなり遠回りになるのだが、スクーターを降りた雅也は、そちらのルートを選ぶ。

今年で四十一歳。百八段あるという長い石段を、苦もなく昇る体力はもう持ち合わせていない。

笹や低木が左右に迫るつづら折りの道をひたすら登る。前回来た時にはやかましかった蟬《せみ》の声は少ない。たくさんの死を連れて、もうすぐ季節が変わるのだ。

工事用フェンスに囲まれたことりヶ池を過ぎると、登り口の正面に、瓦が落ち、屋根にまですすきを生やした日方神社の本殿が見えてくる。奥に建つ窓ガラスのあらかたが割れた廃墟は、神主の住居でもあった社務所だ。かつての社務所と言うべきか。

登り道が終わりに近づくと、手前の木々の上に、巨樹の梢《こずえ》がぬっと顔を出す。一歩進むたびに少しずつ、謁見を勿体ぶるように、その全容を顕《あらわ》にしていく。

小学生の頃、ことりの木を題材に作文を書き、膨大な繁り葉を「葉っぱの海」と表現して、担任教師に褒められたことがある。おとなになったいまもそう思う。圧倒的な量の青黒い葉が風にうねる様子は、底知れない海に見えた。しかも真下に立つと潮騒そっくりの音がするのだ。

雅也はすぐに木から目をそらした。相談課の仕事を始めるまでは、長くここには足を向けていなかった。思い出したくない過去があるからだ。

現場には人垣ができていた。警官が二人来ている。何度もここで顔を合わせているから、すっかり顔なじみだ。一人は雅也と同じ高校の出身で、雅也と同様、剣道部に所属していたそうだ。

片手を挙げて挨拶《あいさつ》をすると、十何期か下の後輩だという若い警官が、律儀に頭を下げてきた。被害に遭った老婆のウォーキング仲間とおぼしき年寄り連中が、いっせいに好奇の視線を向けてくる。刑事と間違えられたらしい。

「この枝だよ」

よく太った年かさの警官が指さしたのは、一メートル半ほどの枝だ。だいぶ前に枝先を失った枯れ枝らしい。葉はほとんどついていない。太さは大人の両手で握りきれるかどうかといったところ。小ぶりの丸太に見えた。

「触ってもいいですか」

刑事ドラマのように手袋が必要だろうかと考えたのだが、たかが枯れ枝に、そんな配慮は無用らしかった。警官があっさりと頷く。

枯れ果てた枝は、あっけないほど軽かった。直撃したとしても、たいした怪我にはならないだろう。

樹木の寿命というのがどれほどなのかは知らないが、樹齢千年と謂《い》われるこのくすの木は、最近、めっきり弱ってきた。

山間部の手前にできたビール工場の影響かもしれない。四年前に造られたこの工場の製品は、天然水を使っているのが売りだ。工場はこの土地の天然水を汲み上げ、化学物質の混じった水を垂れ流し、メタンガスを吐き出している。誘致を焦った市が企業と取り交わした公害防止に関する協定書が大甘だったのだ。

雅也が市の職員であることはすぐにバレてしまった。老人たちの中に知っている顔があったからだ。

「なんだ、誰かと思ったら、星のところの雅也か。なにを偉そうにしてる」

「どうも」

別の声もあがる。「ああ、勲さんの息子さん。しばらく見んうちに、たいした貫禄じゃないか」

「いえいえ」太っただけだ。

「こないだも、この木の下で子どもが怪我したんじゃなかったか。お前らは何をしとるんだ」

「はぁ、すいません」

なにしろ、自分が洟垂《はなた》れ小僧だった頃を知っている人間だ。柿泥棒を見つかった時のような返事しかできなかった。これだから田舎はやりづらい。人情味が濃いと都会の人間は褒めそやすが、濃い味ばかりで暮らしていると、逆に薄味が恋しくなる。

樹木に関するクレームは、ことりの木にかぎらず、年に何度かはあれこれ相談課に持ちこまれる。

「伸びた枝が電線に引っかかっている」「家の前の木が台風になったら倒れそう」「街路樹から落ちた銀杏《ぎんなん》の実が臭い」「隣の柿の木が塀を越えている。なんとかしろ」

受理するのは公共性のある案件のみだが、課員が調査に行き（スクーターで出かけて見にいくだけだが）、問題のある木は『危険木』あるいは『支障木』に指定し、枝打ち、伐採などの措置を講ずる。

ことりの木も危険木に指定すべきだ、という意見は一度目の落枝の時からあった。怪我をした園児の祖父が、市の有力者だったのだ。しかし、その動きを嗅ぎつけた地元の環境保護団体が黙ってはいなかった。

「老木の洞《うろ》や、幹、枝などは鳥や獣の住処《すみか》となる。無用な伐採は自然遺産を失わせるだけでなく、周囲の生態系までも壊してしまう。ことりの木は、昔からフクロウが好んで巣をつくる場所であり――」

フクロウか、老人の打ち身か。

かつて農林課に在籍していて、ことりの木まではいかなくても、樹齢百年を超える樹木が、稲刈りのようにあっさり伐《き》られていくのを見ている雅也には、どっちでもいいような気がする。あいだに挟まれたこちらは、たまったものじゃない。

市の上のほうからも、ことりの木に関しては、事を荒立てないように、というお達しが下っていた。来月、市長選挙が行われる。その前に、どちらにころんでも票を減らすようなことはしたくない、というのが市長の本音なのだろう。

現市長の岸本隆司は、四年前、三十七歳の若さで初当選した。父親は有力県議で、地域有数の大手建設会社社長。田舎では名家の御曹司だ。

野心家でやり手であることは確かだが、岸本市長はけっして選挙の時にキャッチフレーズにしていた『優しさと勇気と実行力の人』などではなかった。有権者や他の職員は騙《だま》せても、雅也は騙されない。

なにしろ、岸本隆司は雅也の昔の同級生だ。小学校の低学年の頃までは、いじめられっ子だったくせに、中学時代は不良グループのボス。雅也はやつのいじめに遭い、何度も嫌な思いをさせられた。

それがいまや、ここの市長。地方公務員になったことを後悔することは少ないが、岸本の当選が決まり、やつが自分たちの長になるとわかった時には、仕事を辞めようかと、半ば本気で思ったものだ。たとえ間接的であっても、またやつの使いっぱしりになるのが腹立たしかったのだ。

対立候補は、浅子正尚。古くからこの土地で手広く事業を営んでいる浅子興業の社長だ。こちらは六十代だが、地元選出の国会議員がバックについている。今回の市長選挙は、保守系政党の派閥争いの代理戦争になっているのだ。

ことりの木自身も、こうした地方政治に翻弄され続けてきたと言えるかもしれない。岸本の父親は、この近くの出身であるために、ことりの木を有名にしたがっていた。いや、それ以上に、この木を金のなる木にしたかったのだと思う。

ここに郷土史料館が建てられたのも、岸本の父親の圧力だったらしい。工事を請け負ったのは、もちろん彼の経営する会社。

史料館は大方の予想通り、初年度から想定入場者数を大幅に下回って赤字が続き、ほんの数年で閉鎖された。最初に器ありきの計画が杜撰《ずさん》すぎたのだが、あてにしていた県の天然記念物の指定を受けることができなかったのも、廃館に追いこまれた原因のひとつかもしれない。

県内一のくすであるにもかかわらず、ことりの木が天然記念物に指定されなかったのは、おそらく指定の権限を持つ教育委員会の歴代委員長が、岸本の父親と対立関係にある派閥の人間たちだったからだ。市指定天然記念物ならすぐにでもなれただろうに、欲を張ったおかげでこの木は、無名のまま朽ち果てようとしている。

若い警官が声をかけてきた。

「自分たちの仕事は終わりました。枝を片づけてしまっていいですか」

「あ、ちょっと待って。記録のために写真を撮っておくから」

雅也がカメラ付き携帯で木の枝を写しはじめると、老人たちから不満の声があがった。ちゃんとしたカメラを使わないのが気に入らないらしい。

「役所はやる気があるのかい」

「放っておいたら、危ないわよねぇ」

「思い切って、ばっさりやっちまったほうが良くはないかね」

ご神木として崇《あが》められていたのは、遠い昔。初めてこの木を見る人間は、誰もがその大きさに驚き、圧倒的な存在感に恐れに似た感情を抱くのだが、すっかり見慣れてしまっている近隣の人間たちは冷淡なものだ。

正直に言えば、雅也もこの木の存在が疎《うと》ましかった。ごく個人的な理由だ。中学時代、岸本とその仲間たちにいじめられて、衝動的にここで首を吊って死のうとしたことがある。ことりの木を見るたびに、ふだんは心の底に押しこめている、中学生の頃の惨《みじ》めな自分が、まだかさぶたのまま残っている古傷を破って姿を現すのだ。大人になっても、君はたいして変わってないね、という顔をして。

自己陶酔しやすい年頃のお遊び。いまではそう思おうとしている。だが、まるっきりの冗談で枝にロープを結んだわけでもなかったはずだ。たまたま居合わせた子どもの悪《いた》戯《ずら》のおかげで、実際に死にかけもした。

助かったのは、落枝のおかげだ。木に「馬鹿なことを」と笑われた気がした。

あの時折れた枝の残りは、数十センチの突起となって、いまもくすの木にある。ちょうど雅也が立っている側の、高さ二メートル半ほどのあたりだ。ここへ来ても、いつも目をそむけ続けるのだが、まだそれがあることを必ず一度は確認してしまう。

折れた断面は、二十数年のあいだに、硬い瘤《こぶ》になっていた。付け根には新たな枝が伸び、前の枝と変わらない太さと長さに育っている。あの時のことは誰にも話してはいないが、ことりの木の下へ来るたび雅也は、巨樹の葉ずれの音に、自分は覚えているぞ、と囁《ささや》かれている気分になる。

風がいちだんと強まった。常緑樹とはいえ、これだけの葉の数だ。あたり一帯に敷きつめられた無数の落ち葉が乾いた音を立てて躍る。

木が葉を落とすのは、本体を守るためだと聞いたことがある。水分や栄養を無駄に取られないように。あるいは老廃物を吐き出し新陳代謝するために。樹木が作為的に葉を落とせるのなら、枝にも同じことができるかもしれない。だとしたら落枝は、この木にとって人間の排泄のようなもの。

葉っぱの海が潮騒を立てているその下で、一本の枯れ枝を危険物のように遠巻きにして、とんでもない災厄が起きたと言わんばかりに暗い顔を並べて囁き合っている人々を見ているうちに、雅也は彼らが、そして自分も、とても小さくて卑しい存在に思えてきた。巨樹の葉ずれの音が、嘲笑《ちようしよう》に聞こえるほどに。

## 四

鎮守様は深い木々に囲まれた山の中にあるが、場所は遠くからでもすぐわかる。大きなくすが目じるしなのだ。村では、子盗りの木と呼ばれている。

爺さまのそのまた爺さまたちが、ここに村をつくるずっと前から立っている木だ。天狗が棲《す》んでいる。大人たちのその言葉を、千代丸は両天秤の肥担桶《こえたご》が担げる歳になるまで信じていた。村の小さな子どもは一人ではここには近づかない。不作の年に生まれた赤ん坊や小さな子どもが突然消えるのは、鎮守様への供え物の少なさを怒った天狗が攫《さら》っていくのだと教えられた。

千代丸は子盗りの木の真下にある急坂を登っていく。沼がある道から登るほうが楽なのだが、こちらのほうが近道だ。ただし坂というより崖。まともな道はなく、笹の茎や木の根につかまらなければ登れない。

坂の途中で、馬の嘶《いなな》きが聞こえた。奴らが、いる。やっぱり、クラはここだ。

登り切ると、すぐそこに子盗りの木がそびえ立っている。

手前に祠《ほこら》があり、その奥に鎮守様がある。小さな社《やしろ》だが、奴らは藁葺《わらぶ》きの屋根が雨しのぎになると思ったのだろう。夕暮れ近い空は、黒い雲に覆われていた。でも、この雲は雨にはならない。十四とはいえ百姓をしていれば、そのくらいはわかる。

祠の陰から片目だけ出して様子を窺《うかが》った。

奴らは社の前にいた。仲間割れしたのか、奪うだけ奪って用が足り抜ける者がいたのか、人数はだいぶ減っている。全部で五人。皆、酔いつぶれているようだった。たぶん長田方がかき集めた流れ勤めの連中だ。

長田と浅子は爺さまが子どもだった頃から、このあたりの土地を争って、戦を繰り返している。このところ長田の分が悪く、長田の若殿はあちこちの村の若衆、食い詰めた百姓、ごろつきや山賊まで本雇いにしているそうで、誰でも彼でも案山子《かかし》でも集めて手勢に加えている、と大人たちは嘲《あざけ》り笑っていた。その笑っていた奴らに、村を目茶苦茶にされてしまったんだ。

山の向こうで始まった戦は、まだ続いているはずだ。どっち方につくか、ここで形勢を寝て待つつもりだろう。そういう連中だ。百姓みたいに取り決めた約束ごとを守りはしない。お天道《てんと》様や雨や風に裏切られる暮らしをしていないからだ。みなで結束しないと、空にも地にも勝てないことを忘れているのだ。

クラは、奴らから少し離れた場所に横たわっていた。子盗りの木が深い蔭をつくった森の中で、クラの藍色の着物は一点の模様のようだった。

近頃のクラは、昔よりいい着物《べべ》を着るようになった。皆が囁き交わしている、千代丸にとってあまりいい話ではない噂《うわさ》は、本当なのかもしれない。

祠の陰から飛び出そうとして初めて、千代丸は自分が素手であることを思い出した。どうすればいい。誰にも気づかれずにクラを連れ出すことができるだろうか。奴らから刀を奪えればいいのだが。

刀は若衆頭の彦太朗さんに持たせてもらったことがある。落ち武者狩りで手に入れたものだ。ずしりとした手応えがあった。これが人を殺《あや》める重さだと千代丸は思った。

その時だ。

はるか頭上で、子盗りの木の梢がざわりと鳴った。振り仰いだ千代丸の目は、繁り葉を揺らす黒い影を見た。影は人のかたちをしていた。

やっぱりここには天狗がいるのだ。侍たちを間近にした時よりも体が震えた。木の葉を騒がせて、何かが舞い降りてくる。ひっ。千代丸は小さく悲鳴をあげた。

どこをどう見間違えたのだろう。天狗が降りてきたわけではなかった。尻餅をついた千代丸の足もとに転がったのは、一本の枝だった。

鍬の柄ほどの長さで、太さは千代丸の手首ぐらいある。切り口が青々としていた。どうして幹を離れたものか、まだ生木《なまき》だ。生木なのに葉はひとつもついていない。枝というより棍棒だった。

まるで木が千代丸に、使えと言っているようだった。

振ってみる。刀を握った時とよく似た手応えがした。その感触が教えてくれた。こいつは武器になる。強く叩けば人間の骨を砕くことができる重さと硬さだ。

よし、行くぞ。千代丸は祠の陰から飛び出した。くすの枝を見よう見まねで構えて、そろりそろりと歩みを進める。

クラはこちら向きに寝ていた。眠っているわけじゃない。力が抜け、案山子のようにころがっているのだ。

着物の前がはだけ、乳房が覗《のぞ》いている。幼い頃から一緒に水浴びをしているから、クラの乳房など、いまさら珍しくはないはずなのだが、薄暗い森の中で見るその白さに、千代丸は、とんと胸をつかれた。

侍どもは大いびきをかいて眠りこけている。ひょうたんが転がり、酒の臭いが立ちこめていた。

あと五歩ほどに近づくと、クラが顔をあげた。

その顔はいつもより白く見えた。千代丸を見ても、驚きも喜びもしていない。目が木の洞になっていた。喜怒哀楽が抜け落ちた、石に彫った面のような顔だった。

どうしたんだ、クラ。

千代丸が手を取っても、クラは握り返してこなかった。その細い指と手は葦《あし》の穂と茎のように頼りない。二人で山菜採りに行く時、夕暮れの畑から帰る時、村の人間の目が届かない所では、いつも強く手を握ってくれるのに。

「いくぞ」

まだ大人のものになっていない声を、喉を詰めてむりやり低くして千代丸が囁くと、ようやくのろのろと腰をあげた。

足音を立てずに歩くのは難しかった。まだ山の木々が葉を落とす季節ではなかったが、一年中葉をつけたままに見えるくすの木も、少しずつ葉を取り替えているらしく、地面に常磐木《ときわぎ》落葉が十重二十重《とえはたえ》と敷きつめられているからだ。クラの手を取って歩くたびに、足もとがかさかさと鳴った。

ようやく子盗りの木の手前まで来た時、背後から落ち葉の鳴る音が聞こえた。うなじの毛がちりちりと逆立つ。首を縮めて振り返った。侍の一人が起き上がり、歩き出したのだ。体がふらついている。すっかり酔っていて、千代丸たちにはまったく気づいていない。

クラが悲鳴をあげた。悲しげな、獣に怯《おび》えた鹿の声だった。千代丸は両手を伸ばして口を押さえる。クラの唇は、子鹿の腹のように柔らかかった。

そこでようやく千代丸は、クラの太股《ふともも》に一筋の血が流れていることに気づいた。

「怪我したのか」

頷《うなず》くかわりにクラが下を向き、声を殺して泣きはじめた。胃の腑《ふ》が熱くなった。その熱が頭に昇ってくる。怒りで目の前が血の色になった。

「おらが仕返ししてやる」

奴らを一人ぐらいぶっ叩いていかないと、怒りは収まりそうもなかった。

クラを子盗りの木の蔭で待たせて、小便をしている侍の背中に近づいた。荘の寺に建っている笠塔婆より背丈がありそうな大男だ。頑丈そうな鎧《よろい》を身につけている。髷《まげ》を結わず、束ねただけの髪が、炎のように逆立っているのが恐ろしげだった。

すくみかけている足を、怒りが前へ前へと動かした。男の真後ろに立つ。木の枝の先が震えている。千代丸の手が震えているからだ。震える枝先で、褌《ふんどし》を直しはじめた男の肩を突っついた。

振り向いた男の酔った目が千代丸を捉える前に、体を伸び上がらせ、くすの枝を振り下ろした。眉間《みけん》を狙った。ここが生き物の急所であることは、野犬をしとめて、何度も食っているから知っている。

「ぐぇ」

侍はガマガエルにそっくりの声をあげて、白目を剝《む》く。仰向けに倒れて動かなくなったとたん、鼻から嫌な色の血が流れ出てきた。それがクラの太股の血より長く伸びるのを確かめてから、千代丸は立ち去った。

子盗りの木の先で、クラの足が止まってしまった。目の前に崖に等しい下り坂が立ちはだかっているからだ。降りるのは登るより難儀に思えた。案山子になってしまったいまのクラの足ではなおさらだ。

千代丸はくすの枝を下へ放り捨てる。自分の体の中へ封じこめるようにクラを抱きしめた。そして、斜面に身を躍らせた。

片手でクラの頭を守り、もう一方の手はクラを離さないようにしっかり腰に回す。その格好で、二人で、横向きに斜面を転がった。二つでひとつの糸車になった。

木の根に打ちつけてしまった頭を押さえて、クラを抱き起こす。

「無事か」

目眩《めまい》を起こしていたから、はっきりとはわからなかったのだが、クラはようやく笑ってくれたようだった。

坂の上で侍たちが騒ぎ立てる声が聞こえはじめた。千代丸はくすの枝を拾い上げてクラに叫んだ。

「急ごう」

二人で山道を駆け降りた。日暮れ近い道に、千代丸とクラの影が伸びている。去年まではクラのほうが背が高かった。いまは千代丸の影のほうが長くて大きい。

もどかしいほど前に進まなかった。クラの歩調に合わせているからだ。

少し前まで、蜻蛉《とんぼ》を追いかけて一緒に走っても、クラは早駆け自慢の千代丸に負けない速さだったのに、この冬と夏が二人の足を違うものにつくり替えてしまったようだった。クラの足取りは、昔より遅くなったのではないかと思うほどのろい。

背後から叫び声と鎧《よろい》の鳴る音が響いてきた。それがいまにも襟首を摑《つか》まれるほどの間合いに迫っているように聞こえて、千代丸は何度も振り返る。

二人では逃げきれそうもなかった。千代丸がここで時を稼ぐしかなかった。二十歩ぶんでも、十歩ぶんでも、たとえ吐く息一回ぶんだけでも。クラの肩を摑んで、自分のほうへ顔を向けさせた。

「お前は先に行ってろ。おらが別の方向に走って、奴らをおびき寄せるから」

木の洞だった目に、かすかに光が宿り、それが揺らいだ。クラが唇を引き結んで、首を横に振る。

「だいじょうぶ。おらの足の速さは知ってるだろ。危なくなったら、ちゃんと逃げるから。山城で会おう」

千代丸は嘘が下手なのだが、この時ばかりは、うまくつけた。やつらは弓を持っている。たぶんもうクラには会えないだろう。

「急げ、クラのおっ母、お前を案じて泣いてたぞ」

またまたうまい嘘。すっかり信用したクラが、千代丸の体を抱きしめた。瞬《まばた》き一度ほどの間だけ。蓮華草《れんげそう》の上で戯《じゃ》れ合っていた頃のように。

走りながら、何度もこっちを振り返るクラに、犬を追い払う手つきをしながら、千代丸もクラの後ろ姿を追い続けた。

よかったよ、クラ。あのまま南蛮に連れて行かれちまったら、一生会えないところだった。

クラが名主様のところの三郎兵衛さんの嫁になるという噂を聞いたのは、夏祭りの頃だった。悲しかったが、それでも構わないと思っていた。同じ村にいさえすれば、また会えるのだし。

短い間だったけれど、ひと目会えてよかった。

奴らの喚き声はすぐそこに迫っている。千代丸は、もう一度だけ、クラの後ろ姿を見つめてから、体を向き直らせた。くすの枝の棍棒を振り上げて、駆け寄ってくる侍どもに、大人のものに変わっていない声を、せいいっぱい低くして叫んだ。

「来い、おらが相手だ」

来年には元服して若衆に入れる歳だ。背丈だって腰の曲がった爺さまより高い。侍なんかに負けるわけがなかった。

千代丸は獣のように吠え続けて、侍たちを待った。

頭の中では、血の色をした怒りが駆けめぐっていた。

なぜ侍なんかがこの世にいるんだ。

いったいいつになったら戦がやむんだ。

誰がこんな世の中にしたんだ。

俺たちは何のために生まれてきたんだ。

何のために死ぬんだ。

こちらに向かって山道を駆け降りてくる奴らのはるか上、陽の落ちかかった薄闇の中で、子盗りの木が風に揺れている。

それはなんだか、千代丸を、侍たちを、見下ろす誰も彼もを、肩を揺すって笑っているように見えた。

# 五

ことりの木の伐採が決まったのは突然だった。

三度目の落枝事故が起こったのだ。秋口の二度の台風で、ことりの木はたくさんの枝を地上に落としていた。ハイキングコースのスタート地点として利用し続けることに、危惧《きぐ》の声があがっていた矢先だった。今度の枝は長さ四メートル、直径二十五センチ。ベンチで弁当を広げていた家族連れに落下し、若い母親の背骨を折り、歩行機能を奪ってしまった。

地元の環境保護団体は、反対していたことを悟られたくないらしく、ぴたりと沈黙した。

市は県内の大学から樹木医学の専門家を招き、木を診断させた。

結果は「枯死とは断定できないが、近い状態になりつつある」という曖昧《あいまい》なものだったが、それを根拠にことりの木はただちに危険木に指定され、その翌週には伐採が決定した。雅也の勤める市役所にしては異例とも言える素早い対応がなされたのは、市長のトップダウンだったからだ。

まだ公になってはいないが、この辺り一帯に、新たな工場の誘致話が持ち上がったのだ。再選された岸本市長は、大義名分があるいまのうち、どこか別の団体が騒ぎ出さない前に、事を行ってしまいたい肚《はら》のようだった。日方神社の移転先も急遽検討に入った。押し出しの強い外見は、一見豪胆に見えるが、じつは姑息で気弱。昔からそういうやつだった。

自殺しようとしたあの日、雅也は折れた枝を握り締めて、反撃を試みた。せめて岸本だけでも、一発殴り返してやろうと思ったのだ。

だが岸本は、泣きながら枝を振り回す雅也に怖《お》じ気《け》づいて、仲間たちの背後に隠れてしまった。いちばん体のでかかった堀井の体を盾にして、命令するだけだった。「おい、あいつを袋叩きにしろ」

堀井の蹴り一発で倒されてしまったが、いじめられなくなったのは、その翌日からだ。「お前、根性あるな」そう言ってくれた堀井は、高校を中退してヤクザになり、雅也が大学を卒業してこの町へ戻ってきた年に、組織同士の抗争に巻きこまれたとかで、腹を刺され、命を落とした。

小さな市役所だから、岸本とはたびたび顔を合わせるが、ひと言も口をきいたことがない。向こうも昔のことを蒸し返されたくないのか、声をかけてくることはなかった。中学時代には長身だったが、いまの岸本は中背だ。エレベーターに乗り合わせた時など、高校で十五センチ背が伸びた雅也が見下ろすと、決まって先に視線をそらす。

ことりの木の伐採には、雅也も立ち合うことになった。十一月の第二週。ことりヶ池を巡る遊歩道を作業車が入れるよう整備するのに一カ月かかるのだ。

遠くの山々は紅葉の盛りだが、その日もくすの木は、晩秋の淡い空の色をくすませようとするように、青黒い葉を盛大に揺らしていた。

しかし、今日ばかりは孤立無援の老王に見える。葉を揺らしているのは風だけではなかった。いつもは人けがない丘陵の上の平地に大勢の人間が集まり、複数の機械音が静寂をかき回していた。

何はともあれご神木だ。作業を始める前に、かたちばかりの伐採式が行われたのだが、別件に手こずっていた雅也がここへ到着した時にはもう終わっていて、ちょうど作業車が最終通告のような発動音を響かせはじめたところだった。

伐採は、上部の枝から始まった。

クレーン車が巨樹の繁りに長い首を突っこむ。葉っぱの海が大しけになった。

ことりの木の幹から分かれた枝は、大きなものが五つ。巨大な手を鉤爪《かぎづめ》のかたちにして空に伸ばしたふうに見える、その一本ずつが伐られていく。まるで巨人の指が切断されているかのようだ。チェーンソーの甲高《かんだか》い響きが、誰かの悲鳴に聞こえた。

クレーンの上の作業員が注意を促す声をあげたかと思うと、低く乾いた音とともに枝が幹から離れた。膨大な葉という葉が身悶《みもだ》えするように揺れ、地響きを立てて最初の大枝が落ちる。

なぜだろう。あれほど疎ましかったこの木が伐られていく姿を見るのはつらかった。たとえ振り返りたくない過去であっても、確実にあった時代の記憶を失うのは、アルバムの中の一ページを切り取られてしまう気分だった。

二本目の大枝が落ちる。変わり果てたくすの木を見続けているのが、なんとなし忍びなく、雅也は神社に視線を逸らした。

社務所の窓辺に、人影があった。

白い顔が二つ浮かんでいた。男と女だ。

遠目には神主と巫女《みこ》の装束を身につけているように見えた。

なんだ、脅かすなよ。伐採式のために派遣された神主たちか。あんな荒れ社が控え室だなんて、案外に大変な仕事だ。

切断された大枝は、地上でさらに搬出しやすい大きさに裁断される。雅也の頭に唐突に、はるか昔見た、鯨の解体作業のドキュメンタリーフィルムがフラッシュバックした。あたり一帯に充満するむせかえるほどの木の香りは、さしずめ血の臭いだ。

すぐそこで細かい枝を払っていた作業員の一人が突然声をあげた。

「うわ」

何事かと近寄ってみる。彼が手にした枝の葉という葉で、緑色の芋虫が蠢《うごめ》いていた。大きいものは親指ほどもある。突然の天変地異から逃げ出そうとして、何匹もが体をくねらせ、もがくように地を這《は》いずりはじめていた。虫は特に苦手ではないのだが、思わず雅也も作業員と同じ声をあげてしまった。

「うわっ」

アオスジアゲハの幼虫だ。だが、もう十一月。こんな季節に出てくる虫じゃない。年配の作業員が、台車に葉っぱを積みこみながら笑った。

「最近の若いのは、男のくせに芋虫にびくつくのかね。俺も初めてだけどさ。そいつはくすにつくんだ。こんなに集まっているのを見たのは、初めてだけどさ。秋に産みつけられたやつは、蛹《さなぎ》になって冬を越すんだよ。春になりゃ、宝石みたいな色した、きれいな蝶になる。こいつらにとっちゃ、とんだ災難だな」

そう言いながら彼が押す台車の下では、あてもなく地面を這う芋虫の一群があっさりと轢《ひ》き潰《つぶ》されていく。

芋虫は嫌い、蝶は慈しむ。人間は傲慢《ごうまん》だ。芋虫は時が経てば蝶になる、あたり前のことへ思いを馳せようともしない。人間自身が地上の緑をすべて食い尽くす、最大の害虫かもしれないのに。

丘陵全体に漂う木の香には、くす特有の樟脳《しょうのう》の鼻を刺す匂いも混じっている。台車や作業車が、あちこちに散った葉っぱやくすの実を潰していくからだ。人間たちから距離をたっぷり置いた場所では、野鳥が舞い降り、黒く小さな実をついばんでいた。

ふいに思い出した。幼稚園を卒園する年の春、この木の根元の近くに、タイムカプセルを埋めたことを。

どこに埋めたんだっけ。最初に予定していた場所を、何かの都合で変更したのだ。なぜ変更されたかというと――

思い出せない。埋めた場所も。当時の先生の名前も。雅也が何をそこに入れたのかも。

それほど地中深くではなかったはずだ。全国チェーンのコンビニの店長の丸山や、教師を辞めて学習塾の講師になった田辺、いまでもこの町に住んでいる連中を誘って探してみようか。年長組のあの時、同じクラスだった妻の洋子に聞けば、おおまかな場所を覚えているかもしれない。

「ねぇ、係長、あそこ、見てください」

雅也とともにあれこれ相談課から記録係として駆り出されている高畠《たかはた》が、カメラから顔を離して声をかけてきた。

「何？」

高畠が顎《あご》で指さした先では、くすの最後の大枝が伐られようとしていた。悶えるように葉を揺らしている。目をこらしたが、変わったものは見えない。

「あそこがどうした」

「何か居たんです。たぶん動物。カメラには写ってると思うんだけど。なんだろう。ああ、デジカメだったらすぐに確かめられるのに。うち、備品に渋いからなぁ」

「鳥？」

「いや、もっと大きな生き物。サルとか」

「サル？　まさか」

いやいや、考えられなくはない。この近辺にもともとサルは棲息していないが、最近は開発で山を追われたサルたちが、とんでもないところに出没する。マスコミに取り上げられた隣の市の「すぐやりたい課」は、いまや猿害に対する要請が案件のトップになってしまい、しかも有効な対応策が講じられず、成功例とはとても言いがたい状況になっているそうだ。

「サルだったら、作業してる人が気づくだろう。鳥じゃないのか」

「そうですよねぇ。でも動きがやけに人間っぽくて。枝が落ちた瞬間に、上の方からするするっと降りてきた気がしたんですよ。頭しか見えなかったんだけど」

何がいたっておかしくない気がした。雅也が幼稚園に通っていた頃には、人の顔をした大きな鳥が潜んでいるという子どもだましの大嘘《おおうそ》を、園児たちの誰もが信じていたのだ。

「鳥だとしたら、フクロウかな？　子どもの頭ぐらいの大きさに見えたんですけどね」

「そりゃあ、大変だ」せっかくおとなしくなった環境保護団体が何を言い出すことやら。まぁ、いいか。市役所の職員だからといって、岸本市長をかばい立てする義理など、雅也にはない。「ばっちり撮ったか？」

「ま、現像が上がるまでのお楽しみってことで」

そうだ。今度、市役所で岸本に会ったら、声をかけてみることにしよう。「岸本君、お久しぶり。懐かしいね。その節はどうも」って。それから思わせぶりに笑ってやるのだ。

「叩けばいくらでもスキャンダルが出てくる」と、市議会の野党議員が手ぐすねを引いているやつだから、「その節」がどの節かわからなくて、こっちが捉えようとする目を、馬鹿みたいに泳がせるかもしれない。住民のためにならない首長をじわじわと落選に追いこむのも、公務員の使命のひとつだ。

すべての枝葉を失い、高さ十数メートルの円柱と化したことりの木は、爬虫類《はちゆうるい》じみた木肌のせいか、巨大な生き物を連想させた。

いや、あたり前のことを忘れていた。木は生き物なのだ。地表と地中のあらゆるものを吸い尽くして肥大を続け、恐ろしく長い寿命を獲得する生物。

かつて自分がここで死のうとした時、この木が自分を癒し、諌《いさ》めてくれた、雅也はそんなふうに考えることがあった。

いまにも身をくねらせ、断末魔の咆哮《ほうこう》をあげそうな巨樹を眺めているうちに、そうではないと直感した。木が人を癒す、たぶん、それは嘘だ。あの時の雅也はこの木に呼びこまれ、生命を吸い取られようとしたのかもしれない。食虫植物にからめとられるみたいに。

後ろ髪をつかまれ、むりやり振り向かせられるように、雅也は再び社務所に目を向けた。

向けたとたん、息を呑《の》んだ。

ガラスを失った窓に、今度は三つの人影が見えた。

三人目は、小さな子どものようだった。どうしてあんなところに子どもがいるのだろう。まだこの神社で神事が行われていた頃の稚児行列の衣裳を着ている。雅也はその子どものシルエットに見覚えがある気がした。すぐにでも呼び起こせるはずの鮮明な記憶なのだが、なぜか頭は思い出すことを拒んでいる。

三つの影はぴったりと寄り添っているように見えた。

たぶん、目の錯覚だな。ありありとその姿を見たはずなのに、雅也は自分で自分をそう納得させた。なにしろ三つの影は、目をこすったとたんに消えてしまったから。

六

黒く丸く小さなくすの実が地表に落ちてくる。
秋の終わりの風が、土の上のあちらこちらへ、くすの実を漂わせた。
一羽の鳥がそのひと粒をついばむ。
鳥が飛び立った。
この鳥の糞が落ちたところが、新しい萌芽の場所だ。
鳥は、人も、家々も、くすの実より小さく見える高みへ上がり、
しばらく雲の真下を飛び、
そして、どことは知れぬ地上に糞を落とした。

# 解説――物語の大樹で憩う快楽

松永美穂

この人には、いったいいくつの引き出しがあるのだろう。荻原浩の作品を読むたびに、感嘆のため息が出てしまう。とにかく多彩なのだ。コミカルな探偵ものがあるかと思えば、ユーモアたっぷりのサラリーマン小説があり、ちょっと背筋の寒くなるサイコミステリーがある一方で、しみじみとした夫婦の情愛を描く小説もあり、思わず情の移ってしまう、かわいらしい幽霊や座敷わらしが登場する「もののけ小説」（と、わたしは勝手に呼んでいる）もある。エンタメからシリアスなものまで、まさにさまざまな方向に枝を張る大樹のよう。登ってみれば一枝ごとに風景が変わるそんな木にもたれて、物語にじっと耳を傾けるのは至福のひとときだ。

内容やテーマの幅広さだけではない。細部まで手を抜かない文章の確かさと、緻密《ちみつ》な構成力。いったん読み出すとやめられなくなる、ストーリー展開のうまさ。読者を裏切らない、オチのおもしろさ。これぞ「たくみ」である。「巧み」という漢字ももちろん当てられるが、「匠」の方がより当てはまるのではないかと思っている。磨きのかかった職人芸を見せてくれる、小説の名匠なのだ。

『千年樹』は、そんな作家の多様性と匠の技を一冊に凝縮させた、充実した作品である。関東地方のある町の高台に立つ一本の楠の木が、文字通り小説の軸となっている。「樹高は二十八メートル、幹周り十二・四メートル。樹齢は推定千年」。平安の昔、東国に遣わされた国司が、逆賊によって傷つけられ、妻子ともども山中に置き去りにされた。水も食べ物もないなか、落ちていた楠の実を口に含んだまま亡くなった子どもの、その口から落ちた種が芽吹いて大樹に育ったのかもしれない。樹の命の始まりを、作家はそんなふうに暗示してみせる。斃《たお》れた人の体は朽ち、見渡すかぎり森だった土地は長い年月のあいだに切り拓かれ、楠の木の傍らには神社や幼稚園ができる。物言わぬ木にかわって、その木が見聞きしたであろうことを語り出すのは、「物語の精神」（トーマス・マン）そのもののような語り手だ。

「千年」という時の単位を軽々と飛び越えつつ、語り手は語っていく。その自在さとスケールの大きさに、まず圧倒される。『千年樹』は全部で八つの短編から成っている。一つの短編に、合わせ鏡のように、二人の中心人物が登場する。まったく違う時代に起こった別々のできごとが、時空を越えてつながっていくだけでなく、同じ人物が別の短編にも登場したりする。特に、楠の木のそばの幼稚園に通った園児たちのその後が、いろいろな角度から語られる。そうした意味では、いくつもの細部からなる一つの大きな小説として読むこともできる。小説そのものの構成が、枝を張った大樹のようになっているのだ。

荻原浩が「記憶」にこだわる作家であることは、すでによく知られているだろう。若年性アルツハイマーによって記憶を失っていく広告会社の社員を描いた『明日の記憶』は、山本周五郎賞受賞作となり、渡辺謙主演で映画化もされ、大きな話題を呼んだ。人が人として生きていくうえで、記憶はどのような役割を果たしているのか。記憶をなくしてしまったら、その人はアイデンティティーを失ったと言わざるを得ないのか。『明日の記憶』は、アルツハイマー患者の不安と嘆きを描きながら、読む人に人間の尊厳についての重い問いを投げかけてくる小説だった。最後の場面はとても切なかったけれど、記憶を失っていく主人公への、作者の温かいまなざしも感じられた。荻原浩の作品には、たとえぞっとするような殺しが起きるミステリーであっても、どこかにこの温かさがある。たとえば『噂』に出てくる刑事たちの親子関係や、『コールドゲーム』の同級生たちの友情など。犯罪者が跋扈《ばっこ》していたり、ひどいイジメや堕落や腐敗がある社会でも、生きることへの希望が否定されてしまうことはない。

記憶の話に戻ろう。個人の記憶のスパンは、長生きしたとしてもせいぜい百年。地球上で一番長生きする生物である樹木の寿命には、とうてい及ばない。『千年樹』では、長寿の木を物語の中心に据えたことで、人間の存在の卑小さが浮かび上がってくる。と同時に痛感させられるのは、歴史が進んだとしても変わることのない人間の愚かさだ。

それぞれの短編に登場する人物たちは、見知らぬ者同士であっても、何らかの共通点を持っている。男に待ちぼうけを食わされる女たち。イジメにあい、鬱憤《うっぷん》をつのらせる人々。貧しさゆえの不幸。男や女の、一途な思い。戦争がもたらす悲劇。辛く、ほろ苦い人生がくりかえされていくが、静かで、幸せなひとときもある。死んだ人が遺したものが、歳月を経て届く瞬間もある。「瓶詰の約束」での、国民学校三年生の治雄が埋めたガラス瓶の話。あるいは「夜鳴き鳥」に出てくる、地震で生き埋めになったハチの骨。さらには「バァバの石段」のバァバが戦時中に受け取った手紙……。すべてがつながり、連続しているのだけれど、生きている人間にはそのつながりが見えない。目先のこと、自分の利益だけに夢中になって、大きな時間の流れのなかに自らをおくことをしない。神社の境内にあり一種の神木として崇められていた楠の木が、町の開発にとっては邪魔な存在になっていくのも、人間の欲望と近視眼のせいだ。

一本の木をめぐる物語ではあるけれども、それこそ大きな広がりのなかで読むことのできる話でもある。地球上にあるたくさんの千年樹と、その木が目撃した無数の事件。物言わぬ「記憶」を持つそんな木々を、あっさりと伐採してきた人間たち。作者自身が自然保護のスローガンを声高に叫んでいるわけではないけれど、この本を読んで、身の

回りの木々の運命に注意を向けるようになる人は多いかもしれない。(わたしも、木々の一生に思いをはせるようになりました)

こうして考えてくると、「記憶」と並ぶ荻原作品のもう一つのキーワードとして、「共生」を挙げることができるのではないだろうか。うまくいく場合も、いかない場合も、「共生」は常に一つのテーマになっている。木と人間の共生。性格も境遇も違う人間同士の共生。動物との共生。それどころか、生き物とは言えなさそうな「霊」たちとの共生……。短編集『押入れのちよ』の表題作では、おんぼろアパートの押入れから出てくる女の子の幽霊と主人公が親しくなる。女の子にビーフジャーキーやカルピスをごちそうするかわりに、就職についてのアドバイスをもらおうとする愉快な場面もあるし、女の子の生前の身の上話(両親を早くに亡くし、「からゆきさん」になった!)を聞いてほろりとする場面もある。『愛しの座敷わらし』では、古民家についていた座敷わらしが、東京から越してきた家族に少しずつ「認知」されていく。異質なものを排除するのではなく、肩肘張らずにふわりと受けとめる懐の深さが、こんな作品の数々からもうかがえる。

「ことりの木」とも呼ばれる楠の大木にも、逆賊に討たれた国司の子どもの霊がついているらしい。子どもの霊がメロンパンに袋ごとかぶりつく場面はほほえましいけれど、この子が飢えて死んだことを思い出すと、切ない気持ちにもなる。子どもの霊はときおり、人の生死を分ける重要な行動をとるが、普段はかすかな気配としてしか存在しない。風の音に吹き消される細い歌声のようなものでしかない。そんなか細い声を、わたしたちもいつか、風の日に耳にしたことがあるかもしれない。

楠の木には洞があって、人々がちょっとしたものを隠す場所としても使われている。中学校教師はバタフライナイフを隠している。戦時中の女学生たちは、手紙をこの洞に入れて友だちと交換していた。胸に秘めた思いが木に託され、そっと抱かれていく。

荻原ワールドは、どこまで広がるのだろう。木にたとえれば枝葉が豊かに繁っていて、まだまだ全貌が見通せない気がする。これからまだどんな風景、どんな人物、どんな「もののけ」たちに会わせてもらえるのだろう。読者の一人として、そんなわくわくする気持ちとともに、作品を追いかけていきたい。

この作品は二〇〇七年三月、集英社より刊行されました。

集英社文庫

千年樹《せんねんじゅ》

2010年3月25日 第1刷
2020年10月24日 第6刷

定価はカバーに表示してあります。

著 者 荻原《おぎわら》 浩《ひろし》
発行者 徳永 真
発行所 株式会社 集英社
東京都千代田区一ツ橋2-5-10 〒101-8050
電話 【編集部】03-3230-6095
【読者係】03-3230-6080
【販売部】03-3230-6393(書店専用)
印 刷 凸版印刷株式会社
製 本 凸版印刷株式会社

フォーマットデザイン アリヤマデザインストア マークデザイン 居山浩二


ISBN978-4-08-746543-3 C0193